周末读诗：细雨湿流光

三书　著

青海人民出版社

图书在版编目（CIP）数据

周末读诗：细雨湿流光 / 三书著．-- 西宁：青海人民出版社，2021.11
ISBN 978-7-225-06288-4

Ⅰ．①周… Ⅱ．①三… Ⅲ．①古典诗歌—诗歌欣赏—中国 Ⅳ．① I207.2

中国版本图书馆 CIP 数据核字 (2021) 第 238060 号

选题策划 王绍玉　　责任校对 田梅秀
执行策划 梁建强　　责任印制 刘 倩
责任编辑 王绍玉　　　　　　 卡杰当周
　　　　 梁建强　　书籍设计 郑 清

周末读诗：细雨湿流光

三书 著

出 版 人 樊原成
出版发行 青海人民出版社有限责任公司
西宁市五四西路 71 号 邮政编码：810023 电话：（0971）6143426（总编室）
发行热线 （0971）6143516 / 6137730
网 址 http://www.qhrmcbs.com
印 刷 陕西龙山海天艺术印务有限公司
经 销 新华书店
开 本 890 mm × 1240 mm 1/32
印 张 12.5
字 数 300 千
版 次 2022 年 1 月第 1 版 2022 年 1 月第 1 次印刷
书 号 ISBN 978-7-225-06288-4
定 价 56.00 元

三书

一个从未长大的顽童，
一个没教过谁的老师，
一个求知路上的学生，
一个从不发表诗的诗人，
一个永远的神秘主义者，
一本无字书，一个运梦者，
一个醒着的梦——

目录

『现代诗人』李商隐：唯美、神秘且永恒

过楚宫

巫峡迢迢旧楚宫，
至今云雨暗丹枫。
微生尽恋人间乐，
只有襄王忆梦中。

所有的诗都无题

所有的诗都无题，所有的诗都是情诗。

《诗经》三百篇都是无题的。“关雎”“蒹葭”，岂咏水鸟与芦苇？不过为了方便，取首句二字姑且题之，三百篇概如此类。屈原是第一个署名的诗人，除《离骚》外，九歌的篇目是所献祭的神灵之名，亦非诗题。汉代的古诗十九首不但不知作者是谁，题目也一概从无。可否为十九首各立一个题目？至今还没有人尝试过。汉乐府古题，与其说是诗的题目，不如说是乐曲的题目。古题之下，人人尽可创作，因此题目其实是主题。且后来的创作渐渐脱离音乐，并偏离了原有的主题，但仍以古题为题，而此时题目和诗的内容已经关系不大了。

上古时期，诗不立题目，大有深意。后来的诗都拟一个题目，题目变得必不可少了。然而就一首诗之为诗而言，题目可以不止一个。而且一首诗是写不完的，诗本身的写作和阐释，会随着时间而发生改变。诗的题目，也是“名可名，非常名”。

李商隐最好的诗大都叫“无题”。所谓“无题”，并非无题，题不足以名之也。或者说正以“无题”而题之，类似《庄子》中“无名人”“无为谓”“混沌”之类的命名。

汉诗中最美的“朦胧诗”

李商隐的《无题》，不仅现代人，即便古代人也普遍表示读不懂。元好问在《论诗三十首》中有一首专评李商隐的诗，专就其晦涩难懂而论：“望帝春心托杜鹃，佳人锦瑟怨华年。诗家总爱西昆好，独恨无人作郑笺。”西昆体即指李商隐的诗风。大诗人元好问都不明白究竟是何意思，我辈当然不敢自称读懂。然而，读不懂真的是因为没有像汉代大儒郑玄为《诗经》所做的注解吗？注解了就能读懂吗？更关键的问题是：一定要读懂吗？

中国新诗史上有过所谓“朦胧诗”，特指20世纪70年代末到80年代初新崛起的诗群。这个概念自诞生就带着“晦涩”的原罪，批评之声不断，但更多的是赞美。朦胧诗当时在中国诗坛的确是一股思想和美学解放的清流，但如果论其诗歌表达本身，在今天读来已不再朦胧。比如北岛的“在没有英雄的年代里/我只想做一个人”（《宣告》），“卑鄙是卑鄙者的通行证/高尚是高尚者的墓志铭”（《回答》），顾城的“黑夜给了我黑色的眼睛/我却用它寻找光明”（《一代人》），舒婷的“与其在悬崖上展览千年/不如在爱人肩头痛哭一晚”（《神女峰》），这些激动过一两代人的金句，直白得近乎口号。

如果回溯汉诗的写作，就会发现当时所谓“朦胧诗”的手法，诸如象征、暗示，在古典诗歌尤其是唐诗的写作中已大量存在。如果再追溯得远一些，《诗经·蒹葭》是不是可以称为第一首朦胧诗？此外，朦胧诗据说与世界接轨、唤醒了汉语诗歌写作的现代意识等，这些说法在当时或不无道理，然而如果还是回到唐诗，尤其是李商隐，那么应该说古典诗歌早就做到了。

我们来选读一首李商隐的《无题》。

无　题

昨夜星辰昨夜风，画楼西畔桂堂东。
身无彩凤双飞翼，心有灵犀一点通。
隔座送钩春酒暖，分曹射覆蜡灯红。
嗟余听鼓应官去，走马兰台类转蓬。

不敢说完全读懂，但觉得很美则是共识。这就是李商隐诗的魅力。诗歌首先是审美，不是为了从中获取什么信息和道理，即使读小说也不是为了知道讲了一个什么故事。而诗的美感首先来自语言。法国画家德加问诗人马拉美：我有很多思想，但为什么写不了诗？马拉美回答：亲爱的德加，诗不是用思想写的，诗是用语言写的。诗首先是语言的艺术。汉语的美感，绝不是平仄阴阳的格律处方，更在于每个词的声音特质，一个句子里词与词韵的契机，句子与句子流转的节奏，以及所有这些词和句子唤起的心灵图景，都涉及读汉诗的审美体验。

这首《无题》，“昨夜星辰昨夜风”，始读第一句，即被施以魔咒，语言的魔咒。“昨夜”一听就很神秘，暗示出什么故事，唤起人的听觉和想象。星辰和风又是多么美好的事物，它们都属于昨夜。“昨夜”两度被呼唤，复沓低回，缠绵哀叹。“昨夜星辰昨夜风，”当诗人呼唤它们时，它们已是内心世界的图景。

“画楼西畔桂堂东”，两处地方不必按实对号入座，这里也是一种语言上的音乐效果。画楼和桂堂，在于设色的华丽，而一西一东，节奏与上句呼应，且在词语的排列上产生扑朔迷离之感。法国象征主义诗人魏尔伦在《诗的艺术》中说，诗应该首先具有音乐性，诗歌要追求一种弥漫渗透的气氛，选词上应该模糊与音乐结合，要色晕而不是色彩。李商隐虽没有总结出这样的诗歌理论，但他以自己的天赋和直觉，很前卫地写出了这样极具渗透力和音乐性的诗。

接下来六句，依然是朦胧的色晕，隐藏在笑语喧哗背后的故事绰约显现。现实世界，似乎并没有什么发生;内心世界，一段“目成”的爱情已经完成。只是“心有灵犀”就通了，不需要试探，更不需要表白。隔座送钩，分曹覆射，表面上纷纷扰扰忙忙碌碌，内心始终一片寂静。而“春酒暖”“蜡灯红”，都因她而美，都是爱的化身。

夜晚的美好或许就在于，一个人可以暂时卸下疲惫的角色，而尽可能地回到自己，哪怕是舒展开自身脆弱的部分，让那不可能的成为可能，或自由地做一个梦。等到天亮，人又该爬起来，重新走进自己的角色，在大小齿轮的卡与不卡中，继续摸索和调整自己的位置。即使作为自己的旁观者，清醒如李商隐，也只能“嗟余听鼓应官去”，然后像蒲公英一样在世上无法自主地飘荡。

写下这首诗时，昨夜星辰昨夜风，正如昨夜的爱情，美丽而永恒。然而昨夜多么遥远，恍惚如一个梦，缥缈如一段旋律。

梦中之情，何必非真？

李商隐的文字唯美、神秘，他的诗很少写所谓“现实世界”，他最好的诗写的都是通过直觉和幻想创造出来的看不见的真实。他对世界独特的感受与洞察，正是他作为一个古典诗人很现代的地方。

过楚宫

巫峡迢迢旧楚宫，至今云雨暗丹枫。
微生尽恋人间乐，只有襄王忆梦中。

此诗所咏巫山神女的典故，出自战国末期宋玉的《高唐赋》。楚襄王与宋玉游于云梦之台，见其上云气变幻，王问玉此何气也，宋玉对以楚怀王游高唐昼寝而梦遇神女之事。宋玉又有《神女赋》，因古书版本问题，“王”与“玉”难以分辨，以致关于楚襄王和宋玉，究竟是谁梦遇神女而聚讼纷纭。且任由他们争论下去吧，反正也不会有结果的。据此二赋可以肯定的是，楚怀王早就梦遇了神女，且梦醒之后怅然若失，对神女念念不忘，并为之立庙，号曰“朝云”。

向来咏巫山神女的诗词很多，除了乐府古题《巫山高》，很多唐代诗人经过巫山时亦多吟咏。比如李白的《宿巫山下》：“雨色风吹去，南行拂楚王。高丘怀宋玉，访古一沾裳。”怀古而已。而李贺的《巫山高》：“楚魂寻梦风飔然，晓风飞雨生苔钱。瑶姬一去一千年，丁香筇竹啼老猿。古祠近月蟾桂寒，椒花坠红湿云间。”阴森森一则鬼故事，李贺本色。二李之作，对故事暗寓的深意都缺少洞察。其他诗人所咏皆正面渲染多落窠臼。

李商隐这首《过楚宫》，也是经过巫峡怀古有感。然而，他的诗完全没有停在怀古，而是对楚王的爱情有更深入的洞察。巫山云雨至今仍带愁容，仿佛神女与楚王梦中的爱情。身为楚王，后宫佳丽无数，却为了一个梦中的女子而失魂落魄，这本身就超出了世俗的世界。微尘般的众生无不贪恋人间之乐，有谁会对一段梦中的爱情当真，并由此怅望怀想一生？李商隐用了两句，写出了对这个故事的意义独到的发现和见解，这正是他感受力的卓越体现。

世间多的是爱情故事、才子佳人、怨女旷夫。曹雪芹所叹：白骨如山忘姓氏，无非公子与红妆。宝黛的爱情，从一开始就与公子红妆不同，他们是灵魂知己，是一段注定的仙缘。仙缘是精神相恋，不以结婚生子为目的，也不堪设想那样的结果。楚王梦遇神女的故事，也美在只是个梦，且楚王却如此痴情。

《牡丹亭》也是寻梦的爱情，其母题故事正是巫山神女。或有人讥讽梦中之情何必认真，汤显祖回应：梦中之情，何必非真？天下岂少梦中之人耶？他在题词中谈到“情为何物”：

“情不知所起，一往而深。生者可以死，死可以生。生而不可与死，死而不可复生者，皆非情之至也。梦中之情，何必非真，天下岂少梦中之人耶？必因荐枕而成亲，待挂冠而为密者，皆形骸之论也。”

因荐枕而成亲，待挂冠而为密者，正是李商隐诗所微讽的功利而粗浅的世俗众生，皆系不知情为何物的无情者。而情之所钟，正在楚王、李商隐、汤显祖之辈耳。

反《长恨歌》只需一个问题

马嵬（其二）

海外徒闻更九州，他生未卜此生休。
空闻虎旅传宵柝，无复鸡人报晓筹。
此日六军同驻马，当时七夕笑牵牛。
如何四纪为天子，不及卢家有莫愁。

唐玄宗和杨贵妃的爱情，经白居易《长恨歌》的渲染和美化，变成了家喻户晓的凄美神话。什么“在天愿为比翼鸟，在地愿为连理枝”，即使在贵妃死后，方士以法术致其魂魄与玄宗相见，二人仍信誓旦旦，差点儿感天动地。

然而这个故事的现实版本并不是秘密，史书上记载历历。杨贵妃是被唐玄宗赐死的，因为六军不发无奈何啊。然而玄宗是在贵妃和什么之间做选择？是他的龙椅，或者说他的天下。悲哀的是，他赐死了美人，尚未幸蜀回来，就已经被退位了。这些当然都是可以理解而不应苛评的，但过度美化那样的爱情则是另一回事。

李商隐就大胆提出了这个问题。这首《马嵬》可作反《长恨歌》来读。每一句都在反问，曾经的恩爱与最后的结局一一对比。山盟海誓太容易了，而面对现实考验时，爱情可能根本不堪一击。最后一句反问最有力：怎么做了四十年的皇帝，却不能像南齐富户卢家给予平民女子莫愁一生的幸福？

诗文贵众中杰出，有高情远意，不人云亦云。同赋一事，工拙尤显，长短互见。李白的《清平乐》三首，词虽华美，若以诗的本质论，它们并没有触及生命感受的表达。这三首歌词本来就是应制之作，为明皇与贵妃的取乐助兴而已。如果不对《长恨歌》的爱情做事实上的反驳，纯粹当文学创作的一首乐府诗来读，也是很美的，但这样的诗仍不脱古诗的写作套路。

相比之下，李商隐诗的语言美感是古典的，但在触及生命的感受和洞察上，他则是很现代的一位诗人。他的诗常常能带给我们更多的震惊。

哀愁，是生命自我观照时的轻声叹息

虞美人

春花秋月何时了，
往事知多少？
小楼昨夜又东风，
故国不堪回首月明中。
雕栏玉砌应犹在，
只是朱颜改。
问君能有几多愁？
恰似一江春水向东流。

哀愁是什么？如果知道哀愁是什么，就不哀愁了。

佛法将世间烦恼，概括为“八苦”：生、老、病、死、爱别离、怨憎会、求不得、五蕴炽。哀愁既在八苦之中，也在八苦之外。

不论愿不愿意、喜不喜欢，哀愁都不可避免。哀愁本身就是生命的显现，是生命在自我观照时的轻声叹息。

而哀愁一旦入诗，就变成慈悲，变成生命的审美。

重返诗意的栖居

青玉案

凌波不过横塘路，但目送、芳尘去。
锦瑟年华谁与度？
月桥花院，琐窗朱户，只有春知处。

碧云冉冉蘅皋暮，彩笔新题断肠句。
试问闲愁都几许？
一川烟草，满城风絮，梅子黄时雨。

这是北宋词人贺铸的一首词。据说横塘是贺铸在苏州城外的隐居之所，可以姑妄听之。江南水乡，有很多地方都叫横塘，哪怕仅仅是“横塘”这个词，也足以给我们旖旎的想象。

“词”作为一种表演性的诗体，哪怕是唐诗，我们在阅读时首先要知道，一个作者的文本，永远大于其自传。文本具有的象征意义，不能也不必完全还原到作者的经历当中。文本中作为叙事者的“我”，不能等同于经验的我，那是一个抒情的“我”，是一个虚构的主体。同一个作者，可以在不同的文本中，有多个不同的声音，甚至可以是悖论的。这些抒情“我”的发声方式，可能与日常经验中的我很不同，由此体现出文本的创造性，而这样的虚构则为了呈现更深刻的审美的真实。

长久以来，我们被一些扭曲的文学阐释模式捆绑，往往过于强调文本与现实的关系，非要把文本的虚构性还原为所谓“现实”，且有意无意地混淆现实与真实的概念，这就把文本的意义变小了。比如自古被认可的“六经皆史”，这个说法没有错，但是否意味着要把《诗经》读成历史呢？历史是讲故事，历史中普遍性的东西，由故事来表达。诗表达的是比故事更普遍性、更原始而神秘的东西。为什么《诗经》至今还能打动我们，不是因为诗中的那些历史，而是这些朴素的诗篇唤醒了我们身上作为人的古老感受。

明白了这些，再读《青玉案》，我们就不会去费心证明，也不会大煞风景，声称此词是作者“借香草美人的传统，以抒发自己的怀才不遇”，等等。

就让我们无邪地读一首诗，相信文本，相信我们的心。谁都可以看出，这首词写的是一段单相思。与其说在横塘，不如说在一个爱情的乌托邦。而这个乌托邦由一些词语幻化出来，纵然真有其事，也不如文字谱写出来的更美。

让我们先逛逛这座词语的花园：凌波，横塘，目送，芳尘，锦瑟，年华，月桥，花院，琐窗，朱户，碧云，蘅皋，彩笔，闲愁，烟草，风絮，梅子，雨……

这些闻得见香气的词语，经过如梦似幻地编织，就成了一个美丽的乌托邦。德国诗人荷尔德林说，人类诗意地栖居在大地上。人和诗本来是分不开的，诗是我们生命的原乡，后因各种原因人与诗分开。诗就像月亮，你爱看不看，月亮都在天上。诗也从未离开过人，只要还有语言，我们就能重返诗意生存的家园。

画出哀愁的样子

《青玉案》隐约勾勒出一个人，或许是作者的化身，他对一个女子可望而不可即的爱情。那女子或坐在船上，或走在路上，总之她很轻盈，恍若曹植《洛神赋》中的仙子。惊鸿一瞥，惹起相思，于是痴望，于是遐想，于是生出满世界的闲愁。

似乎什么也没发生，姓名住处一概不知，像一朵云从天空飘过，简直不能称之为“爱情”。为了一个影子，没完没了的单相思，我们现代人会问：“值不值？”

值不值得，有没有用，是工具理性时代的典型思维。没办法，每个人都很忙，每个人的时间都很宝贵，不能这样毫无效益地浪费。然而或许有人会为影子写一首诗，而更多的人也会喜欢读这样的诗。

为什么？因为诗弥补了现实的缺失，诗可以重新塑造我们的现实，哪怕只是在精神层面上。

这首词的点睛之笔在于最后一问："试问闲愁都几许？"抒情主人公自己也知道，这样的单相思只是闲愁。所谓"闲愁"，即莫名的、没用的、漫无目的、挥之不去的一种哀愁。

"试问"，作者在沉吟，怎么把闲愁描述出来呢？如果说"很多"或"很重"，仍是抽象的，不能唤起别人甚至自己的感觉，而且无法传达出"闲"的质感。

把抽象的无形的感觉具象化，是诗歌最重要的一个特性。我们可以借形象来暗示或比喻，比如将哀愁比作秋雨，或苍茫的暮色，或一只走丢的鞋子，等等。

诗人在最后一行，不仅画出了哀愁的质感和形象，还画出了它如何蔓延、变形并生长。"一川烟草，满城风絮，梅子黄时雨"，烟草、风絮、梅雨，这些貌似无关的事物，无不染上了相思，传达出"闲愁"的质感。烟草，取其虚幻；风絮，取其缭乱；梅雨，取其缠绵。一川烟草、满城风絮、梅子黄时雨，又画出哀愁在空间上的弥漫，而三者又具时间次第，时序改变，闲愁依然，随物而迁，且愈加伤感。

问君能有几多愁？

虞美人

春花秋月何时了，往事知多少？
小楼昨夜又东风，故国不堪回首月明中。

雕栏玉砌应犹在，只是朱颜改。
问君能有几多愁？恰似一江春水向东流。

“词至后主，而眼界始大、感慨遂深”，王国维先生的评价，可作定论。李后主词，发自他个人国破家亡的经历，却说出了最普遍最本真的生命体验。我们虽然没有同样的经历，因此也一样能被深深打动。

后主的词，第一句总是直击人心。比如“人生愁恨何能免”，“无言独上西楼，月如钩”，“林花谢了春红，太匆匆”，“多少恨，昨夜梦魂中”，“往事只堪哀，对景难排”，“昨夜风兼雨，帘帏飒飒秋声”，等等，不胜枚举。

“春花秋月何时了”，大慧根之人听到这一句，可能当下就会开悟。春花秋月为何物，我又为何物？彼与我有别无别？若有别，我则不能感知彼；若无别，彼常在则我亦常在。

后主若能如此思维，也许会像贾宝玉，像鲁智深那样，或遁入空门，或坐化圆寂。然而没有，他的情执太重，仍是一个困在世间的人。

他从春花秋月想到的是“往事知多少”，虽是抒发感慨的反问，却并未观照到梦幻的本质，而仅在此作深深的惋惜，所以接着自然就有了“小楼昨夜又东风”以下的故国之思。

乘着东风，跟随月光，故国神游才看了一眼，已不堪物是人非。“问君能有几多愁？”与贺铸的“试问闲愁都几许”一样，也借用问句，加强文本与读者（听者）的对话和交流感，同时也是一声无奈的长叹。

“恰似一江春水向东流”，这个句子是动态的，读起来即有滔滔不尽之感。如此比喻其妙有三：一是春水，切合时令之外，春水更绿更鲜更满，愁亦随之而生而绿而满；二是向东，和杜甫的北一样，都不是随意的方向，而是故国所在的地方，心之所向，如同一个星座，亮在命运的夜空，遥远而无助；三是流，愁就像滔滔江水，无法斩断，无时停留，无穷无尽。

李后主还有一首《长相思》，也写哀愁，更淡远些：

一重山，两重山，山远天高烟水寒，相思枫叶丹。
菊花开，菊花残，塞雁高飞人未还，一帘风月闲。

上片写空间距离之远。一重，两重，山远，天高，烟水，寒，这些词都浸着愁。“相思枫叶丹”，此乃古典诗歌的常见写法，心与境合，物我不二，是相思染红了枫叶，也是枫叶点燃了相思。

下片写时间距离之久。“菊花开，菊花残”，一开一残，短短两句之间，有多少等待，多少失望，多少疼痛。读到这里一定要慢，看菊花慢慢开，叫菊花慢慢残，然后慢慢体会那种生命的痛感。现代社会的消费模式和海量信息，每天都在对心灵掠夺并试图芜没，使人对什么都变得麻木。我们需要用诗歌来恢复生命的痛感。

这首词没有一个字提到“愁”，但句句写愁、字字含愁。“塞雁高飞人未还”，塞雁在高处而人在低处，塞雁有信而人无还期，塞雁自由而人受阻。最后的“一帘风月闲”，可以看见，哀愁被一个“闲”字，赤裸裸地摆在那里。

李白：有时忽惆怅

赠何七判官昌浩

有时忽惆怅，匡坐至夜分。
平明空啸咤，思欲解世纷。
心随长风去，吹散万里云。
羞作济南生，九十诵古文。
不然拂剑起，沙漠收奇勋。
老死阡陌间，何因扬清芬。
夫子今管乐，英才冠三军。
终与同出处，岂将沮溺群。

太白的诗好，首先好在他抒情的声音很率真，读之如见其人。“有时忽惆怅，匡坐至夜分”，这样的体验，试问谁没有过？有时忽然莫名地惆怅，甚至觉得生无可恋，一个人枯坐在夜晚。或者有时小睡片刻，醒来天欲暮，内心生起深深的忧伤，仿佛把自己失落在什么地方。并非因为什么具体的事，也不是有没有人陪，此时即使有谁过来安慰，也将因很难解释而无济于事。

李白这首诗里的惆怅要具体些，让他不安的是一阵突然袭来的空虚感。“平明空啸咤，思欲解世纷”，他想要为这个世界做点事，使世界变得安宁美好的事。他的心志很大，像长风一样，想吹散万里云。然而世界呢，世界似乎并不需要他做这些事，或者认为他不合适。

虽然受了道箓，但李白并没能一心修道。他不想满腹诗书老死于阡陌间，也不想成为长沮、桀溺那样的隐士，那样的生活对于他太过空虚。他想要立功扬名，活出他的价值。很可惜，做一个诗人当时并没有给他真正的成就感。

找不到自己生命的意义，这是普遍存在的大哀愁。陶渊明不需要世人的关注，不在乎什么功名，他只要田园生活的宁静。但李白不同，李白的天性使他无法成为陶渊明，那样的宁静让他内心很不宁静。或许有的人天生是火，因此只能燃烧；而有的人天生是一株绿植，只要无声地长在那里就好。

如果知道了太白此诗作于他去世的前一年，你会不会更加心酸？那时李白身在末路，却仍志在千里，渴望着最后的大鹏展翅。他一生走过的路，只是一个接一个的错误，一场没有彩排的失败。人生即将落幕，他却感觉还没上场。瞬间将他淹没的恐惧，就像我们在午睡时分忽被惊起，在一片失忆的白光中，心跳加速不知身在何处。

他需要一个倾听者。诗题是“赠何七判官昌浩”，但昌浩并非他唯一的倾听者，实际上还包括了所有读者，以及他自己。也可以说，诗本身就是倾听者，写诗就是对黑暗的突围，就是在寻求另一种生存。

想起德国诗人黑塞写于晚年的《自白》，且摘引第一小节赠予太白，或许他读了也会心有戚戚：

谁是我的朋友——
候鸟，迷失于海洋上空，
没有牧人的羊群，遭遇海洋的船夫，
黑夜，梦幻，没有故乡的风。

白也诗无敌：诗人与诗仙

自遣

对酒不觉暝，
落花盈我衣。
醉起步溪月，
鸟还人亦稀。

被我们称为“诗人”的人，大概可分为三类：诗人、诗匠、写诗的人。

第一类诗人中，又可分两类：写诗的和不写诗的。杜甫属于写的，李白属于不写的。不写的意思是不作意写，或没有“写”的痕迹。

如果玄之又玄，那么众妙之门在于另有一类诗人：根本无须写诗，此人活着就是诗，以其生命创作，无须写亦无须知道什么叫诗人，不知所以然而然。此类可称之为“诗人外的诗人”。

先于诗人而发生的诗

某春夜，李白独坐花间，举杯邀月同饮，起身与影共舞。用现代的眼光看，这算不算行为艺术？这个行为本身就是一首诗。李白以文字为其赋形，落于纸上：

月下独酌

花间一壶酒，独酌无相亲。
举杯邀明月，对影成三人。
月既不解饮，影徒随我身。
暂伴月将影，行乐须及春。

我歌月徘徊，我舞影零乱。
醒时同交欢，醉后各分散。
永结无情游，相期邈云汉。

此情此景，很多人可能用“浪漫”或“诗意”来描述。浪漫固然浪漫，问题是浪漫等于诗意吗？诗意又等于诗吗？

这里发生的是一个生命事件，它涉人与春天、人与宇宙、人与孤独的关系。不是不能说浪漫或诗意，而是这样的描述在触及本质上还远远不够。

尽管行为本身已是诗，然而李白还是要把它写出来。并非为写诗而写，写诗本身也是行为的一部分。大多数时候，人们忙于各种言行，对自己的心灵是无知觉的。通过写诗，我们可以更细致地省察心灵，从而拥有它。写诗的目的在于与自我对话，与世界对话，辨认自己，把自己的感受传递给世界。

再来看一首不怎么“浪漫”的诗，李白的《自遣》：

对酒不觉暝，落花盈我衣。
醉起步溪月，鸟还人亦稀。

意思很简单，意味却很复杂。对酒乃至忘记时间，忽然发觉天已经黑了。这才看见自己身上满是落花。“盈”，可见诗人之静，时间之久，好像刚才他神游到另一个时空去了。落花量化出他在此的缺席，让那段被遗忘的时间变得可见可感。

醉起步月，缘溪而行，半梦半醒。鸟还人亦稀，寂寞无边，将他包围。亘古的寂寞，如同溪月，万物如谜。夜的单纯与宁静，苏醒了诗人身上的另一个自我，无名而神秘。

这些真实而不现实的况味，李白用四句四个形象传达了出来。同样，先有了对事物的感受，对生命的洞察，即先有了诗。天才诗人似乎是隐身于文本的，他只是让事物自己发出声音。

《独坐敬亭山》与之类似，但绝不相同。每一首诗捕捉的都是珍贵而独特的瞬间，不可替代。

众鸟高飞尽，孤云独去闲。
相看两不厌，只有敬亭山。

也能感到人在面对宇宙时那种大寂寞的心情，然而在这首诗里，诗人不动如山，自得而安定。字面上也是简简单单，一个人面山而坐，坐了很久，不过是鸟飞云去，似乎什么也没发生。然而，恰恰在这种时候，才能看出诗人的天赋，诗人倾听事物的能力。

美国作家福克纳曾在采访中被问及“如何编出了那些故事”，他大为惊讶地回答他什么也没编，一切都在那里发生着。如果用心想想我们每个人每天经历过的一个个瞬间，岂不比任何编出来的电影和小说更为复杂难解，甚至惊心动魄？只不过我们习惯于选择忽视和遗忘，且更乐于活在别人的故事里。

感受即天赋。诗绝非用文辞造出来的，一定是先有感受，再用文字和修辞准确地把感受传达出来。《独坐敬亭山》，什么也没发生，但在诗人生命的感受中，却发生了大事。读者用心涵咏，自可体会。

如果感受已被很好地说出，也就是说如果已经有诗准确地表达了你的感受，那么你就不必写了。此诗虽非自己所写，然感受是自己的，那么诗也就是自己的了。比如李白在黄鹤楼眺望有感，结果发现崔颢题诗在上头，虽是天才，此时也不得不搁笔。那首对的诗已有人写出来了，何必再写？！

作诗的苦与逸

李白的诗大有脱口而出之感，他写诗也的确毫不费力。这是他的天赋所在。写诗对他从来都不是难事，只要兴之所至，下笔必成诗。相比之下，杜甫写诗可就苦多了。

744年夏，李白被赐金放还离开长安，在洛阳与杜甫相识，二人同游梁宋（今河南开封、商丘一带）。李、杜的相遇，是中国文学史上的一件大事，被誉为“太阳与月亮的相遇”（这个说法显然欠妥，谁是太阳，谁是月亮呢）。两个大诗人竟然能在现实中相遇且同游，今人对此多觉不可思议。其实杜甫生前从未被当作大诗人，他比李白小十一岁，当时算个无名小卒，乃诗名满天下的李白的一枚粉丝而已。另外，唐代诗人之间交游甚多，李白、杜甫、高适、岑参、王维、孟浩然等（排名不分先后），他们之间多有交游，互相赠诗颇多。

此处需要顺便一提的是，李白与王维生卒年吻合，各自的朋友中也多有交集，然而二人在诗文中从未提到过彼此。这是一桩悬案。

且说李白和杜甫于河南别后，次年又在山东相见。李白在饭颗山上遇到头戴斗笠的杜甫，信口吟出《戏赠杜甫》：

饭颗山头逢杜甫，顶戴笠子日卓午。
借问别来太瘦生，总为从前作诗苦。

关于这首诗的真伪争论颇多，难以确论。不妨姑妄听之，内容倒也合乎李、杜二人写诗的状态。李白才逸气高，信手拈来。而杜甫呢，用他自己的话说是“为人性僻耽佳句，语不惊人死不休”。虽不至夸张到“两句三年得，一吟双泪流”，然杜甫为作诗而吃苦却是事实（苦中当然也有乐）。

李白这首赠诗题为“戏赠”，即戏谑之辞，开开玩笑。说杜甫你怎么这般消瘦，都是向来作诗太苦费心思了。言下之意呢？只能猜测，取决于对玩笑的理解。玩笑中有没有真的什么？从李白为人的率性不羁来看，他应该的确对杜甫作诗这么费劲有些同情，但没有嘲笑的意思，所谓谑而不虐。再者，如果后二句是李与杜一问一答，则剧情又变，也或许更有趣了。

宋人葛立方在《韵语阳秋》中说，“杜诗思苦而语奇，李诗思疾而语豪”。一个诗人的语言才能的确很重要。诗要表达人在瞬间复杂微妙的感受，意能逮物是感觉的敏锐，言能达意则是一种技艺。写作如大将用兵，字词句很难得心应手，而写诗尤其是一场语言的搏斗。李白的天才主要还在语言上。

李白写得不费力，我们读得也惬意。“东风动百物，草木尽欲言”，“桃李开东园，含笑夸白日”，春天在他笔下活生生的。“为我一挥手，如听万壑松”，“山花向我笑，正好衔杯时”，“别来能几日，草木长数尺”，不仅才气逼人，而且天然去雕饰。另有一种大诗人才擅长的散文笔法，“春风尔来为阿谁，蝴蝶忽然满芳草”，“泪亦不能为之堕，心亦不能为之哀。清风明月不用一钱买，玉山自倒非人推”，“虽然不如延年妹，亦是当时绝世人”，等等。

尤其《子夜吴歌　秋歌》：

长安一片月，万户捣衣声。
秋风吹不尽，总是玉关情。
何日平胡虏？良人罢远征。

清初诗学大家王夫之在《唐诗评选》中，点评此乐府诗曰：“前四句是天壤间生成好句，被太白拾得。”太白笔参造化，多的是这种浑然天成的好句好篇，轻松自然脱口而出，正如天壤间本就有诗，被他拾得而已。

杜甫仰慕李白即在于此。二人山东别后再无相见。杜甫前后写了约十五首诗怀念李白，包括《饮中八仙歌》《赠李白》《春日忆李白》《梦李白》《天末怀李白》《不见》等。在这些诗中，他写得最多的还是对李白诗才的仰慕："李白斗酒诗百篇"，"白也诗无敌，飘然思不群"，"笔落惊风雨，诗成泣鬼神"，"敏捷诗千首，飘零酒一杯"。

李白呢，他端着酒杯说："古来万事贵天生，何必要公孙大娘浑脱舞！"

诗仙等于诗神吗？

李白的语言天赋足以成就他为一个大诗人。然而语言天赋对诗人来说意味着一切吗？又如何理解"诗仙"这个头衔？

语言才能的确非常重要，因为诗是语言的艺术，然而诗人最终能在语言上走多远，还取决于心智。才华、心地、学识，三者的比例因人而异，几乎没有样样顶尖的诗人，故而自生风格。心地和学识加起来构成心智。心智的力量如果不够大，光靠才华写不出伟大的诗。比如曹丕和曹植，曹植才华横溢，然心智欠缺，而曹丕的才华不耀眼，但亦有真才，关键是心智强大。因此曹丕的诗比之曹植，正如王夫之在《姜斋诗话》中所论"有仙凡之隔，人知子建，而不知有子桓，俗论大抵如此"。

李白被冠以"诗仙"，那么何谓"仙"？仙这个称谓来自道家，列子御风而行泠然善也，盖为仙人之俦。李白受过道箓，也念念不忘炼丹，然而成仙之事却一再搁置。同游时杜甫追着偶像入山访道，见证了李白入道教的仪式。然而，他在《赠李白》诗中说：

秋来相顾尚飘蓬，未就丹砂愧葛洪。
痛饮狂歌空度日，飞扬跋扈为谁雄。

此诗堪称李白一生肖像速写。李白给杜甫总共只写过三首诗，且在他们分别一年之内，他大概没有想到杜甫这个苦吟的晚辈原来是最了解他的人。

入世行路难，出世心不甘，李白一生困在中间。进不得进，退不甘退，他始终相信“天生我材必有用”，然而现实是“大道如青天，我独不得出”。诗名满天下，在当时并不能实现他的人生价值。唐代虽以诗赋取士，然诗赋写得再好，对于以兼济天下为理想的士子来说，终归也只是手段而非目的。这不仅是李白的遭遇，也是当时优秀诗人们普遍的身份焦虑。反言之，李白在兼济与独善的冲突上，并未离其他诗人太远，更没作为谪仙人飘然隐去。

“诗仙”这个称谓，李白的诗才当之无愧，如果用于他的人生和诗歌，那未免涉嫌俗论的过誉。说到诗仙，有人马上想到“豪放”，豪放是检验神仙的标准吗？直着脖子喊一句“五花马，千金裘，呼儿将出换美酒，与尔同销万古愁”，就“仙”了吗？

最后，不妨再抛出一个问题：诗仙等于诗神吗？

写诗的人大都有类似体验，即“文章本天成，妙手偶得之”。诗原本就有，只是经诗人的妙手偶然写出。这是一个惊人的发现。我们古典诗歌传统中，没有“诗神”的概念，文章本天成，触及了诗作为先知的声音，但没有延伸到倾听者。古典诗歌的倾听者不是缪斯，而是现实世界中的一个知己。流传至今的李白诗中大半也是写给这类知己，或渴望呼唤出某个正在缺席的知己。

今天我们阅读李白，阅读任何一位古代诗人，不仅须警惕过于简化的标签，还须慎用所谓“主义”或“精神”这类粗暴的词，谨防其对具体诗意本身造成的压抑。

从苏轼到苏东坡：旷达就是活在当下

卜算子

缺月挂疏桐，漏断人初静。
谁见幽人独往来，缥缈孤鸿影。
惊起却回头，有恨无人省。
拣尽寒枝不肯栖，寂寞沙洲冷。

宋元丰三年（1080年），大年初一，44岁的苏轼因乌台诗案，在经历了130天的牢狱之灾后，与长子苏迈离京，启程前往黄州（今湖北黄冈）。这场无中生有的政治迫害，差点儿使他丧命。经其弟苏辙以官赎罪，以及王安石等惜才而向神宗求情，他被贬为黄州团练副使。这算是“从轻”发落了。

二月初一，苏轼抵黄州，暂时借住在古刹定惠院中。时值春寒料峭，梧桐树的叶子还没有长出。夜深人静，独自徘徊，劫波未平，此身如梦。

幽人与孤鸿

卜算子

黄州定惠院寓居作

缺月挂疏桐，漏断人初静。
谁见幽人独往来，缥缈孤鸿影。
惊起却回头，有恨无人省。
拣尽寒枝不肯栖，寂寞沙洲冷。

“缺月挂疏桐”是这天晚上的自然现象，但被诗人看见，并说出来，就成了此时此刻的必然。月是缺月，桐是疏桐，不论物象还是词语，二者之间都构成排列组合之美。如果是满月挂疏桐，或缺月挂茂桐，不是不美，而是另一种感受，且不属于这一刻了。缺月挂疏桐，对于遭劫之余的苏轼，不是一个单纯的形象，是他心灵的感受，偶然而又必然地，被这个形象投射出来，所以也就变成深刻的意象。

漏断，是诗人听断的。夜就像一个漏斗，随着更漏的每一声，世界之沙都从耳朵里漏下又漏下，直到全部漏完，漏断。此时世界已消失不见，一片荒漠，只剩下黑夜。而此时还醒着的人，就是幽人，谁也看不见的人。

很多人看见的，往往是那个旷达的苏轼，而没有看见他的内心还存在一个幽人。这天深夜，家人大概都睡了，与他闲话的僧人也都休息了，有谁看见白天或傍晚时分那个豪迈的苏轼此时，在寺院中独自徘徊呢？

谁见幽人独往来？这个反问并不是想被看见，而是发出一声哀鸣，是一种大寂寞的心情，是一个智者在经历无常之后，对自我生命存在的观照。在此观照中，他看见了“缥缈孤鸿影”。

看见就是被看见。孤鸿瞥见的人，此时不再是苏轼，而是一个无名无姓，影子一般孤寂的幽人。

闪电般的照见，令双方心里悚然一惊。“惊起却回头”，“回头”这个动作，此中有真意，欲辩已忘言。孤鸿飞远，缥缈了，孤鸿看他是不是也这样呢？

诗人在表达自己，尤其是显现自己的内象，即内在的自己时，总要依托借助于一个外象。此外象是诗人内心自我观照的一个象征。

比如鲁迅先生在散文诗《秋夜》一开始就写到的枣树，“在我的后园，可以看见墙外有两株树，一株是枣树，还有一株也是枣树”。在空虚的秋夜，两株光秃秃经受着严寒即将到来的枣树，就是鲁迅先生的自我象征。但他没有说我就是一株枣树，笔法凝练的他也没有这样写“在我的后园，可以看见墙外有两株枣树”。因为“一株是枣树，还有一株也是枣树”，这个句式本身就传达出作者内心的寂寥和苦闷。而枣树只是他内心的形象，并不等于全部的他，所以不能说“我是一株枣树”。这是文学的隐喻语言，不得已而为之。

孤鸿是苏轼常用的一个自传性的形象。比如他将现实经历和内心生活的关系表达为：“人生到处何所似，应似飞鸿踏雪泥。泥上偶然留指爪，鸿飞那复计东西。”还有对人生梦幻体验的诗句：“人似秋鸿来有信，去如春梦了无痕。”无常世事，生变异灭，如春梦了然无痕。而内在的那个我，则像飞鸿一样，切勿将雪泥上偶然留下的履迹当成了我。

“有恨无人省”，不可具体地解释为他遭遇的打击，如果此恨仅仅因为仕途受挫，那么得之是不是就要欢喜雀跃呢？这只是一般人，而不是苏轼的境界。这里“有恨”固然由遭受打击的因缘而来，但“恨”的内容却超出了表面的经历。和“回头”一样，都是说不明却深为触动和悲哀的，有个人的孤独，也有世界的悲哀。

唐圭璋先生讲此词称，上片写鸿见人，下片写人见鸿，人似飞鸿，飞鸿似人，非鸿非人，亦鸿亦人。此词读到下片，的确已分不清哪句是人哪句是鸿，境与心合，物我无二。

此身泛若不系舟

在定惠院借住三个月之后，苏轼把家安在了黄州城南长江边上的临皋亭。次年在友人的帮助下，于不远处的东坡开垦了一片荒地，种上树木和庄稼。又次年，于此自修草房数间，取名“东坡雪堂”，从此自号“东坡居士”。

劫后余生，东坡居士不以无常世事萦怀，时而读书写字，交游饮酒，时而布衣芒鞋行走于荒野，时而月夜泛舟放浪于山水。这两三年闲云野鹤的日子，成为他创作生涯的巅峰期。

临江仙

夜饮东坡醒复醉，归来仿佛三更。
家童鼻息已雷鸣。敲门都不应，倚杖听江声。

长恨此身非我有，何时忘却营营？
夜阑风静縠纹平。小舟从此逝，江海寄余生。

醒复醉，真是个很好的状态。全醒不好，全醉也不好。醒醉之间，似醉似醒，非醉非醒，对人生对世界这样介入，也许就是智慧。

归来仿佛三更，“仿佛”二字也有意思。既然醒复醉，那么时间也模糊了。模糊未必就是不好，亦可臻于“忘”的境界，不执着标准了。东坡已经忘了时间，仿佛三更这个模糊的判断，是从“家童鼻息已雷鸣”而大致推测的。

敲门都不应，倚仗听江声。这里也是境界。境界不在于一个人社会地位的高低，也不在财产的多寡，而在于人在各种处境中的态度和表现。家童睡得很熟，敲门都听不见，若是别的主人此时大概要呵斥怒骂了。东坡却一个人拄着手杖，走到长江边去听江声。

夜里的江声，让他沉思自己的生命。“长恨此身非我有”，这句可以是东坡自己的感悟，但以他广博的学养可知，应是化用了《庄子·知北游》的典故。在这一篇讨论宇宙本原本性的文章中，舜问丞道可不可以得而有，丞答：“汝身非汝有也，汝何得有夫道？”舜听了惊问：“吾身非吾有也，孰有之哉？”舜代表世俗世界在发问，认为身当然为我们所有，因此觉得很荒诞，怎么连身体也不是我自己的？

不是，丞回答说，身不过是天地之委形，生不过是天地之委和，而子孙不过是天地之委蜕。我们的身体从无而来，自生至死，无时无刻不在变灭之中，最后终归于无。这就叫“此身非我有”。

东坡的“长恨”，是遗憾的感慨，恨的对象不是我们不能拥有此身，乃是身非我有已够可怜，而心却还总不能忘却营营。营营就是思虑营营。试想我们白驹过隙的一生，有哪天不是在思虑营营中度过？一念方灭，一念又起，念念流转，无有息时。

因此，东坡凝视着“夜阑风静縠纹平”，油然而起“小舟从此逝，江海寄余生”的愿望。人生在世，当泛若不系之舟，才可能从营营中解脱出来。

“文采”就是找到那个最准确的词

宋金对峙时期，北方文宗元好问曾评价苏轼的词“性情之外，不知有文字”。我们读苏轼的诗文，也会有同感，他的性情和学养，皆自然内化为他的文笔。

苏轼自海南遇赦北还至广州，时任广州推官的谢民师携诗文求教，二人倾盖如故成为朋友。苏轼离开广州后，他们还经常书信往还，也因此有了那篇著名的文论《答谢民师书》。信中苏轼解答了一个很多人心中都有的疑惑，即孔子说的“言之无文，行而不远”与“辞达而已矣”，这两句话是不是有矛盾？

苏轼讲得很精辟，一语道破天机。他说实则并不矛盾，为什么？因为“求物之妙，如系风捕影，能使是物了然于心者，盖千万人而不一遇也，而况能使了然于口与手者乎？是之谓辞达。辞至于能达，则文不可胜用矣”。

这几句话仍是现代文学理论关于创作的首要和核心命题，即感受与表达。感受能力就是天赋。一个人得有独特的感受能力，要能“求物之妙”，你先得是个妙人。因为求物之妙，如同系风捕影，不可捉摸。妙人可是很稀有的，苏轼说这样的人大概千万人中可能也很难遇见一个。难道这还不叫天赋吗？感受能力或可以培养，但独特的感受是与生俱来的。虽然这多少令人有点沮丧，然而我们不能无视这个事实。这样的天赋，也是南宋严羽在《沧浪诗话》中所谓的“诗关别材”，即诗不是“写”出来的。

有了独特的感受，能不能用语言文字表达出来，这是第二步。也是一个人可以用功的所在，通过接受教育，多读多写，表达能力得到提高。

能求物之妙，而后能用语言文字准确地表达出来，苏轼说这就叫“辞达”，这就是文采啊！这样写出来的文章，就会如行云流水。

缺乏独特的感受能力的人，或不知怎么准确表达的人，往往喜欢用一些故作高深的词，以掩饰其感受和表达能力的不足。苏轼举例说，比如西汉扬雄“好为艰深之辞，以文其浅易之说”，就是这种情况。

从古至今，有些人写诗，心中并无几多感受，更无独特的感受，为了让诗显得更有诗味，他们故意把话说得晦涩或文艺。不知就里的外行以为这就叫文采，其实这是对文采的误解，且恰好证明了文采的不足。当然，故意写成大白话，又成了另一种媚俗。这些并非出于感受和表达的选择，都是虚妄不对的，文采的关键只在于有了感受，然后找到那个最准确的词。

何谓“活在当下”？

如今，“活在当下”成了很多人的姿态签名，而苏轼的乐天知命正好被引为偶像来自我加持。在普遍失去方向感的时代，我们都需要精神安慰，这本身没有错。但更重要的是，如果想获得真正的力量，而不是一碗麻醉的鸡汤，那就得用心好好想一想，什么是苏轼的旷达和当下？

我们再以《定风波》为例：

莫听穿林打叶声，何妨吟啸且徐行。
竹杖芒鞋轻胜马，谁怕？一蓑烟雨任平生。

料峭春风吹酒醒，微冷，山头斜照却相迎。
回首向来萧瑟处，归去，也无风雨也无晴。

这首词的小序也很有意思，“三月七日，沙湖道中遇雨。雨具先去，同行皆狼狈，余独不觉，已而遂晴，故作此词”。

出门在外，中途忽然遇雨，如果都没有带伞，这时你观察周围的人，绝大多数都会显出仓皇狼狈之相，或抱头急走，或心生不快。此时如果泰然处之，不仅不为急雨所苦，反能享受雨中的乐趣，那么你就是苏东坡了。

“莫听穿林打叶声，何妨吟啸且徐行”，这是旷达，也是当下。旷达的意思就是活在当下。但不是及时行乐，而是“一蓑烟雨任平生”，做自己的旁观者、局外人。

下片更有深意。“料峭春风吹酒醒，微冷，山头斜照却相迎”，人生在世，就是这样的风雨阴晴。雨和晴都是无常，无常才是常态。

如果下雨就烦恼，天晴就欢喜，那就不能超脱，反之亦然。

只有像东坡，“回首向来萧瑟处，归去，也无风雨也无晴”。这一回首，方才所历空如一梦，这就是悟。而“活在当下”的意思，就是“也无风雨也无晴”，既要看到没有风雨，也要看到没有晴。也就是说，不论快乐还是痛苦，我都要看破，都不执着。不执着有，也不执着无，才能得自在。

快乐流过，痛苦流过，我还是那个真我。

存在的乡愁：走进唐诗中的古村落

雨过山村

雨里鸡鸣一两家，
竹溪村路板桥斜。
妇姑相唤浴蚕去，
闲着中庭栀子花。

现代化进程使人们大批大批地背井离乡。在钢筋水泥的丛林，在数字化的虚拟空间，在不是任何地方的地方，我们日日夜夜生死流浪。

离土地更远，却没有离天空更近。人与人之间，一边渴望信任和亲密，一边充斥疏离与猜忌。自我的分裂，家园的丧失，或许才是我们内心最深刻的焦虑。

时代机器化的加速，海量的信息，挤压着我们的日常。每个人都在追赶什么，也被什么追赶。究竟是些什么，却无暇深思，也无力面对……我们的发声早已不敢承担生活的真实。

我们被物质的欲望放逐，大自然神性的安慰也变得奢侈。在停不下来的奔跑中，幸福越来越像一个传说，而不该丢失却已丢失了很多。

我们丢失了什么？

在所有丢失中，最要紧的可能还是，我们丢失了与大地的触摸，丢失了农耕文明“天人合一”的安详表情。

农耕时代的生存景观

渭川田家

（唐）王维

斜光照墟落，穷巷牛羊归。

野老念牧童，倚杖候荆扉。
雉雊麦苗秀，蚕眠桑叶稀。
田夫荷锄至，相见语依依。
即此羡闲逸，怅然吟式微。

这是唐代渭河平原上的一个村落。仅在三四十年前，北方的很多田家,与王维此诗所见相差都不太大。我们先跟随诗人在村里走走。

“斜光照墟落”，平原上的日落很慢，又是春天，夕光斜斜长长，柔和而明亮。夕阳，斜光，土墙，村庄，让人感到静谧安详。

窄窄的土巷，走来几只牛羊，或许还响着细碎的铃铛。“穷巷”的“穷”是狭窄的意思，与通达的“达”相对。牛羊走在窄巷，是不是更觉村落的幽寂？牛羊如果走在通衢，我们就会感到一种张力。

古希腊诗人萨福有一首经典的短诗《暮色》:“晚星带回了/曙光散布出去的一切/带回了绵羊，带回了山羊/带回了牧童回到母亲身边”。天色向晚，光线和时间都变得舒缓，家园在把众生呼唤。鸡上架，牛羊归来，牧童回到母亲身边，劳作了一天的人，也都回家休息。早晨是曙光将一切散布出去，而傍晚则是回归，回归到母亲和大地。

王维以诗人和画家的敏感，写下不少经典的田园诗。与萨福的诗类似,《渭川田家》可谓最具原型意义的一首。古老的河流，古老的村庄，古老的生活，梦幻般清晰地，映现于古老的夕阳下。

“野老念牧童，倚仗候荆扉”，看到这一幕，哪怕一张这样的照片，也给人以安慰、以感动。对于老人的状貌神情，诗人没有描述也不必描述，从倚杖、候、荆扉几个词，我们已悉知悉见。那神情如大地一样古老，一样安详。“野老念牧童”，还让我们看见生命的延续，生命就像河流一样生生不息。

在写田夫之前，诗人宕开一笔，插了两句“写景”。我们可以停留在倚仗候荆扉的感觉中，“候”不是急切的等待，候而不候，不候而候。悠闲之中，家园在老人周围铺开。

“雉雊麦苗秀”，如果翻译成“野鸡在麦田间雊雊叫”，不但没有把诗意揭示出来，反倒给闷住了。古典汉语表意不在语法，在于词与词的编织和映照。听见野鸡雊雊叫，看见麦苗秀，都是一种心情，对生命的欢喜。野鸡的叫声映出麦苗秀，反之亦然，如同“日长无事蝴蝶飞”，日长无事与蝴蝶飞，也互为映照。

“蚕眠桑叶稀”，是时序静静的流转，不惊不惧，安适自然。在万物有序的代谢轮回中，生活是天长地久的。

此二句写景，“野老”等句虽写人，但也是诗人与我们所见之景。而所有的写景，实则都是抒情。谓之写景亦可，谓之抒情亦可。眼前景，心中情。

接下来，我们看见“田夫荷锄至，相见语依依”，实在很寻常很亲切。这就是村落的原生态，原汁原味的生活，有泥土的气息，有人与人的温度。

当夕照渐渐敛去，田家的生活融入暮色与炊烟，诗人由衷感叹：“即此羡闲逸，怅然吟式微。”“即此”，即看到这些。羡闲逸，闲逸是诗人即景的感觉，诗句的节奏也传达出闲逸。田家生活是否真的闲逸，不是这首诗里的追问。

诗人在此追问的是自己，怅然的也是自己。与作为读者的我们一样，诗人站在旁观者的角度。即使走在村里，他也是一个局外人，眼前的生活是一幅画，就像凡·高画中的农耕场景。这与陶渊明真实书写乡村经验的田园诗有本质的不同，王维的田园诗具有隐喻色彩，呈现出的是农耕文明的生存景观。他由此而感发的喟叹，乃是他对生存意义的追问，对生命本真的深情呼吁并渴望回归。

山村生活的忙与闲

雨过山村

（唐）王建

雨里鸡鸣一两家，
竹溪村路板桥斜。
妇姑相唤浴蚕去，
闲着中庭栀子花。

这是南方的一个山村。在一个下雨天，诗人王建经过这里，看见并说出了它。

我们无法真正说出一个事物，即使日日见惯之物，一旦你凝视它，就会感到它的神秘。要说出它几乎是不可能的。

然而作为人，我们想要表达。我们日常所说的话，绝大部分并无实义，并非真正的表达。真正的表达往往是我们未说出的话，或者是以诗的方式，说出无法说出的话。

如果在同样的雨天经过一个山村，我们会看见什么？一百个人会看见一百样不同的事物。你有什么样的敏感，你是什么样的人，你看见的就是什么。你的看见说出了你是谁。

诗人王建的看见，随他与山村的远近高低而不同。“雨里鸡鸣一两家”，远远地，在山路上听见几声鸡鸣，循声望去，雨雾中隐现出一两户人家。

下雨天独自走在山里，被无边的孤寂包围。这时，忽然听见鸡鸣。鸡不仅鸣在黎明，鸣在日中，也鸣在雨天。《诗经·鸡鸣》曰：“风雨如晦，鸡鸣不已。”

让我们也听见鸡鸣吧！我们有多久没有听到鸡鸣了？作为食品被批量生产的鸡还能鸣吗，还需要鸣吗？在农耕文明中，鸡鸣从来就不是鸡鸣，鸡鸣是生活的表情，鸡鸣来自神性。

听见了鸡鸣，便看见了人家，山村就在那里。逶迤走去，走过竹溪，走上村路，再过一道斜斜的板桥。竹溪、村路、板桥，这些被诗人看见的事物，都是山村对诗人说话。

进了山村便会逢人。“妇姑相唤浴蚕去”，“浴蚕”是古代养蚕的育种方法，一般在农历二月。此处带出时令，并看见生活的场景。蚕桑是妇人们操持的农活，如《诗经·七月》所说：“春日载阳，有鸣仓庚。女执懿筐，遵彼微行，爰求柔桑。”“妇姑相唤”，点染出农活的“忙”。此“忙”与今天城市生活的“忙”不一样，农活的忙是一种紧随时令的节奏，忙中含有劳动的快乐与从容。

诗人走在村里，所见必定很多，最后他只写了一个貌似不重要的事物，即开在人家庭院中的栀子花。这就是他的看见。虽然也必定看见了房屋、村巷、家里的农具等，但栀子花让他看见了诗。栀子花的洁白芬芳虽美，但并不是诗，栀子花的美被“闲”在那里，才是他看见的诗。

妇人的“忙”与栀子花的“闲”，相反相成，相映成趣。也可将栀子花视为一个象征，我们所谓的世界，就是一个象征的体系。栀子花可象征爱情，可象征朴素之美，也可象征别的什么，取决于你的语境。闲在中庭的栀子花象征什么呢？我们可以自己去感觉种种可能：妇人的美，山村的娴静，家园的温情……

开轩面场圃，把酒话桑麻

过故人庄

（唐）孟浩然

故人具鸡黍，邀我至田家。
绿树村边合，青山郭外斜。
开轩面场圃，把酒话桑麻。
待到重阳日，还来就菊花。

故人置办了一桌饭菜，邀请浩然前往。我们也跟随他一起赴约，去田家坐坐。

那时候的村子，远远望去，一片苍翠的树色。郭外一道青山横斜，环抱着村庄。“绿树村边合，青山郭外斜”，就要到了，浩然边走边赞叹，赞叹中洋溢着喜悦之情。

开始吃饭了。重点不是吃饭，而是在哪里吃、怎样吃这顿饭。“开轩面场圃，把酒话桑麻”，打开窗户，面对着场圃。场圃就是打谷场兼菜圃，农忙时碾压瓷实用以打谷晒谷，农闲时挖开松土用以种菜。场圃就在村口或家门口，比起较远的田地，更有家园之感。

面对场圃，把酒话桑麻，这才是农家本色。因为心旷神怡，浩然自约下次再来：“待到重阳日，还来就菊花。”饭菜想必美味，但他留恋的是在故人庄吃饭的感觉，是农家生活天然淳朴的美好。

这首诗很简朴，没有华丽的语言装饰，也没有半点多余的抒情，为什么能成为经典？为什么能打动人？原因正在于它的简朴。不是非要崇尚简朴，而是简朴贴合了“去田家吃饭”这件事的本质。

一首诗以什么样的方式发声，既系于作者的性情，也系于要表达的事物。只有精确地命名，只有用以精确命名的词，具有所命名之物的真实质地时，诗才能发出天籁之音，从而触动我们。

当我们喜欢唐诗时我们在喜欢什么？

最后，让我们一起思考这个问题。

世界的发展飞速到让人迷失，在物质的全面围攻中，我们丢失了对天的敬畏，丢失了与大地的触摸，丢失了与自然万物血脉相连的节奏。温室的盆栽，豢养的宠物，发达的社交媒介，能为我们找回丢失的东西吗？能给我们真正的安慰和救赎吗？

当我们喜欢唐诗时我们在喜欢什么？答案也许是，在唐诗里还能看见我们丢失的东西，在唐诗里还能听见来自血液深处的声音。唐诗不是一笔拿来骄傲的死遗产，对于现代化危机中的我们，那些大地上的诗篇可以成为我们心灵的活水之源。

或许不可能再回到农耕文明，但读唐诗可以帮助我们恢复对土地的记忆，或许还能重新找回安详的表情。在此意义上，我们与唐诗的关系，不是消遣，更不是消费，而是一种生存的必需。

当流亡成为宿命：回家就是一场自我穿越

回乡偶书

少小离家老大回，

乡音无改鬓毛衰。

儿童相见不相识，

笑问客从何处来。

院子里曾有一棵苹果树——
那应该是
四十年前——后面，
只是草地。飘着
番红花的香气。
我站在窗前：
四月将尽。春花
盛开在邻家园。
有多少次，真的，那棵树
在我生日那天开花，
正好那天，不早
不晚？永恒不变
替代了
物换星移。
这幅画面替代了
无情的世界。对于
这个地方，我所知的是
那棵长了几十年的树
被一株盆景取代，人声
从网球场升腾而来——

新刈的茂草气息。

正如人们对抒情诗人的期待。

我们只看一次世界，在童年。

其余都是回忆。

——（美）露易丝·格丽克《回家》

（三书 自译）

诗题原文是希腊语“Nostos”，意思是“回家”。英语中“乡愁”一词，“Nostalgia”，即源于此，由“Nostos”（回家）和“algos”（痛苦）合成。

不论古今中外，回家都是人类永恒的主题。万法无常，一切都在改变，曾经的家注定要失去。我们只看一次世界，在童年。是的，回家其实是一场自我的穿越。

回家，我怕

渡汉江

岭外音书绝，经冬复立春。

近乡情更怯，不敢问来人。

不论此诗的作者是宋之问还是李频，也不论是否作于被贬逃归途中，这些都不再重要。一切好诗，皆如日月星辰，属于所有人，泽被所有人。

"近乡情更怯"，无需有作者当时的背景，任何人离家经年，归途中都会油然而生这种心情。害怕的原因及程度或有不同，但"近乡情怯"的体验人人都有。

我们先来读这首诗，以共情感知诗人为什么害怕。诗人的处境可从题目和前两句中体会。

题目是"渡汉江"，诗或许写于渡江之后，但作者看见诗或被诗看见，则在渡江之时。既是近乡情更怯，可知渡过汉江，很快就要到家了。一条江并没有多宽，渡过去也很快，但心里感觉陡变。还在江这边时，家乡尚觉得远，一渡江忽然迫近。山与河，隔开的不是直线距离，是遥远的心理距离。因此，诗题抓住的乃是人类很原生态的一个体验。

再读前两句。"岭外音书绝"，岭外应该就是岭南，但岭外感觉要更远，因为南岭已很远，况在南岭之外。从岭外到汉江，要走多久，要翻多少座山，过多少条河？在岭外时，家中已经"音书绝"。大概早些时候，还与家人音书往来，后来家里再也没有回信，也打听不到半点消息。

"经冬复立春"，多么漫长而焦灼的等待。等了一个冬天，等到春天又来，岭外的日子全在等待。音书断绝之后，担忧和焦灼与日俱增。如果真是"逃归"，那也许是再也无法承受这样的等待，不顾一切也要回去的选择。

一路长途跋涉，当家乡忽然近了，近在眼前，心跳加快起来。害怕源于音书绝。没有消息往往就是一种消息，一种可预感到的不祥的压力。

最后“不敢问来人”，来人就是从乡里来的人，一问可能就知道家里的情况了，但诗人不敢问。怕的是家里发生了什么事，怕的是自己的恐惧被证实。至于到底家里怎么样了，诗不需要说。我们可以悬想，可以开各种脑洞，也可以用自己的阅历去补充。

整首诗渗透着一个感觉：怕。从音书绝开始怕，随着每一句、每个词，“怕”在递增，渡江时更怕，直到最后的“不敢”。

可能有人会说，诗中的害怕有特殊的历史背景，比如被贬，或许战乱，通信不便，等等。诚然，照此解读有助于体会诗中的心情，但无论什么背景都是后人的猜测。而诗中触及的普遍体验，并不必要还原到创作时的背景中。今人联络和交通都很方便，是不是不再近乡更情怯？我们害怕的原因可能各有不同，哪怕是莫名的害怕，也还是会害怕的。

这首诗本身所表达的是人性。人的一生不都在等待吗，一个又一个的等待，一次又一次的害怕。翻阅现当代世界文学，一个关键的主题就是“我怕”。

伴随工业文明的兴起，传统式微，神性缺席，人被物化，家园的失落，全都构成现代人内心深处的“我怕”。人海茫茫，我们个个泛若不系之舟，却并没有庄子寓言的自由，有的只是无处抛锚的走投无路。

老兵返乡日记

十五从军征，八十始得归。
道逢乡里人：家中有阿谁？
遥望是君家，松柏冢累累。
兔从狗窦入，雉从梁上飞，
中庭生旅谷，井上生旅葵。
舂谷持作饭，采葵持作羹。
羹饭一时熟，不知贻阿谁。
出门东向望，泪落沾我衣。

这首汉乐府诗如同一部微电影，画面的叙事感很强。每次读或看，都很心酸，似乎那老人就在眼前。

根据唐代史学家吴兢撰述的《乐府古题要解》，“十五从军征”一诗晋时已被谱入乐府，其创作年代当在汉魏战乱之际。

我们很难想象近两千年前的城市和村庄，但也许可以想象一个褴褛憔悴的老人走在土路上。自从十五岁那年离开家乡，他已经整整六十五年没有回来。

“十五从军征，八十始得归”，越是沉重，叙述越平淡；叙述越平淡，读来越心惊。“始得归”，他一直在等，等了一生。比起无定河边骨，这个士兵或许算是幸运的，至少没有战死沙场，至少最终回来了。

快到村庄时，老人遇见一位乡里人。二人应该年纪相仿吧，应该辨认了好一阵子，彼此才认出原来是你。“家中有阿谁？”这句问得惊心动魄,却自然而然合情合理。毕竟六十五年没回来,毕竟天下战乱。

“遥望是君家，松柏冢累累”，需要多大的勇气才能说出这个残忍的事实……

老人此前虽然疲惫不堪，但心里有一个回家的希望支撑着。听到家人都已亡故，那一瞬间是什么感受？为什么他没有轰然倒塌？或许希望本就渺茫，或许在他意料之中，而此时他筋疲力尽，连倒下的力气也没有了。

上述感受是不是诗人的意思，我们不知道。老人听到噩耗后什么心情做何反应，诗人只字未提，直接跳过。诗人留给我们去想象，再从老人接下来做的事情中去揭示。那一瞬老人内心的风暴或静止，任何文字也无法描述。而前后画面的断裂和留白，正诠释了诗作为超越语言的存在。

老人本能而空洞地往家里走，进门看见：“兔从狗窦入，雉从梁上飞，中庭生旅谷，井上生旅葵”，昔日的家已成废墟。

做梦似的,他从中庭采了旅谷,从井上采了旅葵。家里又冒出炊烟，又闻到饭香。羹饭一时熟，饭做好了，却没有人来吃。他的梦醒了。

茫茫然走出家门，向东边望，那是家人们埋葬的地方——他的眼泪终于落了下来。

另一种返乡日记

回乡偶书

（唐）贺知章

少小离家老大回，乡音无改鬓毛衰。
儿童相见不相识，笑问客从何处来。

同为八旬老人，也是少小离家老大回，唐代诗人贺知章的返乡却完全不同。没有战争的大背景，没有家人的生离死别，这首诗抓住的只是一个很平常的感悟。

作为儿童启蒙读本的必选诗，不知道儿童从中能读出什么感受。记得萧红在《呼兰河传》中回忆祖父给她讲这首诗时，她很恐惧是不是自己也要离家，是不是老了回来连爷爷也不认识自己了。

《回乡偶书》字面虽浅显，背后的心情却完全在儿童之外，感知的视角在老人这一边。儿童只是一面镜子，老人从中照见自己变成了故乡的陌生人。

贺知章告老还乡在史上是罕见的风光，根本不是古诗插图中肩背褡裢的落魄老人形象。唐玄宗为御制诗赠之，并诏赐镜湖，皇太子率百官为其饯行。知章一生富贵升平，更得善终，还乡时已八十六岁。

回到别了几十年的故乡，一定满目都是陌生人，而自己更是个陌生人。作为名人显贵，乡民对他肯定早有耳闻。当儿童天真地笑问：

"客从何处来？"他一下看清自己身上的陌生人。

触动的也是这个瞬间。不用说几十年，就是几年没有回去，对家乡也会有强烈的陌生感。是什么让我们感到陌生呢？

贺知章《回乡偶书》第二首曰："离别家乡岁月多，近来人事半消磨。惟有门前镜湖水，春风不改旧时波。"让人对家乡感觉生疏的，并不是时间本身，而是人事的变化。当熟悉的人不在或改变了，我们自身的那部分也随之而去。

然而仍有些事物还在，甚至并没有改变，比如门前的镜湖水，春风还像从前那样吹。此时，人似乎穿越了时间，遇见从前的自己。

这才是真正的穿越，是每个人都会经历的时间的故事。

当流亡成为宿命

菩萨蛮

（唐）韦庄

人人尽说江南好，游人只合江南老。
春水碧于天，画船听雨眠。

垆边人似月，皓腕凝霜雪。
未老莫还乡，还乡须断肠。

晚唐五代词人韦庄写过一组《菩萨蛮》，总共五首。从那天清晓的别离，写到老去他乡的追忆，时间跨度几十年。上面是第二首词，此时他已离开长安，避难于江南。

江南的好人尽皆知，尤当中原兵荒马乱，更是“人人尽说江南好”。这个“尽”字很痛，因为诗人没法把心安在这里。他也劝慰自己，“游人只合江南老”，他知道他应该安心终老于斯。

韦庄在《花间集》中的声音很独特，别的词人都在虚构模拟女子的口吻，他却明朗地以词写他的真实人生。别人的词委婉而富于意象，他的词以真挚情感直击人心。

这两句“人人尽说江南好，游人只合江南老”，不用铺垫，也没有意象，开口就说真心话。虽然直接，却意味深远，“尽说”与“只合”之间，细想又暗藏多少委屈的情感。此类语气见出韦庄的功力和魅力。

江南好在哪里呢？诗人一一指给我们看，都是熟悉的意象：“春水碧于天，画船听雨眠”，这是景美；“垆边人似月，皓腕凝霜雪”，这是人美。

他劝自己：“未老莫还乡，还乡须断肠。”江南岁月静好，不到叶落归根的时候，不要回去，回去看着满目疮痍的家乡，岂不徒然叫人断肠？但若问为什么要劝自己莫还乡，那还不是因为太想还乡。

如此这般，口劝心、心问口，自问自答。无法释怀的心情，找不到出口的人生困境，也只能放进在一首词中。

在江南滞留快十年了，韦庄终于回到长安，也终于考中进士，此时他已将近六十岁。才过数年，唐王室内部发生政变，韦庄绝望入蜀，希冀形势好转再回长安。但等到的却是唐朝的彻底覆灭，而他从此终生流亡，最后客死他乡。

当年无心眷恋的江南，入蜀后却令他深深怀念。《菩萨蛮》第三首开头写道：“如今却忆江南乐，当时年少春衫薄”，且不无后悔地表示：“此度见花枝，白头誓不归。”

这是又一个时间的故事。时间改变着一切，也改变着我们。曾经以为苦的，后来回味出乐；曾经以为暂时离开，后来再也回不去。

杜甫与燕子：鸟鸣叫响了春天

绝句漫兴九首（其三）
孰知茅斋绝低小，
江上燕子故来频。
衔泥点污琴书内，
更接飞虫打着人。

鸟鸣是春天的好听，尤其在春分以后。燕子、黄莺、画眉、布谷……叫得上名字的，叫不上名字的鸟儿，都飞了回来。远近高低，参差错落，鸣着叫着，啼着笑着。“以鸟鸣春”，鸟鸣叫响了春天，春天的声音就是鸟鸣。

众鸟之中，最近人者莫过燕子。这些小生灵，把它们的家安在人类的屋檐下。衔泥筑巢，捉虫哺雏，飞进飞出，唧唧啾啾。

燕子的滂沱快乐

滴在我身上是不快乐的，杜甫说。闲来无事，他喜欢看燕子，喜欢听它们说话，或和它们说话。

句漫兴九首（其三）

孰知茅斋绝低小，江上燕子故来频。
衔泥点污琴书内，更接飞虫打着人。

入蜀已是第二个春天。前年冬天（759 年），四十八岁的杜甫携妻小，翻越秦岭雪山的那场逃难，历时不像两月而像十年，有多少次他觉得自己随时会死在路上。剑门关如鬼门关，过了，家乡就远了。

次年春，杜甫一家落脚成都，卜居浣花溪畔，准备营建草堂。此处林塘幽静，离市区较远，且隔了条河。杜甫的心情喜忧参半：喜的是颠沛流离暂得定所，忧的是囊中羞涩，奈何？

某日，他正坐在江边为钱发愁，一位在叔伯兄弟中排行第十五的王姓表弟，天使般翩然携钱而至。“忧我营茅栋，携钱过野桥”。(《王十五司马弟出郭相访兼遗营草堂资》）为人耿直、多仗义之交的杜甫，在朋友们的资助下，草堂落成。

营建草堂期间，杜甫又多方寻觅花果树木，遍植房前屋后。例如从韦二明府（诗人韦应物的侄子）处觅绵竹，向萧八明府处觅桃秧，又往别处觅松树子等。甚至还从韦二明府家顺便讨了个大白瓷碗，“君家白碗胜霜雪，急送茅斋也可怜”（《又于韦处乞大邑瓷碗》)。他把这些具体而微的欢喜，以诙谐的笔调真率坦诚地都写进了诗里。

草堂岁月怡静，溪畔春色尤美。然而对于杜甫，未免美好得莫名其妙。中原此时遍地干戈，烟尘四起，这里的春天再好，和他又有什么关系？自从入蜀的那一天起，他就渴望早日回去。锦城虽云乐，不如早还家。他在《成都府》中怅惘：“信美无与适，侧身望川梁。鸟雀夜各归，中原杳茫茫。”蒿目时艰的诗人，面对如此美好的春天实在有些消受不起。同时，他又感慨自己老之已至，归日难期，于是劝慰自己勉强行乐，这种不知如何是好的复杂心情，可抚认于《江畔独步寻花七首》和《绝句漫兴九首》两组绝句。其中恼花、怕春、责莺、嗔燕，种种可爱，几多心酸。

“孰知茅斋绝低小”这首绝句，便是嗔燕。按理说燕子们喜欢把巢筑在高堂，而并不愿意屈居低矮的茅屋，因此“燕子”常被用作嫌贫爱富趋炎附势的象征。比如唐代杜荀鹤的诗《春来燕》就说：“我屋汝嫌低不住，雕梁画栋也知宽。”杜甫在《去矣行》中也写到：“焉能作堂上燕，衔泥附炎热。”可此诗中的燕子却因茅斋低小而频入，这是为什么？

原因之一是客观情况。溪畔本就人家稀少，杜甫在《为农》诗中说过“江村八九家”，且住的应该都是茅屋，燕子舍此并无高堂可栖。

原因之二乃是诗中的意味。“孰知”和“故来频”，诗人的语气神态如闻如见：“你们孰知我的茅斋低小，故意频频飞来，是在向我展示你们的幸福吗？是想把我撵到春天的犯罪现场去吗？”

燕子的快乐，诗人都看见了，听见了。这还不算，“衔泥点污琴书内，更接飞虫打着人”。这两句令人忍俊不禁。燕子天真烂漫，人则憨态可掬。杜甫心想：这茅斋倒像是你们的，拜托，难道至少不该在我面前掩饰一下你们的快乐吗？滴在琴上、书页上的，滴在我身上的，那不是泥，是你们的快乐滂沱。还有，飞来飞去地捉虫，忙得不亦乐乎，竟撞到我身上，难道你们以为我是尊雕像？你们这样的行为分明就是不把人类放在眼里！

如果杜甫还记得，一年前草堂落成时，燕子来栖，他当时可是十分欢喜。有诗为证：“暂止飞乌将数子，频来语燕定新巢。”（《堂成》）记得记得，杜甫只好承认，但正所谓此一时彼一时嘛。

明末清初学者王嗣奭在其研究杜诗的专著《杜臆》中，对此诗有如下点评：“远客孤舟，一时遭遇，多有不可人意者。”不可人意者，多因客愁，在此借燕子而引出禽鸟亦若欺人的感慨。如此理解虽行得通，但索然无趣，正是痴人面前不得说梦。《绝句漫兴九首》整组诗语气诙谐，大有调侃自己的味道。读杜诗仅知其庄重严肃，而不识其幽默戏谑，可乎？

以诗意为诗，诗必不妙

让我们再读一遍这首绝句："孰知茅斋绝低小，江上燕子故来频。衔泥点污琴书内，更接飞虫打着人。"

这四句写实的平常话，完全散文句法，何以成为一首诗？或曰：诗意何在？诚然，这四句貌似没什么"诗意"，然而我们读了之后感觉到上述种种情境，或者在心里还生出了上面没有提到的别的东西，这就是诗意，这才是好诗。

杜甫并没有写得很"诗意"，他只是将他的实闻实见写下来，写得真诚，元气淋漓，因此触动了我们的感觉，从而生出了许多东西。王国维在《人间词话》中说："大家之作，其言情必沁人心脾，其写景也必豁人耳目。其辞脱口而出，无娇柔妆束之态，以其所见者真，所知者深也。诗词皆然。"

杜甫的诗给人的感觉便是如此。因其所见者真，所知者深，所以诗句好像脱口而出，仿佛事物本身发出了声音。

关于散文句法，顾随先生讲过这样的话："和写人一样，写人要不太具人味，或近于兽，或近于神，我们喜欢的多是此种人。诗，太诗味了便不好，大诗人的好句子多是散文句法。”

似曾相识燕归来

杜甫在成都草堂断断续续住了不到五年。时难年荒，世事多故，杜甫自身又多疾病，生计日益艰窘。765 年夏，杜甫与家人被迫南下，此后三年，辗转于嘉州、戎州、渝州、夔州之间。时复多病，左耳始聋。

768 年，杜甫自夔州（今重庆奉节县）出峡，欲北归洛阳，时局动乱，亲友尽疏，北归无望。生计迟迟无着落，只得以舟为家，漂流在岳州、潭州（今之湖南岳阳、湘潭、长沙一带）的江湖之上。

770 年春，杜甫欲往衡州。一日，他枯坐在船头，眺望茫茫江面，一燕子飞了过来。他觉得那燕子对他一番徘徊顾恋，不禁大悲，写下后来成为他诗集中最后一首七律的《燕子来舟中作》：

湖南为客动经春，燕子衔泥两度新。
旧入故园常识主，如今社日远看人。
可怜处处巢君室，何异飘飘托此身。
暂语船樯还起去，穿花贴水益沾巾。

杜甫的诗中，写到燕子多达 53 次。有诗句中出现燕子的，如“泥融飞燕子”“微风燕子斜”“自来自去堂上燕”；有直接以燕为题的，如《归燕》《双燕》等。

这首诗是他最后一次写燕子。虽然当时并未预知自己大限将至，但诗中不论是他看燕子还是燕子看他，彼此莫不以告别的眼光。与成都草堂所见不同，彼时不无嗔怒，此时则满腹柔情。

来湖南也是第二个春天。虽然朝不保夕度日如年，然而时间过得也真快。人生不是如梦，简直就是一场噩梦。想做成美梦怎么也不成，这就是杜甫的人生。此时的他贫病交加，久居水上，时其饥饱，精神多少有点恍惚。看见燕子飞来，他立刻觉得，这就是故园的那只，燕子来看他了。故园是哪里，并不确定，也无须辨明，总之对于他，此刻，燕子是他的旧相识，是从故园飞来的信使。

可燕子却不敢认他，远远地打量着，似乎在问："这个衣衫褴褛形容憔悴的人，就是从前的主人吗？"杜甫从燕子的迟疑中，骇然照见自己容貌的变化。

颈联"可怜处处巢君室，何异飘飘托此身"，旅食同是漂泊身。人怜燕，燕更怜人，大有形影相吊之感。尾联写燕子停在船樯上，说了几句话，而后飞离，穿花贴水，有依依不舍之意。不仅诗人当时见了伤心，我等千年之后读之抑或泪下。

其实很可能，这不过是偶然飞来的一只燕子，落在船樯上叫了两声。然而多年漂泊不定，日暮途穷，诗人的心如惊弓之鸟，睹一燕子，即刻通灵而入于化境。此恐非所谓"运用了拟人的修辞手法"而足以当之。

同年冬，一夕大风，杜甫伏枕写下《风疾舟中伏枕书怀三十六韵奉呈湖南亲友》，诗成，卒于舟中。享年五十九岁。

燕子与杜诗

古典诗词写燕子很常见，然而大多只是作为概念的燕子，或点明时令节气，如“燕子来时新社”“新春燕子还来至”；或作为恩爱的象征，以燕之双飞对照人之孤栖，如“旧巢中，新燕子，语双双”“落花人独立，微雨燕双飞”。作为概念的燕子是抽象的，不存在的，即古典诗词里写到燕子的时候，实际上往往并没有一只真实的燕子。

杜甫诗中的燕子则很不同，除了偶尔也用作象征，多数时候不落套路。他的燕子是真实的燕子，活泼而有个性，是他亲眼所见且与之共忧乐的燕子。故能让人悲喜交集，唏嘘不已。

杜甫的诗被誉为“诗史”固然无愧，然而从杜诗中我们读到的不仅有历史，更非为了解那段历史而去读杜诗。他首先是个大诗人，留给我们的是好诗。真正的大作家都是超越时代而发出人类灵魂的呼喊，杜甫并非作意替时代发声，他只是在用他的全部生命写诗。

杜甫的诗也绝非“现实主义”的标签所能概括，和所有大诗人一样，他也兼擅诸体之长，甚至堪称集大成者。杜甫诗如其人，老实憨厚，纯真可爱，功力极深又浑朴自然。或许命运选中他来写诗，把人世的苦难和绝望，以及因苦难而珍贵的甘美，虽绝望而不死的希望，通过他的生命发出声音。

我很想问杜甫一个问题：如果减去大半诗才，换来一生安稳，你愿意吗？当然，这是个假问题。每个人来到世上，只要不自欺，能做什么，做成什么，冥冥中早有命运在安排。那令你欲罢不能生死与共的，应该就是你注定要做的事情。

最后，以现代诗人黄灿然的诗句，聊慰杜甫英灵：

上天要他高尚，所以让他平凡。
他的日子像白米，每粒都是艰难。
汉语的灵魂要寻找恰当的载体，
而这个流亡者正是它安稳的家。

从军日记：『七绝圣手』王昌龄的边塞诗

从军行其一

烽火城西百尺楼，

黄昏独上海风秋。

更吹羌笛关山月，

无那金闺万里愁。

落下一片叶，便知是秋天。长安的秋天，就是天下的秋天，但不是塞外的秋天。塞外是另一个时间，一个时间外的时间，一场黄昏的降雪便可将你置身到公元前。

茫茫戈壁，巍巍雪山。亘古的广漠之中，人类文明虚化成些许模糊的蜃景。在那里，时间反刍着时间，静得天崩地坼。

寒冷是一道命令

塞上曲

蝉鸣空桑林，八月萧关道。
出塞入塞寒，处处黄芦草。
从来幽并客，皆共尘沙老。
莫学游侠儿，矜夸紫骝好。

去过古长城的人，一定记得即使在八月，吹过树林的风声多么萧索。断壁残垣上斑驳的砖块，城墙内外萎黄的秋草，风过的丝丝荒寒，都在对你耳语一个词：边塞。

写这首乐府诗时，王昌龄 26 岁。他已在嵩山学道三年，出山后先去了并州（今山西太原），不久又随军赴河陇，出玉门。他的边塞诗大多写于此时。

塞上、塞下曲，出自汉代的出塞、入塞曲，南朝宋郭茂倩《乐府诗集》称，《塞上曲》者，乃古征戍十五曲之一也。

昌龄此诗咏征戍途中，塞外早寒在他心中悚起的慨叹。萧关在宁夏，农历八月，桑树林已空旷稀疏。寂寂古道，秋蝉的鸣唱在将夏天的记忆打捞。

“出塞入塞寒，处处黄芦草”，这两句写诗人初到边塞，感受原始而新鲜。边塞的寒冷像一道命令，嘹亮地奏响在空气中。这是边塞的性格，每一个踏上那片土地的人，都会在第一时间接到这道命令，并立刻臣服于它。

芦草多丛生于河边沙地或盐碱滩上，夏时苍翠生机盎然，立秋即枯黄无力。时光中似乎有一扇门正在关闭，寒冷之神已然君临。芦草的枯黄，加强了塞外荒凉的印象。

这样的季节，这样的荒野，本不该有行人。然而他们，戍边的将士们却在行军。从古至今，他们并不是第一个，也不是最后一个，“从来幽并客，皆共尘沙老”。或许连尘沙也感到不解，这些人类究竟在戈壁寻找什么？生命本应是对神的赞美，却刍狗般成了对战争的献祭。

昌龄此时想的还不是他自己，而是以往和未来同样走在这条路上的人，这些戍边的幽并客，有多少老死在这里，化为尘沙。领略了什么叫边塞，他又想到长安市上身骑紫骝马翩翩驰骋，恃权势、逞威风、轻性命的无赖子，那些游侠儿对什么是战争、什么叫英雄真的一无所知啊。

在临洮与鬼魂交谈

塞下曲

饮马渡秋水，水寒风似刀。
平沙日未没，黯黯见临洮。
昔日长城战，咸言意气高。
黄尘足今古，白骨乱蓬蒿。

汉乐府古题有《饮马长城窟行》，行军至长城，饮马于此，为寒威所慑，为旷野所愁。塞外高原上的河水，盛夏都凉得令人畏缩，入秋更加冰冷刺骨。渡过这样的河，心情更加如同赴死。边地的悲风，刀子一样刮在身上。

莽莽黄沙，残阳的余晖中，遥见一片孤城，模糊如蜃景。那是临洮，秦时筑长城，西起于此。昔日长城多少场战争，多少次轰轰烈烈，全都蒸发于旷野，被时间漠然地抹去。

所谓历史正如眼前的黄尘，往事如云朵，卷舒变幻，在天空无声飘过。真实的指证是这些白骨，它们隐现于蓬蒿中，曾被温暖的血液和肌肤包裹着，里面有一颗跳动的心。凌乱无主的白骨，或许有的犹是春闺梦里人。

一个戍边经过这里的人，不可能不恐惧，不可能不质疑，因为那些白骨瞪着你，那些白骨已预示了你。

以提笔结束并开始

从军行其一

烽火城西百尺楼，黄昏独上海风秋。
更吹羌笛关山月，无那金闺万里愁。

《从军行》是汉乐府旧题，属相和歌平调曲，多反映军旅辛苦生活。昌龄的组诗总共七首，系他近三年戍边亲身体验的提纯。这些诗来自现实，但不是写历史，而是比历史更普遍的人性，更纯粹的现实。

第一句“烽火城西百尺楼”，起得壮逸。或许这就是所谓盛唐气象，一种刚健的美感。想象烽火城那样的地方，想象百尺楼的方位和视野，在无边的夕照余晖中，便觉苍凉悲壮。

接着又是黄昏，又是独上，寒风扑面，越瀚海而来，一个人要如何才能抵御这铺天盖地的孤独？今天即使在青海、西藏旅行，装备齐全无忧无虑，但是当天色黑下来，如果只身在旷野，你也会有动物般的恐惧，也会像飞蛾一般渴望扑回人间的灯火。

前二句情已不堪，接着“更吹羌笛关山月”，“更吹”有意外之感，不意而被彻底击倒。何况吹的又是别离思归的《关山月》，一语囊括万种愁情，此时真无可奈何也。末句“无那”，转至山高水远的家乡，但说金闺万里愁，则愁上加愁，更觉伤神。

《王闿运手批唐诗选》评此诗曰：“高响，是绝句正格。”昌龄在唐代即被誉为“绝句圣手”，四句之间，往往颇多意外，跌宕生姿。

如此以提笔结篇的写法，尤为他所擅长。绝句《闺怨》前面铺叙闺妇凝妆登楼，第三句“忽见陌头杨柳色”转得心跳，结句“悔教夫婿觅封侯”，也是提笔，以另一个开始来结束，吊人胃口而意味无穷。

这种笔法颇似《易经》六十四卦的“未济”。“既济”是倒数第二卦，并不是结束，最后一卦是“未济”，即结束只是另一个开始，物不可穷，事不可尽。

高高秋月照长城

从军行其二

琵琶起舞换新声，总是关山旧别情。

撩乱边愁听不尽，高高秋月照长城。

第二首是第一首的变调。第一首先是景令人愁，然后延及伤心事；这一首则先已伤心，而后扩至即景。

“琵琶起舞换新声”，起句之前，音乐已奏了一会儿了，人也已愁了半天。置酒作乐，为了排遣边愁，琵琶起舞，而换新声。新声就是当时最流行的曲调，本应很好听的，但第二句却说“总是关山旧别情”。不管怎么换，听来听去都让人心烦，听到的总是关山旧别情。

“总是”的原因，一在于乐器本身。羌笛、琵琶、胡琴，这些西部乐器的发声，本身就有异域色彩，令人听了更添天涯漂泊的心酸。二在于听者本人，也不怪乐器，也不怪歌舞，而是自己思家的愁苦太重，无论什么娱乐也无法消释的。

边愁越撩越乱，所以第三句以总结的语气说，“撩乱边愁听不尽”，乐舞都废，干脆撇在一边。心情和诗笔都有山穷水尽之感。

末句怎么才能柳暗花明而无一村呢？“高高秋月照长城”，这个意象简直不能再好了。高高秋月，如镜高悬，静静俯瞰着关山。象征着人类历史和战争的长城，在清冷的月光下愈显悲哀。如果我们的心贴得再近点，或许就能被那月光抚摸，就能听见死亡的宁静。明月高悬，映照千年岁月，似乎在问：难道死亡也不能教育一个人？

音乐声声渐远，昌龄遂飘零到自身之外，走向旷野，成为长城，成为秋月，成为茫茫黑夜。最后这句顶一万句，不言愁而写尽了愁，且不止是愁，个人的，历史的，人类的，宇宙的，全部纳入这一个意象之中。

魂伤古战场

从军行其三

关城榆叶早疏黄，日暮云沙古战场。
表请回军掩尘骨，莫教兵士哭龙荒。

也是秋天，关城榆叶疏黄，人世开始瑟瑟作响。日暮时分，如云的沙漠，更是无边的荒凉。此时途经古战场，寒月照着白骨，十分阴森恐怖。

战死、饿死、冻死的无数将士，曝尸大漠，未能入土，作了无主的野鬼，随风东西。杜甫亲眼见过这样的景象，他在《北征》诗中说："夜深经战场，寒月照白骨。"将士横尸疆场不得安葬的事，古来犹然，在可以作为史料的《兵车行》一诗的最后，杜甫还写道："君不见，青海头，古来白骨无人收。新鬼烦冤旧鬼哭，天阴雨湿声啾啾。"

"表请回军掩尘骨，莫教兵士哭龙荒"，为国捐躯的将士们，应该被正式埋葬，应该被祭祀，应该被献上《楚辞·国殇》的安魂曲。然而，或许因为战败，或许因为路远，或许因为这个那个，理由总归有的。

曝尸荒野的士兵们，或许并没有"身既死兮神以灵，魂魄毅兮为鬼雄"的伟大，他们不过是你我一样的普通人，是某人的儿子、某人的丈夫、某人的父亲。他们和正在看自己白骨的将士们一样，而将士们看到这么多白骨，就是看到自己的死亡，怎能不害怕不痛哭？

烽火燃不息，征战无已时

从军行其七

玉门山嶂几千重，山北山南总是烽。

人依远戍须看火，马踏深山不见踪。

写玉门关一带的客观环境，应推王之涣的《凉州词》为最好，"一片孤城万仞山"，一笔画出塞外的荒凉冷寂。

昌龄此诗焦点在于烽火，“玉门山障几千重，山北山南总是烽”。固然由此可见唐朝在边防设置的堡垒之多，但亦同时可见守边之难之久，投入的兵力之庞大。

在那样的重山叠岭，戍边的士兵要燃起烽火，才能被看见，不，是被知道那里有人。这烽火倒不像警报，而是他们彼此存在的一种陪伴。偶尔一马匹驰过，飘忽一闪，失踪不见，余下的一点点蹄音很快消散。

快马踏过之后，吃人的寂静又围上来。

《从军行》七首，第四首“青海长云暗雪山，孤城遥望玉门关。黄沙百战穿金甲，不破楼兰终不还”，向来为今人作为豪迈自信或渴望建功立业的盛唐气象所称道。然而从语气上稍加辨别，即知为悲壮语，清代诗人学者沈德潜在《唐诗别裁》中评曰:“不破楼兰终不还”句，作豪语看亦可，然作归期无日看，倍有意味。

近代学者刘永济在《唐人绝句精华》更加断称：“写思归之情而曰‘不破楼兰终不还’，用一‘终’字而使人读之凄然。盖‘终不还’者，终不得还也，连上句金甲着穿观之，久戍之苦益明，如以为思破敌立功而归，则非诗人之本意矣。”

赴西北边塞近三年之后，28岁的王昌龄回到长安，隐居于京兆蓝田县石门谷。翌年进士及第，登上仕途，而后在现实的风浪中反复沉浮，谪赴岭南，再贬龙标。59岁时，昌龄告老还乡，途经亳州，竟无端地被默默无闻的刺史闾丘晓所杀。一代诗才，意外死于小人之手，天乎？命乎？哀哉！

黑夜在通往北方的路上：几首冬至诗

邯郸冬至夜思家

邯郸驿里逢冬至，
抱膝灯前影伴身。
想得家中夜深坐，
还应说着远行人。

冬至将至。冬至对我们意味着什么？

“冬至”命名的本意，如同一个温柔的提示，告诉我们真正的冬天才刚刚开始。冬至这一天，画八十一瓣素梅，而后日染一瓣，待素梅尽染，数九寒天也就过完，就又是春天。

要知道，春天可不是那时候才来的。自冬至起，大地阳气已经发动，春天已潜行在赴约的路上。

从前的冬至，记忆中的冬至，虽寒冷却很热闹。北方吃饺子，南方吃汤圆，全家团聚过小年，祭祖饮宴，为逝去的亲人上坟，俗称“送冬衣”。

从前是什么时候？记忆中的冬至，残剩的民间，已和 20 世纪一样遥远。节气时令，风土民情，在隔断地气的城市生活中，渐稀渐薄，终于成了画卷中的远山淡影。

北半球最长的夜晚

邯郸冬至夜思家

（唐）白居易

邯郸驿里逢冬至，抱膝灯前影伴身。
想得家中夜深坐，还应说著远行人。

设想冬至夜，在北方某个小城，某家简陋的客栈，一个旅人独坐灯前。外面飘不飘雪，他都没心思看，这个夜晚对于他，都是漫长而黑暗的。

这个夜晚不知有唐代，无论宋元明清抑或现代。夜晚只是夜晚，原始而永恒。所谓那朝代、这时代，对于夜晚，都不过是梦幻泡影。但因为那位旅人，因为他留下的诗，本来只存在于空间的夜晚，便获得了一个时间的维度。于是我们说，那是某年某月某夜，诗人白居易在邯郸。

读诗不妨非理性，不妨放任文字带我们做做梦。此诗题目“邯郸冬至夜思家”，每个词，词与词组合在一起，已给人无限遐思。邯郸，这个地名不仅指地理上在北方的一个城，在时间意义上更是一个古代的城。而对于今天的我们，“邯郸”更是一个典故中的城，一个战国诸子寓言中的城。

如果把邯郸换成保定，“保定冬至夜思家”，我们立刻会觉得诗味被去魅了。虽然白居易当时的确在邯郸，并非为了美感而故意把保定说成邯郸，但对于诗的阅读，这却是个美丽的偶然。李白的《长相思》其一起句曰:“长相思,在长安,络纬秋啼金井阑”,这首乐府诗纯属虚构,李白所代言的妇人未必在长安,可以在也可以不在,但写在诗里却是“长安”最好。如果换成“长相思，在广州”，别说广州了，就是换成今天的西安，诗句的色香味也将丧失过半。

古典诗歌对于我们的意义，既体现在时间上，也体现在空间上。像“邯郸”“长安”“络纬”这些古典的命名方式，唤起我们的审美想象是不一样的。

较之命名与审美，古典诗歌传达的经验相对偏于简单，远不如现代诗的繁复和立体。这是古典诗和现代诗最重要的一个差异。游子独在异乡，逢佳节而思亲，白居易在这首诗中的体验，即使今天的读者不曾亲历，也能一读即懂，并且觉得很“熟悉”。因为在古典诗歌中，此类体验已被书写了太多遍，乃至已范式化、套路化。

若从本质进行洞察，其实问题并不在经验本身。所谓“阳光底下无新鲜事”，古犹今也，但我们把这句话多读几遍，就会若有所悟地发现，所罗门真正的意思是阳光下新鲜的不是事。是什么？是对事的观照视角和介入方式。人在现实生活中的经验都是差不多的，成为诗的那部分不是经验，是对经验独特的观照和审视。

白居易此诗并不独特，能够流传下来靠的如果不是他的名气，应该就是表达上亲切的家常感。“抱影膝前影伴身”，看似孤单寂寥，但因为能静静地思家，因为知道家人此时也在念着自己，那么这个最长的夜晚，也就不再是阻隔而成为紧密的连接了。

白居易还有一首写于冬至夜的《冬至夜宿杨梅馆》：“十一月中长至夜，三千里外远行人。若为独宿杨梅馆，冷枕单床一病身。”同样的口语感，同样的处境，只是地点从邯郸换到了杨梅馆，人从抱影灯前挪到了冷枕单床。这个夜晚离家更远，更冷，或因生病的缘故，似乎家人也渺茫了。

另有一首《冬至夜》，不妨一并来读：“老去襟怀常濩落，病来须鬓转苍浪。心灰不及炉中火，鬓雪多于砌下霜。三峡南宾城最远，一年冬至夜偏长。今宵始觉房栊冷，坐索寒衣托孟光。”叹老嗟病，也无多少实质内容。

大概因冬至夜既冷且长，加之本应是家人团聚的佳节，故而羁旅他乡的诗人此夜更起乡思，更动诗情。写写诗心里也就感觉好些了，哪怕今年的诗仍是去年的诗，写诗这件事已在某种程度上救了自己。

在最冷的冬天歌唱春天

小　至

（唐）杜甫

天时人事日相催，冬至阳生春又来。
刺绣五纹添弱线，吹葭六琯动飞灰。
岸容待腊将舒柳，山意冲寒欲放梅。
云物不殊乡国异，教儿且覆掌中杯。

杜甫这首诗写于冬至前一天（即“小至”）。诗中并没有什么“忧国忧民”，也没有什么“沉郁忠厚”，就算硬扯也未必能扯进“诗史”。什么是诗？有人已经在问。诗的定义千千万，正如人的定义。可以说诗就是人，有灵魂的人。以马喻马之非马，不若以非马喻马之非马也。与其回答诗是什么，不如回答诗不是什么。诗不是政治，不是历史，不是社会学，不是心理学，不是等等等等。诗关乎生命的本意，诗是平凡生活中的神秘力量。

在这首诗中，杜甫有的只是生活的细节：五纹、弱线、六管、飞灰、岸柳、山梅、云物、酒杯……从这些细微的事物中，杜甫写出了他在小至这一天，对阴阳运行季节变迁的敏感，以及在天地万物之中，在世界的残酷与命运的无常中，人如何获得生活的可能。

如果一个人对自己真诚，对他人真诚，那么他就会承认，生活的可能并不在于宏大的历史或时代，而是在于他与簇拥着他的所有日常事物之间的关系，在于他对所有细节的敏锐捕捉与丰富想象。

杜甫写诗的功力正在于他能从这些细节发现生活，并能从中揭示出人的存在。他如果活在另一个时代，可能会写不一样的诗，但诗永远是诗，因为他写的不是时代，而是人的存在。

我们对此诗稍加点醒。“天时人事日相催”，第一句真好。杜甫要求自己语不惊人死不休，他也经常说到做到了，他的诗中总有惊人的句子。一般人但觉流光容易把人抛，即天时催人。杜甫在这里一并道出“人事”，对此我们现代人应该更有切肤之感，往往今年还没过完，明年的日程已经给你排好了。人对时间的体验原本是永恒的，就像小孩子,无所谓日月年这些概念,是天时和人事创造了我们今天所谓的“时间”。在此二者的相催之下，人在衰老之前，心理上首先因焦虑而感觉老了。古人虽然生活节奏慢，但或因寿命短，他们对于衰老也很敏感，尤其诗人动辄叹老已成习惯。

“冬至阳生春又来”，这句对我们现代人很新鲜。从冬至开始进入最冷的数九天，然而这一天却是阳气已生，春天已经发动。下联的日增一线与六管飞灰，皆为由此而来的物象。今天比昨天白昼长了一点，这个变化很细微，难以显现，我们虽然可以用日出日落的时间加以计算，但算出的数字仍是抽象而无法感知的。古人以女工日增一线来描述，实在很形象很易于感知。六管则是将苇膜烧成细灰，置于律管中，冬至前灰飞向下，冬至阳生则灰飞向上。

五纹、六管也并非诗人写诗当日亲眼所见之物，但作为人所共知的常识，用在诗中仍是形象化的，且语言上也自然玄妙地对仗成文。这则又是语言、事物和诗，三者之间不可言说的神秘关系。

尽管寒冬腊月刚到，但冬至阳气发动，诗人心中已满是春天的愿景。“岸容待腊将舒柳，山意冲寒欲放梅”，这两句读起来哪像要进数九天？岸柳将舒，山梅欲放，分明是看得见、摸得着的勃勃生机。而“待腊”与“冲寒”，也似乎是滋润而欢喜的。一个人如若没有对生命的爱，能在漫漫严冬歌唱春天吗？

云物不殊，正自有山河之异。诗人此时的心情且喜且悲，且叫儿子斟上酒来，不如痛饮。

美好的生活步行而来

冬至夜发峡州舟中作

（南宋）范成大

舟中万里行，灯下一阳生。

不减在家好，都忘为旅情。

霜干风愈劲，云淡月微明。
况有诗兼酒，樽前莫问更。

南宋诗人范成大此诗，亦作于冬至夜，亦身在客途，较白居易的三首冬至夜诗，其处境更加荒野。但石湖此诗并没有叹老嗟病，也没有孤寂无聊，反而十分快意洒脱。

尽管“舟中万里行”，诗人却不觉得孤凄。即使在三峡的江上，他仍喜悦于冬至的“灯下一阳生”。不系情于一乡一土，而将生命安放于广阔的天地之间，有此大境界，烦恼忧戚自然就少。

在天涯就一定没有在家好吗？诗人说“不减在家好”，他没有否认在家好，但在天涯也挺好。或许他心里更加自在，乃至都忘了身在羁旅，此种心态在古代实属难得。农业时代的人安土重迁，只要出门在外，不论是不是真苦过在家，也往往被认为且自认为是苦的。诗人们常常哀叹不能赶紧回家，如果真的回到家里，心情也未必就比在外面更好吧。

真正通达之人，在家也好，在外也好，一好皆好，一不好皆不好。世上没有乐土，只有心里清净。心清净了，处处不妨是乐土。

峡州江岸，山林间霜风猎猎，云月也并不明朗，但诗人并不因外境欠佳而生烦恼。外境无所谓好坏，且不由我们做主，而心境却在于自己。何况诗人说，还有诗还有酒呢。有诗有酒，还有什么消化不了的烦恼？“樽前莫问更”，这句话说给自己，也说给旁人。当此长夜，喝酒吟诗，管他现在几点了！

冬至阳生，熬过数九，不知不觉，我们就又在春天了。这一年不可重启，也不必重启，经受住绝望的氛围，美好的生活就像春天，早已孕育在严寒中。它将出现，步行而来。

花间短片：写成了电影的三首小令

望江南

梳洗罢，
独倚望江楼。
过尽千帆皆不是，
斜晖脉脉水悠悠。
肠断白蘋洲。

有的电影拍成了诗，有的诗写成了电影。

曾经看过一部总题为“十分钟，年华老去”的电影，由十五位世界电影大师各自制作的一部十分钟短片组成。十部短片就是十首诗，探讨我们存在的时间之谜。

希腊电影导演西奥·安哲罗普洛斯说过，电影是诗意版的世界，某种意义上，电影唯一能做的就是使时间的流逝变得甜美。电影和诗都不能改变世界，但无疑可以让我们过得好一点。如果不能提供治愈，至少也是很好的陪伴，至少可以让时间的流逝变得甜美。

一支空白练习曲

菩萨蛮

（唐）温庭筠

小山重叠金明灭，

鬓云欲度香腮雪。

懒起画蛾眉，

弄妆梳洗迟。

照花前后镜，
花面交相映。
新帖绣罗襦，
双双金鹧鸪。

这首词可作一首歌，一组忧郁情绪画，也可作一个电影短片，以听，以看，以寻味。

如果作为电影短片，时长不超过十分钟吧。没有情节，几个表现人物心理的镜头而已，但每个镜头都很感性，很唯美。

镜头一　清晨，年轻女子的香闺，聚焦在床前的屏风。

屏风上画着重叠的山水。诗人温庭筠是个大导演，他真正想让我们看的并非屏风，而是这个女子的梦。电影开始时，女子已经醒了，但她没有动，她仍耽延于那个梦。正如我们有时醒来，渴望重返刚才的梦境，无奈似乎有什么按钮一按，我们便被送了回来，送到这里。

这是个迷惘的时刻，一半在床上，一半在梦里。女子的梦有多生动，屏风上的山水便有多清晰，那是阻隔她与爱人的真实距离。南唐中主李璟的“细雨梦回鸡塞远，小楼吹彻玉笙寒”，也是同样的时刻，同样的迷惘。

山峦重叠，阳光如流金，明明灭灭。你可以说那象征某种希望，或方生方死的幻想，或隐现的情欲，或蹑行的食梦兽，随便什么，取决于你。世界就是一个象征的体系，而象征来自神秘感。温庭筠不说出来女子的感觉，他用“小山重叠金明灭”来象征，这是他的敏感和细致。他知道一个人清晓梦回，看见窗户缝漏进的阳光，斑驳流动在地板或墙上，就能感知那种神秘。

镜头二　床上的女子

“鬓云欲度香腮雪”，此处有风在吹。风很美，风一吹，草就绿了。风掀起女子的黑发，飘过她雪白的面庞。这个镜头很性感，很灵动，也很寂静。刚想说写女子的寂寞，就说成了写她的美。寂寞被写成诗，就上升为美。

“欲度”这个词很传神，“度”是越过，“欲”是将要，头发将度不度的意思。有情无情，无情有情，中国人的审美，滋味多在有无之间。此处写风，写发，写人，写梦，四者是分不开的。写发就是写人，写风就是写梦。

镜头三　女子梳洗

“懒起画娥眉，弄妆梳洗迟”，一个敏感的读者不应直到现在才看见女子的愁思，应在开始读到“小山重叠”时就感觉到，“重叠”就是郁郁嵯峨。我们看电影、听音乐、读诗，都是从起始就感知一种氛围。即使电影的开头是一个欢乐的场景，也能预感到有什么灾难正在逼近。而诗歌的第一句必须传达整首诗的声调，就像乐曲使用的是 C 大调，还会 a 小调，一上来就能听见。古典诗歌和现代诗歌莫不如此。

海子被误读了多年的《面朝大海，春暖花开》，其挽歌的语调从第一句就传达出来：“从明天起，做一个幸福的人。”当我们说“从明天起，我要早起”，那恰是因为我们很难做到所以才下这样的决心。

《庄子》曰："无听之以耳而听之以心，无听之以心而听之以气"，这句话可作读诗的法门。读诗要听的不是说了什么话，而是话被怎样说出或省略的。对于海子来说，幸福如闪电，强烈而不可把握，这首诗写的不是什么简单快乐的幸福，而是人类获得幸福的可能。这是诗人的真诚和深刻，更是生活的意义与真相，也因此我们才能在其中听到自己与之共鸣。

回到这首词的电影镜头，再看"懒起"和"弄妆"，女子的无情绪和疏离感，传达出女子的心理，也增添女子的美态。古代诗人喜欢的大多是慵懒的美人，所以这两句的懒和迟，其实也是为了美。

若对这两个动作加以玩味，还能品出很多意思，比如女子的自恋与自怜，如果仔细倾听，还能听见她和自己、她和他、她和岁月、她和命运的对话，甚至争吵。

镜头四　照花前后镜

这是个特写镜头。女子梳洗化妆完毕，手执一镜在后，照插在发髻上的花，再被面前的镜子反照，此时人面与花则并在前镜中。"照花前后镜"，不仅合于事理，这个句式本身也有"花面交相映"的晕眩感。这个特写，放大了女子的孤独，几乎将她的美幻化为深深的梦寐。

镜头五　绣罗襦

女子看她的罗裙，上面新绣的"双双金鹧鸪"。鹧鸪象征归来，成双成对，当然是她温暖的愿望。但这天清晨，新帖的绣罗裙却令她格外寒冷，而那一对鹧鸪也让她显得尤其孤单。

五个无声的短镜头，组成的这首《菩萨蛮》，像一支空白练习曲。

清晨被巨大的缺席统治，几令一切失语。没有半句台词，我们却听到情感的起伏，空气中真实的声响。诗人温庭筠深谙此道，他写词的艺术就是给你看几个画面，以几乎静态的微妙动作，不着一字尽得风流。

等待，单镜头的诗

再来看一首更短的短片，温庭筠的《望江南》：

梳洗罢，
独倚望江楼。
过尽千帆皆不是，
斜晖脉脉水悠悠。
肠断白蘋洲。

这首词只有五句，或许前四句就够了。

拍成短片，只需一个不超过五分钟的长镜头，但是讲了她整整一天，无比漫长的等待。

当我们看到她“梳洗罢，独倚望江楼”，要知道故事已经开始一段时间了。梳洗的潜台词是，今天是个特别的日子。女为悦己者容，思妇本无心梳洗，比如《诗经·伯兮》里说的“岂无膏沐，谁适为容”。既一番梳洗，且登上望江楼，那么不难猜知她在等他回来。归期已至，他这几日随时会回来。

“过尽千帆皆不是”，请注意看她的神情。盼望，紧张，失落，周而复始。江上每一帆来，由远及近，由近及远，她的心情便随之涨落，直到千帆过尽。

可以想象画面上，来往船只由慢而快，接着在叠化中，江上空了，只剩下“斜晖脉脉水悠悠”。那是从她心里弥漫出来的无边的失落和悲伤。从早晨等到黄昏，她等了不是整整一天，似乎是几个世纪。望夫石不是传说。是谁说过，人就是在等人的时候变老的。

朱光潜先生在《论诗的“隐”与“显”》一文中谈及温庭筠此词，“在言情诗中本为妙品，但是收语就微近于‘显’，如果把‘肠断白蘋洲’五字删去，意味更觉无穷”。

中国诗向来欣赏“言有尽而意无穷”。照此标准，《望江南》前四句极“隐”，言极简，暗示的心情却颇很丰富。如果画面停在斜晖脉脉水悠悠，或镜头渐推渐远，将望江楼上的女子推向苍茫的宇宙深处，最后停在一个大全景，的确更觉意味无穷。

但是为什么有“肠断白蘋洲”，温庭筠为了填词而凑足句数吗？这得看怎么理解“白蘋洲”。自《楚辞》以来，白蘋洲在古典文学中即象征相思。若仅取此象征意义，仅有肠断和相思之意，这一句则反成蛇足。如果白蘋洲是他们曾经欢爱或离别之处，那么便有不同的效果，它会加深整首词的疼痛感。

十分钟年华老去

浣溪沙

（后蜀）张泌

小市东门欲雪天，
众中依约见神仙，
蕊黄香画贴金蝉。

饮散黄昏人草草，
醉容无语立门前，
马嘶尘烘一街烟。

这首词的画面和叙事就像一个电影脚本。上下片各一个镜头，两个镜头之间，跳过的是一段空白的日常时间。

上片在唐代长安城小市东门繁华的街上。天色阴冷，刮着些风，看来快要下雪了。街市熙来攘往，他忽然看见了一个女子，在人群中恍若神仙。她的妆容“蕊黄香画贴金蝉”，光彩照人，也彰显了她的出身，应是个大家闺秀。

这个绰约的画面，与辛弃疾《青玉案》元宵节的浪漫邂逅有点类似。不同的是那个女子掩映于夜色灯影，笑语盈盈暗香去，而后他满世界找她，直到“蓦然回首，那人却在灯火阑珊处”。

张泌此词中的故事，像那场即将抵达的雪，带着荒凉的寒意。上片镜头，那女子在繁华街市一闪而过，根本没有注意到他。对于他，从画面上感觉，她是遥不可及的。

下片转到他宴饮之后。饮散黄昏，可见他有应酬在身，并没有去寻找那个女子。“人草草”，他身不由己，亦可见心不在饮宴，他急于摆脱这场应酬。然而此刻饮散之后，当他默然立于门前，哪里还有那女子的身影？

眼前唯见“马嘶尘烘一街烟”，一个因她的消失而倍感纷然杂沓，又空茫虚幻的世界，像一滴水消失于大海，无处可觅。短片在这个画面里淡出，很富人世的况味和神圣的悲悯。

完全可以想象一个现代版本，实际上这样的故事每天发生。假设地点还在小市东门，那里大约就是今天的西安市东大街，若称不上更加繁华也是更加熙攘。你正在赴酒宴的路上，无意中看见一个人，你感觉时间似乎停止了。但理性叫你继续走路，去赴你或许根本不想去的酒宴，你一直心不在焉，终于等到酒阑人散。回到事发地点，车水马龙人潮涌动，满大街的陌生，让你感到从未有过的空，它几乎漫过你的一生。

回不去的故乡就像月亮：李白的诗与月

峨眉山月歌

峨眉山月半轮秋，
影入平羌江水流。
夜发清溪向三峡，
思君不见下渝州。

打开夜晚这本书，诗人们总是看到月亮。
每个诗人都写过月亮，都洒下月光在他们的诗行。
月亮的美，不可思议，不容置疑。即使今晚，
街灯璀璨，城市的夜空并不庄严，即使只有半个月亮，
即使人们已不再仰望，但它仍然
如一个巨大的谜，任何看见它的人
都将秘密地把什么想起——
或许是故乡，或许是孤独，
或许是久被遗忘的时光，
或许是风吹过远方的山岗。
而当我收回目光，合上书页，
回到熟悉的事物中间，片刻逝如千年。
即使我常常想不起月亮就像想不起自己，
月亮也一直在那里不离不弃就像这些诗。

一只冰凉作响的橘子味月亮

静夜思

床前明月光，疑是地上霜。
举头望明月，低头思故乡。

在正统的诗歌分类学之外，还可把诗歌分成这样两类：一是在书页上如此短小简单，却在心里引发轰鸣并持久回响的诗；一是看上去富丽煊赫，却在心里波澜不兴，并很快随时间枯萎的诗。

《静夜思》显然是第一类，且堪称此类诗中的典范。千余年来既被推为经典，于是轻易没人敢问“这首诗有什么好”。对于经典，人们总是一片赞美，尽管大多时候并不知道在赞美什么。这又是一个“皇帝的新衣”问题。即使是天才诗人，即使是一首经典好诗，作为诗的读者，我们仍要敢于质疑，要有天真的勇气去做那个诚实的孩子。质疑不是我慢，而是为了更好地激活自身的感触，否则，阅读就成了自欺欺人，也就失去了意义。

应当铭记，最简单的往往就是最深刻的。比如月亮，比如一只橘子，熟悉得并不复杂，貌似再简单不过，但谁能说出月亮是什么，橘子又是怎么回事呢。一首好诗也是如此，读诗就像看月亮吃橘子，不是答出它们是什么意思，而是要心里有感觉，嘴里有滋味。

《静夜思》就像一只冰凉作响的橘子味月亮。我们且来慢慢品尝。

读出“静夜思”三个字，就会听见夜的寂静，思本无声，但因为夜静，无声之思也如乐曲轻轻奏响。

“床前明月光，疑是地上霜”，句子有先后，感觉上几乎同时。看见明月光，以为是地上霜。也有可能倒果为因，先看到“地上霜”，接着明白原来是明月光。颠之倒之，其中就有滋味。明月光也好，地上霜也罢，都不外乎人的心境。在颠倒的刹那，时间的秩序，宇宙的风景，在转瞬即逝中剧烈地一颤。

想必天已经凉了，夜里有些冷了，已经入了深秋，要不月光再白，也不会被当成地上霜。霜的错觉，除了视觉上的白，一定也来自触觉。但并没有到霜降的时候，所以只是“疑”。错把月光当成霜，顿时惊觉时光流逝而岁之将暮。

我们不妨再把灵魂的冒险推进一步。从这一瞬的惊觉，诗人还瞥见了死亡，或者被死亡瞥见。即使诗人自己当时未必意识到这一点，但诗已经看见并替他说了出来。

两句简单的诗中颇有玄妙的滋味，其中的生命体验本身足够原始，是普遍的日常中很独特而生动的一种体验。因其普遍存在，故无须多言即能将读者的心灵击中。回想类似的瞬间，当我们把张三当成李四，或者把杯弓看成蛇影，在错觉而觉错的转瞬之间，在痴喃喃自失恍惚惊诧之际，内心那种如幻而震撼的真实感觉。我们甚至可以走得更远一点，逼问此一瞬间，张三是否等同李四，杯弓可否就是蛇影？

这两句诗还存在一个悬案，即“床”的问题。今天的读者会想，床能有什么问题，床难道不是床？脑补这首诗的画面大致如此：李白在床上，或坐或倚，看到床前明月光。很多书上也是这样配图的。乍看合情合理，细思很有问题。一是室内的地上不会结霜，即使李白可以天马行空地说“白发三千丈”，但不能说室内结霜。愁可以感觉有三千丈，室内如果很冷，即使只是心理上觉得冷，也可以说结霜，但此处说的是身体的感觉。李白这里将白月光当成霜，是事实上他看到的。

问题二来自三四句，即“举头望明月，低头思故乡”，如果在室内的床上，那么如何举头望明月？在就寝的床上，一个人思故乡时应该不是低头而是仰头吧？有人说李白靠着窗，即使靠窗，举头也很牵强，也未必能看到月亮。也有人猜床指的是胡床，说李白当时坐在门口或廊下。这倒有点接近，但胡床就是今天的躺椅，有休闲消遣的意味，与诗中情绪不合。

要侦破此案，还需参照李白其他诗中的“床”。比如《长干行》中的“郎骑竹马来，绕床弄青梅”，两个小孩子白天玩耍，如果床在室内，想必小男孩是没法骑竹马绕的，更没法一边弄着青梅。若是胡床，若摆在院子里倒可以绕，但小女孩坐在躺椅上岂不古怪？

实际上，“床”在唐代有一个常见义项，就是井栏。而井是一个很亲切的生活的地方，大人们白天在井边绞水洗菜洗衣，孩子们就在一旁玩耍，井边总有梅子或别的什么树。这般情景才天然有趣。

在《静夜思》中，夜深人静，诗人独自坐在井栏上。想象这个画面，是不是感觉更贴合诗中的心情？在古代，井就像家，所以说背井离乡。那么坐在井栏上，夜又凉，再把地上的月光错当成霜，能不思故乡吗？

举头望明月，一仰；低头思故乡，一俯。俯仰之间，多少前尘影事，尽成陈迹。值此静夜，只有白月光是真实的，只有沉默是真实的。月光照在地上冰凉作响，沁着故乡橘子的味道，一点点酸，一点点甜。

峨眉山上的月亮就是故乡

峨眉山月歌

峨眉山月半轮秋，影入平羌江水流。

夜发清溪向三峡，思君不见下渝州。

此诗题为“峨眉山月歌”，唱给峨眉山月，也是峨眉山月所唱，更是诗人借峨眉山月而唱给故乡的情歌。

那一年，开元十二年？十三年？总之是在秋天，青年李白第一次告别故乡，出蜀远游。梦想的流浪伊始了，兴奋归兴奋，伤心真伤心。人，到了要走的那天，总会忽然地对一切满怀依恋。

他走的是水路。水路好啊，故乡水一直流，就是在万里送行舟。月亮更像故乡的化身，从启程的渡头，一路相送。峨眉山上半轮月亮，脉脉清辉在向他低语。若是一轮满月，音色音高就会不同。半轮秋，正好契合他离开时喜忧参半的心情。

平羌是峨眉山东北的一条江，今称青衣江。于此出发，月亮不仅在天上，还影入江中，随水流而行。李白的旅行，不仅在文字中，还在我们的想象中，即使在他当时的感觉中，皆如梦幻般空灵。

写此诗时，他已至清溪驿。月亮送他到了这里。溪声月色，多么乱人心意。人与月都不言而喻，停了停步，万里相送，终有一别，是说再见的时候了。进入三峡，峨眉山的月亮就看不见了。

“思君不见下渝州”，有人说此“君”指的是当时在送李白的一个朋友。或许是吧，但想象力坚持把这位朋友看成月亮。既然从平羌相送，既然是唱给月亮的歌，难道月亮之外会横生第三者吗？不愿相信。

进了三峡，思君不见，故乡就真的远了。下得渝州，已忽在天一方。他将再次看到月亮，而那月亮与他已隔了一段时光。

尤爱诗中的地名：峨眉山、平羌、清溪、三峡、渝州，四句诗五个地名。它们邀约了无数大山、两条小河、一条大江，以及一个叫渝州的地方。多年以后，当旅行变得如同从未到过任何地方，唯有这些地名，唯有这些词才能带领你返乡。

峨眉山上的月亮一直住在李白心里，当他思念蜀中或思念那段清静的光阴时，峨眉山月便从他心中升起。长长的人生不过几个短短的梦，有好梦，有噩梦。几十年后，李白刚刚经历一场噩梦，流放夜郎，仍在长江上，只是乘舟逆行，逆着当年的方向。

至白帝城遇赦放还，他旋即顺流东下，到了江夏（今天的武昌）黄鹤楼，遇见来自蜀地的僧人晏。李白遂忆起峨眉山，忆起当年出蜀时峨眉山月的一路相随，前世今生百感交集，于是作了一首《峨眉山月歌送蜀僧晏入中京》。诗中说："我在巴东三峡时，西看明月忆峨眉。月出峨眉照沧海，与人万里长相随。黄鹤楼前月华白，此中忽见峨眉客。峨眉山月还送君，风吹西到长安陌。"见到蜀中故人，峨眉山的月亮再次回来，在诗行间萦绕不去。

月亮既是一个，也是无穷多。每个人都有自己的月亮，每个月亮都是一位故人。

月亮在寻找需要照耀的人

关山月

明月出天山，苍茫云海间。

长风几万里，吹度玉门关。
汉下白登道，胡窥青海湾。
由来征战地，不见有人还。
戍客望边邑，思归多苦颜。
高楼当此夜，叹息未应闲。

“关山月”是汉乐府古题，属横吹曲辞，系马上所奏的军乐，伤离别也。关山，边塞也；月，相思也。戍客，明月，思妇；思妇，明月，戍客。月亮总是在中间，深情而辽阔，浇灌着失眠之夜的干涸。

太白此诗气盖一世，乃至后来的世世。在文学记忆中，总能被看见的都是一些尖顶。古往今来同题乐府诗很多，太白这首是一个尖顶。

“明月出天山，苍茫云海间”，雄浑，高旷，祁连山如在目前。匈奴称“天”为“祁连”，太白用天山，更觉高远。苍茫云海间，更如梦幻。“长风几万里，吹度玉门关”，逸致，闲雅，恍若仙人御风而行。

秋风吹过白登道，吹过青海湾。中间四句借明月，一声浩叹：“由来征战地，不见有人还。”在这些荒凉的古战场，月亮找不到什么可以照耀的。

月亮在寻找那些焦渴的人。比如一个夜色般忧伤的戍客，他望着边邑的村庄，就像望见了自己的家乡。月亮继续寻找，沿着戍客的目光，看见高楼及楼上的思妇。她一脸愁苦，对月长叹。

此夜，明月是远方的信使，是深渊递出的白银，浸透了离人的哀愁与渴望。此时，每个望月的人，都将不可避免地看到死亡。

或许因为回不去，才反证了故乡的真实不虚。因为回不去，故乡才有了诗意，才令游子一生相思。李白不是没有可能，但他到老至死也没有回去。匡山读书处，头白亦不归。他在酒中、月中、诗中思念的故乡，正是那个回不去的地方。而诗中的故乡，从来都不是一个地方，它如同月亮，只存在于时间的黑色地图上。

菊花与战争：重阳的生死辩证

九日

九日重阳节，
开门有菊花。
不知来送酒，
若个是陶家。

陶渊明辞官赋《归去来兮辞》之后，躬耕自资，南亩薄收，常苦无酒。根据《宋书·陶潜传》记载，江州刺史王弘欲与之结交，却百计而不能够。九月九日，重阳佳节应时而至，篱边菊花开得金灿灿，奈无酒何？渊明独坐花丛良久，不觉采菊盈把，抬头忽见一白衣由远及近，原来是王弘遣吏送酒。率真的诗人也不客气了，即便就酌，大醉而归。

这便是唐代诗人在重阳之日，几乎都会想起的美丽典故——“白衣送酒”。

菊，花之隐逸者也

九日闲居

（东晋）陶渊明

余闲居，爱重九之名。秋菊盈园，
而持醪靡由，空服九华，寄怀于言。

世短意常多，斯人乐久生。
日月依辰至，举俗爱其名。
露凄暄风息，气澈天象明。
往燕无遗影，来雁有余声。

酒能祛百虑，菊解制颓龄。
如何蓬庐士，空视时运倾！
尘爵耻虚罍，寒华徒自荣。
敛襟独闲谣，缅焉起深情。
栖迟固多娱，淹留岂无成。

从小序来看，此诗可能写于白衣送酒的那天，“秋菊盈园，而持醪靡由”，正是当时的场景。

陶渊明爱重九之名，而且举俗爱其名，为什么？三国时魏文帝曹丕在给钟繇的信中说：“九为阳数，而日月并应，俗嘉其名，以为宜于长久。”两九相重，故曰“重阳”，亦称“重九”，取长久之意。

重阳节作为传统节日，其源可追溯至先秦时期。据《吕氏春秋》之《季秋纪》载：“（九月）命家宰，农事备收，举五种之要，藏帝籍之收于神仓，祗敬必饬。”到了西汉，便有了佩茱萸、食蓬饵、饮菊花酒、登高祈福等求寿之俗，又承先秦庆丰收之义而有“九月九日，四民并籍野饮宴”（《荆楚岁时记》）等活动。

关于菊花酒的酿法，汉代《西京杂记》中说：“菊花舒时，并采茎叶，杂黍米酿之。至来年九月九日始熟，就饮焉，故谓之菊花酒。”或许因为酒常不足，陶渊明的喝法却是直接将菊花浮于酒上。

满园菊花盛开，香气袭人，诗人徘徊花丛间，只好空自长叹。没有酒，菊花再好也徒然。没有菊花酒的重阳节，还能叫重阳节吗？能，因为还有诗。

“世短意常多”，五个字把人生说尽了。《古诗十九首》曰：“人生不满百，常怀千岁忧”，意思类似。世人都想长寿，因为人生太短而想做的事又太多。前两句释重阳节求长寿之义。

“日月依辰至”，不论人世多不多艰，春花秋月轮回不变。苏东坡评价陶渊明诗“质而实绮，癯而实腴”，此味当在这些貌似平平淡淡，实则意味深长的句子上揣摩。

下面说到重阳节的天象和物侯，都很真切。过了重阳，天气将寒，岁之将暮，让人感觉离死亡又近了一步。陶渊明当时已五十多岁，对于时序流转更加惊心，也更加珍惜这些特别的节日。

菊能延寿，酒以忘忧。奈何身寄蓬庐，空视时运倾？因为无酒，酒杯也为他感到羞耻，菊花开得再好也是浪费。杜甫在《九日寄岑参》诗中有类似的句子：“是节东篱菊，纷披为谁秀？”那年长安霖雨连下六十多天，杜甫困在家中无法出门而作是诗。

天已经冷了，菊花却开得黄灿灿。也许就是从“寒花徒自荣”，陶渊明获得了某种启悟，所以后四句忽然一转，由前面的无酒可饮空负佳节的叹息，翻为“缅焉起深情”。对人生的深情，对人世的大悲心，促成最后对人生意义的反问。

饮菊花酒并非陶渊明的发明，但菊花经由他而变成隐士的象征，并在后世文人中广为流行。直至今日，除了陶渊明的菊花，诗人们可曾见过别的菊花？

无人送酒，奈菊花何？

王弘遣人给陶渊明送酒，这等好事岂能人人皆有？唐代诗人为之艳羡，为之望眼欲穿，也不见个人影也来送酒。于是，一边过现实版的重阳节，一边遥想渊明诗中的风采。

九月九日赠崔使君善为

（唐）王绩

野人迷节候，端坐隔尘埃。
忽见黄花吐，方知素节回。
映岩千段发，临浦万株开。
香气徒盈把，无人送酒来。

这首诗写的是初唐诗人王绩过的一个重阳节。王绩生于隋末，自幼博闻强记，十岁时游历长安，被名公巨卿目为“神童”，后举孝廉入仕。唐贞观初，他自度不适合官场的“罗网”，遂回家乡东皋山隐居，过起与世无争的耕读生活，号“东皋子”。

王绩的诗朴素真率，意趣悠长，比如那首《秋夜喜遇秋员外》：“北场芸藿罢，东皋刈黍归。相逢秋月满，更值夜萤飞。”锄完豆地割了黍归，正好友人来访，秋月满、夜萤飞，人生在世，还有什么比此刻的快乐更纯粹！

王绩的性情与陶渊明很像，简傲、嗜酒，他似乎也有意效仿五柳先生，而作《五斗先生传》，辞世前也自作墓志铭。另外，王绩精通音律，又注老、庄，又编酒谱，比陶渊明似乎更多了几分仙气。

此诗首句的“野人”乃作者自称，“隔尘埃”就是远离尘嚣。节日是俗世的，既然独自隐居，那么也无所谓过不过节，甚至连节气物候都忘记了。“节候”就是二十四节气、七十二物候。

“忽见黄花吐”，看见菊花开，才惊觉又到重阳节。山崖水畔菊花开遍，东皋子不觉采菊盈把，一时怅然，此情此景宛若陶渊明。可惜“无人送酒来”，他自嘲比陶渊明还要寂寞呢。

初唐四杰之一的王勃，也有一首《九日》：

九日重阳节，开门有菊花。
不知来送酒，若个是陶家。

王勃在此反弹琵琶，不说无人送酒，却说家家门前开有菊花，纵然有人来送酒，哪一家才是陶家呢？此诗别出新意，暗含微讽，诗人感慨像陶渊明那样高洁的人，如今恐怕很难找了。

菊傍战场开

行军九日思长安故园

（唐）岑参

强欲登高去，无人送酒来。
遥怜故园菊，应傍战场开。

岑参此诗附有一句小序:“时未收长安”，可知作于安史之乱期间。题目“行军九日思长安故园”,即行军在九月九日这一天思念长安故园。

国都被异族攻陷，诗人在行军途中，逢重阳节，心情之悲恸，绝非王维那首《九月九日忆山东兄弟》所可比拟。作为重阳节思亲的名作，“独在异乡为异客，每逢佳节倍思亲。遥知兄弟登高处，遍插茱萸少一人”，此诗浑然天成，句句关心，在外漂泊的游子，每个人都能在诗中读到自己。这种思亲的心情哀而不伤，或许还隐隐地有些甜蜜。

岑参心情恐怕“悲恸”二字也不足以形容,仅看题目已使人泪下。每逢佳节倍思亲,那还是和平年代,想家而已。战争期间,国难当头,家家离散，一身更如雨萍风絮，随战事进退而生死浮沉。岑参是河南南阳人，久居长安故称“故园”。他在此想的不仅是家，还有故园平静的生活，更有对都城长安的忧心。

“强欲登高去”，重阳登高是习俗，习俗是民族的记忆，生活的延续。但岑参可能更想登高望远，看看周遭还在的山河，遥想胡人铁蹄下的长安。“强欲”是没有心情过节,也是悲恸太重而登高很难。时难年荒，有几人还在过重阳节，又有谁还会来送酒呢。

“强欲”写出了心情的沉重，但还不能叫人感到具体的悲痛。后两句“遥怜故园菊，应傍战场开”，菊和登高都应时令，也有更深层的意味。战争对生活的践踏，由菊傍战场开可以触目惊心。一个细节就呈现出战争的邪恶。当然，如果调换视角，我们也可以说，战争也不能阻止菊花开在故园。菊花与战争构成倒影，仿佛生与死的辩证。

一个宏大复杂的主题，岑参以二十个字括尽，功力由此可见一斑。

结根失所的甘菊

公元 754 年，42 岁的杜甫困居长安，重阳节这天，庭前的甘菊花蕊尚青。错过了重阳节的菊花，还能叫菊花吗？

叹庭前甘菊花

（唐）杜甫

庭前甘菊移时晚，青蕊重阳不堪摘。
明日萧条醉尽醒，残花烂熳开何益？
篱边野外多众芳，采撷细琐升中堂。
念兹空长大枝叶，结根失所缠风霜。

杜甫虽然被后世封为“诗圣”，但他对生活中的细琐之物体贴入微，感觉亲切而幽默，即使纪行诗也很接地气，全自一片真性情中流出。

三四两句诠释了什么叫“明日黄花”。重阳节过完，曲终人散，菊花也就退场了。你迟到了，烂漫给谁看呢？！

这首诗一读就懂，读到最后两句，也容易猜出杜甫在以菊自况。看到庭前甘菊迟开，他想到自己的命运。来长安快十年了，科举也考了也落第了，三大礼赋也献了玄宗也赞了，但什么也没发生，仍旧年复一年，过着“朝扣富儿门，暮随肥马尘，残杯与冷炙，到处潜悲辛”的生活。

“篱边野外多众芳，采撷细琐升中堂”，回看这两句应该也别有所指。我们不妨在今天的语境中比较一下，迟开的甘菊与众芳细琐，二者谁更有美才？甘菊错过了佳节，且重阳一过，冬天速来，很快将会凋零，这不正是杜甫的人生吗？他感觉自己也快要等不起了。

菊花从此不须开

杜甫当时不知道，命运比他预料的还要可怕。不久之后，安史之乱爆发，他仓皇离开长安，后陷贼为官，出逃后穿着一双麻鞋，奔走赴肃宗行在，被赐了个“左拾遗”，但很快又被贬……如此过山车般过了三年，他开始了长达十年的西南漂泊，终不得志，直至客死舟中。

九日五首（其一）

（唐）杜甫

重阳独酌杯中酒，抱病起登江上台。
竹叶于人既无分，菊花从此不须开。
殊方日落玄猿哭，旧国霜前白雁来。
弟妹萧条各何往，干戈衰谢两相催。

很明显是漂泊西南天地间之作，暮年之音哀以思。此诗作于公元 767 年重阳节，杜甫时在夔州三峡。与《登高》（风急天高猿啸哀，渚清沙白鸟飞回）作于同一个秋天。

虽然有酒，但独酌凄凉，且又抱病，因此不喝也罢。“竹叶”指竹叶青酒，不是竹叶，但在文字上却与“菊花”很搭。这两句的对仗法，被称为“真假对”。一个既无分，另一个也不须开了。“菊花从此不须开”，读杜诗不能仅在意他的忧国忧民，也要于他的妩媚可爱处留心。

“殊方日落玄猿哭，旧国霜前白雁来”，五六句声泪俱下。又是殊方，又值日落，又闻猿哭，情何以堪？！《巴东三峡歌》曰：“巴东三峡巫峡长，猿鸣三声泪沾裳。巴东三峡猿鸣悲，猿鸣三声泪沾衣。”三峡猿鸣之悲，非暮年流离之人亦闻而下泪。

又见大雁飞来，雁自北方飞往南飞过冬，它们为诗人带来旧国的消息，那里已经是霜降了啊。杜甫实在离别旧国太久，所以一点点物候，也能掀起他海量的情愁。黑猿与白雁，一黑一白，想想画面的色调，那死亡的气氛。

因白雁想到旧国，想到弟妹离散，天各一方不知何往。再放眼滚滚长江，想天下战火不息，自己一身暮年……

平常人已不堪衰老，何况干戈衰谢两相催！重阳登高本为祈福延寿，然而此日诗人独立江上，满目哀伤，寿以何延？寿为何延？

客途与梅花：只要梅花还开，故乡就还在

忆梅

定定住天涯，
依依向物华。
寒梅最堪恨，
常作去年花。

已是十一月。梅花又开了吧？

漂泊的游子，内心的流浪者，仿佛水的转世，又一次想起故乡了吧？

只要梅花还开，故乡就还在。

此时若有人自故乡来，万千心情，或许也将化作淡然一问：

“来日绮窗前，寒梅著花未？”

为什么偏问梅花？

杂　诗

（唐）王维

君自故乡来，应知故乡事。
来日绮窗前，寒梅著花未？

王维也许很爱梅花，但如果是夏天，他绝不会这样问，因为梅花开在冬天。逢人自故乡来，正当梅花绽开的季节，这样问才合乎事理。这是时令物候。

说起时令物候，我们就会想到二十四节气。节气就是寒暑的轮回变迁，是农耕时代的生命节奏。随着节气，万物开落，就是物候。人的生活在其中展开，亦融入时令物候的节奏，就叫“天人合一”。所谓“天”，即体现在四季运行中，潜在于物象中，我们称之为“大自然”。

君自故乡来，也带来了故乡。对于游子，急于听到故乡的所有消息，渴望知道故乡的很多事情。即使寒梅正当时令，可为什么于千万消息中，偏问了这一件“闲事”？

有人说这是以小见大，问了梅花，别的牵挂便不在话下。这样的解释不能说错，但不全对。

梅花真的是微物吗？诗歌，尤其是短小精悍的绝句，每个词都必须经得起拷问。而在诗歌中，一个词不仅具有感情意义，更具有象征意义。梅花未必象征每个人的故乡，但一定象征着物候。不论南北，不论安居或远游，梅花开都会让人看见时序的流转，让人忽然惊觉岁之将暮，而下一个春天又将不远，进而看见自身仍在客途的处境。梅花的开，打开了时间之门，让一个人看见自身。由此而言，梅花不重要吗？

我们还有过这样的体验。给千里之外的父母打电话时，我们会问院子里的葡萄架，问家门口的柿子树，问村口的大榕树，它们开花了吗，今年结得果子多吗，它们落叶了吗？几乎是无意识的，本能的，来自心灵的深处。我想诗歌的写作正是如此，应该剔除浅层的意识，而将深层的心灵呈现出来。深层的意识，更接近人的原初本性，那常常被功利和习俗遮蔽的部分，才是我们共通的纯真。

或许一开始，我们仍很热心地问起故乡的人和事，但后来渐少渐无，不想再问，即使父母在电话中说起，我们也常常不太想听。故乡的人和事都已改变，可能已面目全非。而最无力的是，我们已厌倦了那些生老病死。

只给我说说院子里的葡萄，说说窗前的寒梅有没有开花吧。

是什么把我们和故乡联系在一起？我终于领悟并不是那些终将改变的人和事，而是仍然生长在故乡的草木物候。人事无常，梅花总在那里，只要梅花还开，故乡就还在。

岭上梅花催人归

南中感怀

（唐）樊晃

南路蹉跎客未回，常嗟物候暗相催。

四时不变江头草，十月先开岭上梅。

在唐代诗人群星璀璨的天空，樊晃是一个被遮蔽的诗人。然而他于玄宗开元时登进士第，生前亦有诗名，并与诗人刘长卿、皇甫冉等唱和。他还做过一件几乎被今人遗忘了的大事，即曾编杜甫诗为《杜甫小集》，此集乃杜诗集本之祖，史家论定樊晃为杜甫身后第一知己。

此诗的客途之感更为明显。从诗题“南中感怀”可以推知，樊晃是北方人。一个北方人在南方漂泊，什么最容易使他感怀呢？

答案依然是物候。“南路蹉跎客未回，常嗟物候暗相催”，古代客行也有期程，但不像今人具体到火车票、飞机票一般提前预订好。大概已经过了预计的期程，所以诗人才会说“蹉跎客未回”，被耽延的心情可想而知。人事多阻，而物候常新。诗人眼看着时间跑到他的前面，物候不停地在催促。

南方的草四时不衰，让北方人倍感身在异域，这其中有可供欣赏的异域风情，更有因巨大的差异而更远的遥远感。“十月先开岭上梅”，写这句诗，不是岭上梅不美，而也不是岭上梅美，而是才十月岭上梅就已经开花了。

农历十月大致是现在的公历 11 月，诗中的“岭上”很难确指，但以南岭群山区域观想即可。南岭梅花先开，令客途中的诗人心惊。江头草和岭上梅，都是南中物候，都是让北方游子想家的异乡风景。但诗句不是为了写景，而是为了写风景给人的强烈并独特的感受。

梅花都开了，这一年忽然提前被过完，而诗人与家的距离，无形中又隔了两个希望之远。

怎么才算是“早梅”？

早　梅

（唐）齐己

万木冻欲折，孤根暖独回。

前村深雪里，昨夜一枝开。

风递幽香出，禽窥素艳来。
明年如应律，先发望春台。

北方的梅花开得迟，常常开在下雪时。发现梅花开，常常给人惊喜。如若不是“为有暗香来”，你会以为那是落在枝上的雪。

关于这首诗，《唐才子传》中记载了一则有趣的故事。齐己诗成之后，拿去请教诗人郑谷。他原先的第二联是“前村深雪里，昨夜数枝开。”郑谷读罢，说：“数枝非早也，未若一枝佳。”齐己恍然大悟，深为佩服，立刻叩头三拜，称郑谷为“一字师”。

客观事实应当是昨夜数枝开，可是诗需要如此客观吗？不客观就不真实了吗？我们应该区分文学创作与新闻报道。新闻报道讲求客观公正，文学创作则可以虚构加工，这正是“创作”之所在。从数枝中提炼出一枝，这个鲜明的形象更能给人以“早”的感受，不能说这就不真实。因为昨夜一枝开并非不可能。真实不是照搬现实，而是来自现实的内蕴物，即使现象的罗列，也绝不存在所谓纯客观的罗列。

北方的梅花开在冬至后小寒时，此时天气进入最冷的数九，但大地的阳气已悄悄发动。梅花应阳气而生，开在二十四番花信的最前头。当“万木冻欲折”，唯独梅感地气之暖而回。

“风递幽香出，禽窥素艳来”，写梅之色与香，有些孤芳自赏。如此高洁芬芳的梅花开在村野，它的美是不是被浪费，是不是有点惋惜？对于梅，这不是个问题；对于看梅的人，可以是个问题。

齐己是晚唐诗僧，俗名胡德生，早年曾有志于仕途，然科举失利，后出家为僧。“明年如应律，先发望春台”，望春台是众人游览赏春的地方。如果此诗作于早年，那最后两句便是托物言志；如果作于出家之后，那么可以视为对梅的怜惜。想象一天清晨，诗僧走出寺院，在茫茫雪地上漫步，忽见前村早梅绽放，欣喜而成诗。于此，我则偏爱诗僧的故事。

幸好你没有寄梅花来

和裴迪登蜀州东亭送客逢早梅相忆见寄

（唐）杜甫

东阁官梅动诗兴，还如何逊在扬州。
此时对雪遥相忆，送客逢春可自由？
幸不折来伤岁暮，若为看去乱乡愁。
江边一树垂垂发，朝夕催人自白头。

这首诗的题目很长，杜甫交代了一件事的前因后果，即他为什么要写这首诗。

前因是裴迪先给他寄了一首诗。那首诗是裴迪在蜀州东亭送客时，正好逢着早梅而起相思，于是写给他的。杜甫以前两句作为回应：“东阁官梅动诗兴，还如何逊在扬州。”

当时杜甫在成都，与裴迪所在的蜀州相去百里许。他们离得并不远，且俱因战乱自长安而来四川，而有同是天涯沦落人之感。杜甫设身处地想，梅花如何触动裴迪的诗兴，又如何令他对雪相忆，如同发生在自己身上，即当我写你在如何想念我，我说的其实是我如何想念你。

杜甫说早梅触动你的诗兴，这多么像何逊折梅寄友，见梅花开就见到春天，你怎能不感怀？然而幸好，你没有折一枝寄来，你若寄来，岂不惹我更伤岁暮，而看着梅花，岂不更乱我的乡愁？这一连串的后果，不堪设想啊。看哪，浣花溪边，一树梅花即将爆炸，它们巨大的压力，正在不舍昼夜地催生我一头白发。

梅在这首诗中不受欢迎，如同那些不相干的春天，如同那些个莺莺燕燕，都会引发诗人心中的一座活火山。这就是裴迪寄梅花诗的后果。二人赠答，互为因果，互相印证。

此诗被明代诗人、学者王世贞鉴定为“古今咏梅第一”，即最好的咏梅诗。这是一首咏物诗吗？分明句句都是作者自己在抒情。但情因梅发，因梅开而陡然逼近了岁暮，霎时泛滥了乡愁。咏物而不著色相，如九方皋相马，得其内而遗其外也，或可称咏物之最高境界。

长作去年花

忆　梅

（唐）李商隐

定定住天涯，依依向物华。
寒梅最堪恨，常作去年花。

忆梅，这个诗题很美，好像梅是一个人。

李商隐诗的语感往往很美，都很有味，可供涵咏滋味。“定定”是当时的口语、俚语，用在此处却意外地典雅，且与“依依”完美呼应。

“定定住天涯”，义山说的是自己。“定定”是个俗词，俗词是套话冗语，但在这句诗里，它表达的却是真切的生命感觉和情绪。你可以去考证他当时在哪儿，但不管在哪儿，总归在他的感觉中，他是在天涯。难道世界上真有地方远在天涯吗？如同故乡，天涯也是一种诗歌心理。

因为在天涯，所以“依依向物华”。物华即春天草木的欣欣向荣，对于一个“定定住天涯”的人，物华就是可以把心贴上去的家。如果知道那时诗人已没有了家，“依依”便会让我们更觉诗人的孤单可怜。

春天的繁花，让他想起了梅。“寒梅最堪恨”，“恨”是遗憾，不当作“怨恨”。若细思极究，遗憾或许促生怨恨，人的感情当然不是泾渭分明。遗憾中夹杂着怨恨吧，不妨这样解。

梅花先春而开，望春而凋，是不是让人联想到“早秀先凋”的命运？李商隐的人生际遇的确如梅，少年早慧又得遇贵人，且早登科第，然而接下来却没有顺理成章地飞黄腾达，相反时时处于党争夹缝中的两难境地，以及一连串的不幸和打击。流离入川之后，他完全自我消隐，刻意事佛，每天打钟扫地，自称“清凉山行者”。

文本与作者之间存在“互文”关系，文本与文本之间也是如此。此诗可与义山的另一首诗《十一月中旬扶风界见梅花》参看，也写梅花，其中有句：“为谁成早秀？不待作年芳。”

最后的“长作去年花”，仅此一句，亦足耐寻味。你可以说梅花开得最早，因为太早，所以梅花永远属于去年，属于过去。梅花永远错过春天的盛宴，这是命中注定的遗憾。

空以纳万境：神游王维《辋川集》

斤竹岭

檀栾映空曲，
青翠漾涟漪。
暗入商山路，
樵人不可知。

游止二十处

是游止，不是景点。

区别何在？景点是被设计的，供观看的。而游止，则可游可止，随心所欲。

《辋川集》中二十处游止，即唐代诗人王维与好友裴迪在辋川别业闲暇流连之处，二人于每处各赋五言绝句一首，玉成此集。

王维在“序”中对诗集缘起简略带过，然对二十处游止之名称却不厌其详，逐一罗列：

孟城坳、华子冈、文杏馆、斤竹岭、鹿柴、木兰柴、茱萸泮、宫槐陌、临湖亭、南垞、欹湖、柳浪、栾家濑、金屑泉、白石滩、北垞、竹里馆、辛夷坞、漆园、椒园。

以山水风物命名，读之即起遐想。与其说人活在事物中，不如说人活在语言中。诗人海子说，给每一条河每一座山取一个温暖的名字。落梅街听起来是不是比三十五街更美？

王维与裴迪闲游辋川，不止二十处。然而这二十处，他们为之各赋诗一首，且正式编成诗集以志。王维后来将辋川别业绘制成巨幅山水壁画《辋川图》，除了“柳浪”，其余游止悉入画中。

今人读辋川诗，往往仅知王维，有意无意中使裴迪偏废。此固因王维名气如日中天，裴迪之诗虽称俊杰，然亦难放光彩。同游之时，王维四十岁出头，裴迪小他十五六岁，二人情同父子，互称道友。因年龄阅历相差悬殊，且世界观一僧一俗，对山水的体验自然有别。《辋川集》四十首诗，咏二十处游止，若能两两对照，自可互相映照，趣味更多。

居士与秀才

我们先读《斤竹岭》和《宫槐陌》，看看同样的风景在摩诘与秀才眼中有何不同。

斤竹岭

（唐）王维

檀栾映空曲，
青翠漾涟漪。
暗入商山路，
樵人不可知。

斤竹岭

（唐）裴迪

明流纡且直，

绿筱密复深。
一径通山路，
行歌望旧岑。

“斤竹岭”之名，或典出南朝谢灵运诗《从斤竹涧越岭溪行》。顾名思义，此处是一座山岭，其上多竹。咏此岭必写竹。

王维写的是竹在水中的倒影。檀栾，秀美之貌，叠韵连绵，从听觉上传达出竹子的茂密感。《诗经·淇奥》写竹，“绿竹猗猗”“绿竹青青”，亦用双声叠韵写其茂盛。秀美的竹子倒映在空曲，“空”字可谓王维最偏好的词，比如写得最多的“空山”。写竹的倒影，映在空曲。再写竹之青翠漾于涟漪。我们很难对此二句中的禅意视而不见，至少能敏感到这样的视角有点禅味。

裴迪写竹子就是山上的竹子。“明流纡且直”，清澈的溪流一会儿曲一会儿直。山上的绿竹“密复深”。没有多少深意，但却很生动，更容易让人想见斤竹岭的清溪与茂密的竹林。

二人接着都写山路。王维用了商山的典故，即以四皓隐居之地，暗示出斤竹岭的幽深，可通往连樵人都不知道的地方。裴迪的经验仍很现成，沿幽径入深山，一路放歌，不时回望旧岑。

两首诗各有各的好。如果我们也去过斤竹岭那样的地方，可能与裴迪的诗更起共鸣。

宫槐陌

（唐）王维

仄径荫宫槐，
幽阴多绿苔。
应门但迎扫，
畏有山僧来。

宫槐陌

（唐）裴迪

门前宫槐陌，
是向欹湖道。
秋来山雨多，
落叶无人扫。

从诗的内容看，宫槐陌是别业门口到欹湖的一条东西向的小路，路旁很多高大的槐树，人迹罕至。

先看王维的诗。“仄径荫宫槐，幽阴多绿苔”，路很窄，浓荫覆地，多生苔藓。多绿苔，一则写日光不到，二则写少有人行。应门者，即僮仆也。应门迎扫，以备山僧不速而至。沿宫槐陌时而来者，除了山僧，别无他人。王维平日在山中交往之人，大概也只有山僧。

裴迪则纯写宫槐陌的形态，扣住秋来山雨落叶满地。走在这条仄径上，山中的时光顿时孤寂和幽暗了。

如果用“深刻”来评判诗的高下，那么并不在思想或观念上，诗的深刻首先表现在语言与事物的关系上。以上两首诗二人写法类似，王维有长期修禅的生命体验，用事造意上有所不同，而并不见诗艺的高下之别。

在水一方的神秘体验

南　垞

（唐）王维

轻舟南垞去，
北垞淼难即。
隔浦望人家，
遥遥不相识。

南　垞

（唐）裴迪

孤舟信一泊，
南垞湖水岸。
落日下崦嵫，
清波殊淼漫。

乘船水上，即使去岸未远，回眺岸上景物，亦忽觉遥远，乃至恍如化境。佛法以六道轮回为此岸，以证悟涅槃为彼岸，此妙论亦取譬于水。“人在船上，船在水上，水在无尽上。无尽在，无尽在我刹那生灭的悲喜上。”台湾诗人周梦蝶在《摆渡船上》如是说。

王维诗中正是舟行水上的神秘体验。一叶轻舟，南垞而去，望北垞而觉“淼难即”。难即，并非真的难以抵达，实际上他们去了北垞并写了诗。“难即”是在湖上望去感觉上的遥远。“淼”，即水面茫茫辽阔之状。从语言效果上，南垞北垞，一南一北，已觉遥不可及。

三四句仍写水上如幻的感觉。“隔浦望人家，遥遥不相识”，亦非不能去。即便是相识的人家，哪怕是自己的家，此时身在广阔的湖面，眺望也会觉得遥远而有陌生之感。

裴迪诗中湖只是湖。他也用到“淼”，可见南垞湖面的确辽阔。把孤舟随意泊于湖岸，看落日余晖中清波之淼漫。信可乐也！然而此诗停留在对南垞的视觉印象，而无真正的生命洞察。

如果对比这两首诗《南垞》，或可说明什么是诗的“深刻”。显然，王维的诗更深刻，因为他甚至没有写景，而是以造化之笔，浑然天成地写出了他在湖上的生命体验。同在湖上观看，裴迪的“看”只是普通的看，而王维则属于一种“灵视”，他不仅看见了事物，还将事物之间的隐秘关系揭示了出来。王维的看是一种更古老的观看，触及了独特的生命之谜。

因此，王维的观看在诗中呈现的，不仅是水、北垞、湖岸以及岸上的人家等，而且是所有这些包括观看者一起构成的存在。我们读这首诗也就不仅获得到此一游的风景画印象，而且是看到与我们自身相关的生命镜像。

瞬间的狂喜

欹　湖

（唐）王维

吹箫凌极浦，
日暮送夫君。
湖上一回首，
山青卷白云。

欹　湖

（唐）裴迪

空阔湖水广，
青荧天色同。
舣舟一长啸，
四面来清风。

王维诗的前二句，且不去管“夫君”是谁，吹箫和日暮，一起为了美丽。画龙点睛在后二句：“湖上一回首，山青卷白云”，瞬间狂喜，被幸福的闪电击中。这种幸福并非世俗所谓的“幸福”，而是存在的幸福，诗的幸福。诗人凭直觉用语言将这瞬间的幸福用形象呈现出来。

如果说集中的《孟城坳》是诗人在辋川与时间的相遇，那么在欹湖则可以视为与空间的相遇。和时间一样，空间也是有生命的。而在狂喜的一瞬，时间停止，融入空间，仿佛永恒。

裴迪的诗前二句也写湖上风光，后二句亦有力，亦潇洒。诗法节奏与王维略同。“舣舟一长啸，四面来清风”，和王维一样，也经历到瞬间的幸福，二人境界皆可通神。

如果非要比较，王维写在湖上回首看山，则比裴迪写湖只是湖而言，更加意味深远。山和水互为映照，例如南朝诗人谢灵运的山水诗，诗中大多一山一水交替而写，山中看水，水上看山。

空以纳万境

鹿　柴

（唐）王维

空山不见人，
但闻人语响。
返景入深林，
复照青苔上。

鹿　柴

（唐）裴迪

日夕见寒山，
便为独往客。
不知深林事，
但有麏麚迹。

《鹿柴》一诗，二人都写山与深林。裴迪见到的是“寒山”，王维见到的永远是“空山”。即使《欹湖》回首所见，也并非青山，而是“山青”。

裴迪的山是凄冷的，他们是独往客。王维的空山虽不见人，但听到人语响。“响”，回声也。在空山中听见人语的回声，亦真亦幻。因此，他们二人所见的实则并不是同一座山。裴迪的寒山就是寒山，写得板实；王维的空山却不是空山，亦实亦虚。

同样是深林，同样幽僻。裴迪抓住的印象是鹿留下的脚印，王维捕捉的则是青苔上阳光的返照。裴迪同样失之于实，而王维则与前二句的声响对应，写出了光影的流动。如此王维诗中的世界更妙，声色光影，虚虚实实，圆满空灵臻于禅境。

王维的诗大多有“禅”的观照，这与他多年的佛法修行是分不开的。他不但深谙佛理，而且长期坚持严格正统的实修，并常与高僧及居士一起辩经禅诵。虽然天赋极高，他留下的诗作却仅400多首，这也或许和禅的“不立文字”有关。他潜心精进的是修行。在绘制《辋川图》时，他写诗感慨：“老来懒赋诗，惟有老相随。宿世谬词客，前身应画师。”他说自己错误地成了诗人，他的前世应是画师，所以这一世仍爱画画。

美国学者艾略特·温伯格专门用一本书讲王维《鹿柴》的翻译，书名为《观看王维的十九种方式》，其中讨论了十九个不同的外文译本。姑且不论译本的得失，不论中国古典诗能否被翻译，单凭一首诗就有如此多的译本，即可看出这首诗的伟大。只有伟大的诗才经得起种种变形，《鹿柴》正因本身的“空”，故以纳万境。

何必有一个地方叫“辋川”

试想《鹿柴》中的空山和深林，何处无之？何必非得在辋川？！王维与裴迪游止的二十处地方，那些湖、竹岭、小径、山谷，又何处无之？天下奇山异水甚多，比辋川风景更佳的所在，正不知有多少呢。何况从《辋川集》也看不出地方特色，更何况二人多咏怀抱不著刻画，又何况唐代与今天山川地理气候人文变迁不啻沧海桑田，若必泥于陕西蓝田那个叫“辋川”的地方,又岂非刻舟求剑？恐怕亦如《西湖梦寻》的作者张岱,因多年思念西湖而故地重游,结果发现西湖早已面目全非,于是急急逃走，反不如保梦中之西湖。吾等若亲赴其地按图索骥，恐怕也要慌忙逃离，反不如保《辋川集》中之胜地呢。

法国象征主义的“纯诗”理论，有一个重要观点，即人是用语言爱上一个事物的。这个事物在语言中，可以是精致的，也可以是朦胧而魔幻的。而我们生存最好的体验，可能也并非对真实的认识，而是文学化的感受。比如梧桐在《庄子》中是凤凰唯一愿意栖息的树，所谓“非梧桐不止”，实际的梧桐树长在北方普通人家的庭院，样子一点儿也不神圣。比如蔷薇，比如西施，比如很多很多事物，文学中的他们永远最美。

诗歌作为对生存经验的提纯，乃是更高级的现实。对于诗人和读诗的我们，诗首先是一种生命的审美，呈现生命的洞察，触及生命的秘密。比起世俗景观，诗才是我们更本质的存在。

那时的元夕，灯与月与人全都是诗

生查子

去年元夜时，花市灯如昼。
月上柳梢头，人约黄昏后。
今年元夜时，月与灯依旧，
不见去年人，泪湿春衫袖。

正月为元月，十五为月圆之夜，故称正月十五为“元宵”。

早在汉明帝时期，已有元宵点灯敬佛的仪式，而后渐由宫廷发展到民间，由中原普及南方各地。唐宋以后，元宵节更加盛况空前，十五日前后，或三五天，或长达十天，皇宫寺院，士民众庶，举国狂欢。

正月十五夜，都城弛禁，花灯如昼，人影参差，香飘满路，钿车罗帕，更有暗尘随马……

那时的元夕，灯与月与人，全都是诗。

写的是元夕，还是爱情？

青玉案·元夕

（南宋）辛弃疾

东风夜放花千树，更吹落，星如雨。
宝马雕车香满路，凤箫声动，
玉壶光转，一夜鱼龙舞。

蛾儿雪柳黄金缕，笑语盈盈暗香去。
众里寻他千百度。蓦然回首，

那人却在，灯火阑珊处。

美是无法说出的。人在感受到美时，却有表达的冲动。想要表达不可说的，只有用诗。也许这可以启示我们什么是诗——诗，就是说出不可说的。这看似矛盾，看似玄奥，但如同“道可道，非常道”，其实最接近诗的本质。

以元夕为例。犹记儿时家乡的元宵节，十五夜进香，灯笼队开路，锣鼓喧天，自村广场逶迤而至戏台前。台上正中端坐着“玉皇大帝”，手捋一尺长的美髯，笑吟吟歆享万民同庆。最难忘的是，当烟花绽放，世界瞬间失重，人像是漂浮在夜空。烟花照亮一张张脸，痴痴仰望，都不似平日的营营役役，好像那才是他们原来的自己。极短的一瞬又一瞬，静止如永恒，令人如梦而难醒。那种极美的体验，超出了任何语言。

古时的元夕想必更美。很多诗人为此写了诗，想要说出并留下那种美，但很多诗仅止于铺陈罗列，结果平庸而失败。就像一道美味佳肴，你只读到一些食材的名字，终究无法尝到那道菜。

写元夕的诗词中，除却特殊的个人偏好，公认最佳首推欧阳修和辛弃疾的词作。两首词我们都很熟悉，先来读《青玉案·元夕》，看看大诗人辛弃疾是如何说出那无法说出的美。

若问这首词写的是元夕，还是一段浪漫的爱情？具体而言，元夕是爱情的背景，抑或爱情是元夕的组成？

其实答案已写在词的标题中，“青玉案”是词牌名，“元夕”是题目。

词人要写的是元夕，而以浪漫美幻的爱情，烘托出那个夜晚无法言说之美。

上片写元宵灯会的盛况，据说坐标是南宋都城临安，且让我们跟随诗人前往游赏一番。“东风夜放花千树”，点亮的灯笼，悬于枝头树梢，像东风吹开千树繁花。这个比喻其实不太恰当，“忽如一夜春风来，千树万树梨花开”，树上的春雪和盛开的梨花在视觉和质感上很像，而花灯与花则无论在大小和质感上都有很大区别。也许词人正想以异质的类比，转而营造出仙境的氛围吧。

“更吹落，星如雨”，有说是灯焰飘落的火星儿，有说是烟花，我们不妨认为是烟花。烟花绽放之后，焰火纷纷坠落，更像流星。东风为花灯和焰火注入了艺术感觉。有了风，万物才会灵动。东风款款，灯笼摇曳，焰火飘落如星。

再看街市上的景象。“宝马雕车香满路，凤箫声动”，车马喧填，鼓乐如沸，极为繁华绮丽。又有“玉壶光转，一夜鱼龙舞”，灯月交辉，舞鱼舞龙的社火百戏，终夜不息。

以上铺排令人目不暇接，若只写这些，也不过就是热闹，而且通过文字，我们也未必能切身感受到。再来看词的下片，由景至人，有了那人，风景才有灵魂。

“蛾儿雪柳黄金缕，笑语盈盈暗香去”，蛾儿、雪柳、黄金缕，都是古代妇女元夜时戴在头上的装饰，她们笑语盈盈，暗香来去。元夕盛况通宵达旦，平日深居简出的女子，此时结伴盛装游玩，衣香灯影恍若仙境，那能不发生点儿爱情？

“众里寻他千百度，蓦然回首，那人却在，灯火阑珊处”，他即是她，即是那人。谁是那人？说法有三：女子，词人自己，失去的汴京。梁启超在《艺蘅馆词选》丙卷中说，此词“自怜幽独，伤心人别有怀抱”，但若因此指称那人就是词人自己或汴京，实在是捕风捉影不足为凭。

辛弃疾终生寄望收复神州，但如果在热闹的元宵节，非要如此肉麻地将汴京比作爱情，未免太煞风景。所谓伤心人别有怀抱者，乃词人在政治理想失落之后，渴望遇见一位美丽的女性，作为身心归隐的桃花源。这难道不是古代笔记小说常见的主题吗？

那人正是这样脱俗的女子，她不在万头攒动火树银花之处。“众里寻他千百度”，就在你失望疲惫时，蓦然回首，她却在“灯火阑珊处”。这几句的确非大词人不能道，大词人不是指名气大，而是才华和灵魂的深度。生命中这样的体验很神秘，词人懂得不必道破，就在奇迹发生的一瞬，时间定格。那人是谁，后来怎样，都不重要，此一瞬已经足够。

通读一遍，最后，我们也蓦然回首，发现这首词貌似写爱情，实则与爱情无关，词人所写的应是自己“一个人的元夕”。

去年今日元夜时

生查子

（北宋）欧阳修

去年元夜时，花市灯如昼。

月上柳梢头，人约黄昏后。
今年元夜时，月与灯依旧，
不见去年人，泪湿春衫袖。

此词曾误入南宋女词人朱淑真的《断肠集》，后经明代学者澄清，乃出自《欧阳文忠公集》第一百三十一卷。味其风格，当为欧阳修词无疑，读者可自行求证。

这首广为传诵的词，简约质朴，清新耐读，一读即能成诵。词中所写，可以是古代任何一个元夜，任何一个地方，任何一个人的故事。所以人人爱读，人人读了皆如得我心者。

南宋严羽在《沧浪诗话》中有一个重要的诗学观点，即“诗有别材，非关书也；诗有别趣，非关理也”。写诗（包括写词）靠的不是学问，虽然博学可能会给你一些底气，但诗写得好不好靠的是天赋，即天生的感受和洞察力，这是很难外求的。欧阳修非不博学也，但我们读他的词，看不到炫耀学问或掉书袋，他写词亲切朴素，浑然天成。一个真正的诗人，他的学问是流淌在血液中的。

好诗的深刻，也无关思想与晦涩，乃体现于能将万物间隐秘的关系，以貌似简单的视像揭示出来。若论深刻，德国哲学家黑格尔说过，表面的东西最深刻。

欧阳修这首词简单但深刻，就在于他揭示出了表面的事物背后隐秘的关系，而且是用近乎民歌的语言唱了出来。谁读了都懂，但诗人不是要你懂他写了什么，是要你去体验其中的人生。

去年的元夜，犹今年的元夜；今年的元夜，却迥异于去年的元夜。月依旧，灯依旧，但人变了，而人变了，一切就都变了。元夜不只是个背景，这个夜晚的时空，以及构成它的一切事物，都是故事的参与者，都已经与记忆融为一体。当诗人重返现场，去年的情景仍在，但去年那个人不在了，诗人只好以诗来歌唱失落的幸福。

这首词很容易让人想起唐代诗人崔护的《题都城南庄》："去年今日此门中，人面桃花相映红。人面不知何处去，桃花依旧笑春风。"都是去年今日，都是一个人消失了，悼念的都是短暂的爱情。不同在于，《生查子》词中还有回忆，而崔护诗中却还没来得及发生。

元宵是一群人的狂欢

迎新春（大石调）

（北宋）柳永

嶰管变青律，帝里阳和新布，晴景回轻煦。
庆嘉节、当三五。列华灯、千门万户。
遍九陌、罗绮香风微度。
十里然绛树。鳌山耸、喧天箫鼓。

渐天如水，素月当午。香径里、绝缨掷果无数。
更阑烛影花阴下，少年人、往往奇遇。
太平时、朝野多欢民康阜。
随分良聚。堪对此景，争忍独醒归去。

以诗意论，上面欧、辛二人的词是诗，柳永此词具有诗的形式，但内容是散文的。柳永的很多词，如果抛开音乐演唱，单就文本而言，其实都是散文或微小说。古典诗歌中有很多诗并无诗意，比如某些交际应酬之作，不过是按照平仄韵律写出来的乏味散文。我们读古诗需要炼出这样的眼力，即要能辨认出诗的真伪。

当然，柳永的创作有所不同。毕竟他写的是歌词，并且自己大量编曲。白描、铺叙以及俗语俚语，这类散文或小说化的笔法，都是他对“词”这种歌唱艺术的创新，应首先把他当作音乐人。

对于一位音乐人，曲调要比可替换的歌词重要得多。“迎新春”词调，即为柳永所创制，据称因所押之韵极险，故后人无复用者，遂成孤调。遗憾的是，其乐调早已失传，我们只能读读歌词，单就歌词很难对其艺术加以评判。这一点我们必须清楚。

且将此词当作一篇写北宋都城汴京元宵节的散文来读。词人以白描笔法，为我们铺叙出了当时的热闹景象。前几句交代时序变迁，冬去春来，天气晴暖，又是元宵佳节。“列华灯、千门万户。遍九陌、罗绮香风微度。十里然绛树。鳌山耸、喧天箫鼓。”只需将这些词句，逐个还原为画面，大致就能想象当时的情景。

下片写到游人的活动，在今天看来前卫有趣。已至午夜，灯也看够了，男男女女各自寻欢。“香径里、绝缨掷果无数”，绝缨、掷果都是典故，意指男女相悦示好。“更阑烛影花阴下，少年人、往往奇遇”，则更有风流艳遇，幽期密约。

从华灯盛景与世态人情，作者看到的是“太平时、朝野多欢民康阜”。如他所说，元宵夜随分良聚，并没什么好坏对错，他自己也但愿沉醉其中。然而，从这句话及整首词疏淡的语调来看，很不幸他是他并不想成为的独醒人。

从前的春天：两首清明词

江城子

碧阑杆外小中庭，
雨初晴，晓莺声。
飞絮落花，
时节近清明。
睡起卷帘无一事，
匀面了，没心情。

用语言，我们悼念万物；
用诗歌，我们悼念语言。

祖先的面容，透过历史的尘埃，自汉语中浮现。
清明读诗，就是对祖先最好的祭奠。

如何读诗？

一首好诗需要读多少遍？可能没有上限，但下限肯定不止一两遍。

背诗是必要的。较之背诵，更重要的是涵咏。反复涵咏，自能成诵。好诗的标准就是经得起涵咏，每次涵之咏之，都能觉出新的味道。

诗和打油诗的区别在于，诗的本质在于表达难以言说的情意，打油诗纯粹为了滑稽和逞才。诗和段子的区别也在于此。读诗让人觉得美，感觉到内心某处瞬间被闪电照见，久久回响。读打油诗和段子，可能让人发笑，然而笑过之后什么也没有。诗是艺术，历久弥新。打油诗和段子，一次性消费。

诗需要讲解吗？《金刚经》曰："说法者无法可说，是名说法。"讲诗者，无所可讲，是谓讲诗。最好的诗皆不言而喻，最糟的讲解则言而不喻。听人讲诗讲到好处是善缘，若兼有悟性，则一点即通。

若讲诗者讲来讲去，障住了诗乃至将诗活活讲死，那还是不要听讲的好。读者自己读，读多了读久了，自然也就懂了。

读小令如看花

江城子

（唐）张泌

碧阑杆外小中庭，
雨初晴，晓莺声。
飞絮落花，时节近清明。
睡起卷帘无一事，
匀面了，没心情。

叙利亚诗人阿多尼斯这样看玫瑰：“在田野里，玫瑰以相会的眼神注视你；在花瓶里，它以告别的眼神看着你。”一朵花呈现在面前，你不仅要用眼睛去看，而且要去嗅，去听。你需要敞开全部感官，才能和一朵花交谈。

不必问此花是何品种，系谁所栽，做何用处。更不必请人解剖它用了什么手法才开成这样。这些问题都会使一朵花索然无趣，乃至被杀死。

晚唐诗人张泌的这首《江城子》，没有一个生字，没有半个典故，正如一朵开在清明节前的小花。明白自然，一读就懂。

当然，懂也可能是没懂的意思。懂多少才算懂？谁敢说自己看懂了一朵花？恐怕没有人。看到一朵花，也没人会问："你看懂了吗？"我们会说："真好看啊"。读诗也一样，不管懂多少，美是我们的共识。

好诗首先唤起人对美的感觉。《诗大序》说："诗者，志之所之"，对于什么是"志"有多种解释。简言之，志即心中的情意。这种情意可能是复杂微妙的，很难用散文的语言说清的。然而比起诗中所言之志，诗的声音节奏之美还应排在前面。孔子说"言之无文，行而不远"，即首先要有文采。那时文章皆口耳相传，文采即听起来要有美感。

读诗应该比看花简单。佛祖拈花微笑，你明白他的意思了吗？诗也不会把意思明白告诉你，诗之所以是诗，恰恰因为那意思没法清楚地说出来。不可说而又想说给人，怎么办？诗人的困境，也是佛祖和老子的困境。不可说不可说，道可道非常道。《易·系辞》曰："书不尽言，言不尽意，故圣人立象以尽意。"佛祖善用譬喻，老子取法自然，都是立象以达难尽之意。能领会多少，全凭听者的造化。诗人也得靠形象来传达微妙的情意。诗是写在字里行间的言外之意，是那些缝隙、留白和回声。

穿越到另一个时光

读这首小令，你得先跟着文字，穿越到清明节前的那个清晨。"碧阑杆外小中庭"，想象这样一个地方。读到"雨初晴"，先感受下雨过天晴，空气清新湿润，风可能有些料峭。接着听到"晓莺声"，雨后的莺声是不是更清脆婉转？仅这两句就创造了一个时空，你可以在那儿待一会儿。那儿是哪儿？可能是想象中的一个地方，也可能是它让你回忆起的童年。

这就是文字的力量。

需要注意的是，观看者并不在庭中。“碧阑杆外小中庭”，可见是在一段距离之外，雨初晴和晓莺声都发生在那里。而你在这里。于是产生了一种张力，也就有了情节和故事。

“飞絮落花，时节近清明”，仍是小中庭发生的事情。看到柳絮轻飞落花满地，这时你才想起时节已近清明。仿佛一个局外人，你刚刚走进时间的序列。

这几行纯写景物，然正所谓景语即情语。观看的视角，表达的语调，无不带有观看者的感觉。

最后几行“睡起卷帘无一事，匀面了，没心情”，一个女子出现了。慵懒，百无聊赖。匀面就是在脸上擦脂粉化妆。妆是化了，可仍提不起心情。

没心情，也是一种心情。

不妨想想：这个女子出现之前，那个观察者是谁？

可能是一个看不见的叙事者，也可能是这个女子。这样就会产生两首不同的词。

我们再来看另一首写清明节的词。

破阵子

（北宋）晏殊

燕子来时新社，梨花落后清明。
池上碧苔三四点，叶底黄鹂一两声。
日长飞絮轻。

巧笑东邻女伴，采桑径里逢迎。
疑怪昨宵春梦好，元是今朝斗草赢。
笑从双脸生。

看见生命的节奏

从前的春天，大概到处都是柳树。有人要出远门，送行者在路上随手折柳相赠。折柳成风，汉乐府遂有了《折杨柳》。到了清明节，漫天飞絮，白而轻的飞絮，尽飘不停。

此时天朗气清，四野明净，万物复苏，生机勃勃。古代清明节的人事活动颇为繁多：春社祀神、祭祖扫墓、寒食禁火、郊游踏青、荡秋千、放风筝，等等。

北宋诗人晏殊的这首《破阵子》，前二句点明时令节气。不是从日历上被告知，“燕子来时新社，梨花落后清明”，是从物候上感知到的。看见燕子飞回来，就知道又到社日。看见梨花零落，则清明在即。

社是古代祭祀土地神的节日，春秋两社，祈丰感恩。春社尤为热闹，民间唱大戏，赛锣鼓，耍社火，种种活动，不一而足。春社年年有，这里说“新社”，可见人的心情之欢喜。春天来多少次，都不觉得旧啊。

梨花春分时开，清明始落。清明期间，多疾风甚雨，梨花零落。和燕子来时新社一样，物候时令乃古人生活常识。古代人读到这两句，会感觉很日常很自然，根本无须解释就能立刻引起感知和共鸣。

这两句除了上述之外，还传达了诗的质感和节奏。再读一遍：“燕子来时新社，梨花落后清明。”有没有感觉到轻盈？燕子，新社，梨花，清明，这些词的发音明亮利落，词人的心情也日白风轻。来时与落后，一平一仄，一起一落，一去一来，在听觉上，有节奏的舒畅，听得见时光流转。

听见一首诗

读诗的艺术远不止了解诗句的字面意思，更在于诗的音乐感。词的色彩、音色、音质、平仄，句子的顿挫与抑扬，好比乐曲的音符与节奏，直接唤起听者的艺术感觉。和听音乐一样，善听者可以从声音和节奏上，感知到诗的表情达意。

众所周知，最初所谓“诗”者，乃词乐舞三位一体。后来词渐与舞蹈分离，再后来渐与音乐分离。歌词独立出来，发展成为文学的一类，即今人所谓“诗”。脱离了音乐，但仍有音乐感。今天其实最好的诗，本身已内化为音乐。

一首诗写得好不好，得读出来听听。诗从音乐中分离出来之后，古人仍通过吟诗感知其音乐。杜甫的“新诗改罢自长吟”，就是说一首诗写出草稿，改了之后，需要吟一吟才知道好不好。

有学者曾批评海子的诗不合文法，举例之一就是《日记》（姐姐，今夜我在德令哈）的这几句：

这是雨水中一座荒凉的城
除了那些路过的和居住的
德令哈……今夜
这是唯一的，最后的，抒情。
这是唯一的，最后的，草原。
我把石头还给石头
让胜利的胜利
今夜青稞只属于他自己
一切都在生长
今夜我只有美丽的戈壁 空空

若要认真分析，这几句的确不合文法处颇多，也就是语法错了。然而，我们都知道，中国有多少读者为这首诗疯狂。说明什么？说明诗首先是美，是听觉上的音乐感。但将内心情感的起伏动荡运于笔端，合不合文法在所不计。

回到吟诗。吟诗就是为了感觉诗的声音和节奏。吟诗传统业已式微，虽不乏好古之士勉力为续，然而终归难合大众口味，年轻人尤其表示欣赏不了。吟不成了，但还可以读。读，不是默读，是读出声。声音不必很大，不必字正腔圆，用自己的方式读出声就行。听听文字的声音，感受词与词、句与句之间的节奏。

和很多清明节诗词的感伤声调不同，晏殊此词开头两句轻盈流畅，心情平静欢喜。我们来读李清照的《念奴娇》开头几句试试：

“萧条庭院，又斜风细雨。重门须闭。宠柳娇花寒食近，种种恼人天气。”

且不说意思，单听声音，这些短促的仄声浊音拥挤在一起，便让人觉得心烦郁闷，气不得畅。

从前的日色变得慢

“池上碧苔三四点，叶底黄鹂一两声”，这两句从视觉和听觉上，雕刻出一种慵懒的宁静。三四点，一两声，非常传神。若是密叶与繁音，便觉闹嚷。

“日长飞絮轻”，因日长而觉飞絮轻，因飞絮轻而更觉日长。这一句的审美感觉与王维的“人闲桂花落”同工，并非人不闲桂花就不落，而是人闲了，才听见了桂花那种几乎听不见的零落。

此词重在上阕，下阕写采桑少女斗草欢笑。写人并不为写人，乃如中国山水画上的人物一样，人是自然的有机组成部分，或一粒，或二三粒，置于天地万物之中。采桑少女在暖日晴风中，她们的面庞，她们的欢笑，都与明媚的春光交相辉映。

读这首词，想起木心先生说：“从前的日色变得慢。”从前中国农耕文明时代的春天，又从美丽的汉语中走了回来——

最后，分享木心先生的诗《失去的氛围》：

从前的生活
那种天长地久的氛围
当时的人是不知觉的

从前的家庭
不论贫富尊卑
都显得天长长，地久久

生命与速度应有个比例
我们的世界越来越不自然
人类在灭绝地球上的诗意

失去了许多人
失去了许多物
失去了一个又一个的氛围

清秋暮雨读柳词：我想和你虚度时光

鹤冲天

黄金榜上，偶失龙头望。
明代暂遗贤，如何向。
未遂风云便，争不恣狂荡。
何须论得丧？才子词人，自是白衣卿相。
烟花巷陌，依约丹青屏障。
幸有意中人，堪寻访。
且恁偎红倚翠，风流事，平生畅。
青春都一饷。忍把浮名，换了浅斟低唱！

优秀的作家不一定都被写入文学史，但那些以自己的创作，改变了传统的秩序的作家，一定不会被文学史错过。比如我们如数家珍的一些诗人：屈原，陶渊明，李白，杜甫，王维，李商隐，温庭筠，苏轼，柳永，李清照……

任何一种写作，都会在历史中形成一个接一个的传统。而传统并非铁板一块，传统也在不断地更新自己，否则它将失去生命力。在某个特定的时候，在某位作家个人才能的引领下，传统的当下状态会被改变，过去的写作也会因此被重新检验，曾经重要的作家可能变得不重要了，曾经被湮没的作家也可能刚刚被发现。

柳永就是这样一位影响了“词”的写作传统的作家。今天的文学史一致肯定他对词的题材和乐调所作的拓展，以及对词的写法和美感带来的改变。与其他改变传统的作家一样，柳永的人生的遭遇也可以理解为写作的宿命，失之于彼而得之于此。

鹤冲天

黄金榜上，偶失龙头望。

明代暂遗贤，如何向。

未遂风云便，争不恣狂荡。

何须论得丧？才子词人，自是白衣卿相。

烟花巷陌，依约丹青屏障。
幸有意中人，堪寻访。
且恁偎红倚翠，风流事，平生畅。
青春都一饷。忍把浮名，换了浅斟低唱！

久被误解的“怀才不遇”

自从第一个抒情主体屈原开始，“怀才不遇”就像万金油一样，被随便涂抹在古典诗人们身上。只要一位诗人写到空虚失落，不论是人生的普遍体验，还是某个特殊处境下的感受，都会被条件反射地解读为“怀才不遇”。这种大而无当的阐释几成定式，乃至内化为一种思维的恶习。是不是每个苦闷的诗人都在怀才不遇？什么又叫“怀才不遇”呢？

对于我们现代人，这些问题不难回答。首先要想想，一个诗人怀的是什么才，想遇的又是什么。如果所怀与想遇是两回事，“怀才不遇”就不成立。比如李白怀的是诗才，那么写出好诗，以诗名世，这就是遇，不能把仕途上的失败称为“不遇”，因为仕途上需要的是政才。政才和诗才不同，恐怕越是天才诗人，越不适合仕途。然而古代由于受儒家“修身、齐家、治国、平天下”理念的影响，人生观价值观比较单一，一个人读万卷书、能写诗，都不是只为当个诗人，而是要“学而优则仕”。这就混淆了不同的才能，也是“怀才不遇”

之所以变成标准阐释的根本原因。

我们来看这首落第词。当时柳永二十四岁，六年前他离开家乡福建武夷山，一路往北，边走边玩，流连苏杭数年，是年进京参加科举考试。他本来信心满怀，视取士如拾芥耳，结果——却落榜了。

“黄金榜上，偶失龙头望”，他认为这次失败只是偶然，运气不好罢了。年轻气盛的才子颇觉不服。他自诩为龙，只是“未遂风云便”，所以才没有腾飞于天。但他说这是朝廷的损失，“明代暂遗贤”，表面上很委婉，实则在反讽，因为一个明主应该做到“野无遗贤”才对。

不管怎样，现实摆在面前，接下来该怎么办？也没什么办法，除了说句负气话：“何须论得丧？才子词人，自是白衣卿相。”话虽潇洒，说完却是我瞻四方蹙蹙靡所骋。

世界顿时荒凉。东望西望，还是去“烟花巷陌，依约丹青屏障”。那里有他的意中人，尚堪寻访。姑且可以“偎红倚翠”，即狎妓，在歌妓中间寻求温暖。这样过一生，也算风流畅快吧。算吗？

“青春都一晌。忍把浮名，换了浅斟低唱！”一个“忍”字，终归还是泄露出底气不足。进京赶考之前，柳永流寓苏杭的几年，曾放浪于歌楼酒肆，在歌妓乐工中间颇多相知。烟花巷陌的生活，应该是他真心喜欢的。然而，和那时候的读书人一样，也许和我们所有人一样，他身上也有一个“他者”。一个陌生的、与自己对立的他者。浅斟低唱我所欲也，功名亦我所欲也，如今只能舍彼而取此了。

事实上，柳永并没有也不可能从此便放弃科举，他后来还考了很多次，然而屡试不中，直到五十岁才终于考中。考中后，他流宦四方，任各种下级官吏，人生并没有好到哪里去。但因科举失意及后来仕途受阻，使他一心填词，反倒成就了他在词史上的地位。遇或不遇，得还是失，这本来就不是个问题。

给我们幸福的往往不是原先想的那个人，成就我们的也可能不是坚持在走的那条路。美国诗人罗伯特·弗罗斯特在其名作《未选择的路》中说，树林中有两条路，他选了其中的一条，而错过另一条，这使得路上的风景全然不同。鲁迅先生也说过，地上本没有路，走的人多了，也便成了路。走的人多了，路便开始吃人。与其说我们选择了路，不如说路选择了我们。一个人会走什么样的路，往往是注定的，要么被社会选择，要么被个性或命运选择。而更深层的体验还有，人要么同时走在两条路上，要么并未走在任何路上，也就是说，人可以从他的生活里原地失踪。

悲秋是一种慢审美

柳永现存词两百多首，其中多写市井歌妓与羁旅行役，而歌词中故事的布景多在秋天，多在薄暮，多在雨后。此或出于性情，亦由于调长拍缓的慢词，尤宜传达清秋暮雨的绵长感。

夜半乐

冻云黯淡天气，扁舟一叶，乘兴离江渚。

渡万壑千岩，越溪深处。

怒涛渐息，樵风乍起，更闻商旅相呼。
片帆高举，泛画鹢、翩翩过南浦。

望中酒旆闪闪，一簇烟村，数行霜树。
残日下，渔人鸣榔归去。
败荷零落，衰杨掩映，
岸边两两三三，浣沙游女，避行客、含羞笑相语。

到此因念，绣阁轻抛，浪萍难驻。
叹后约丁宁竟何据。惨离怀，空恨岁晚归期阻。
凝泪眼、杳杳神京路，断鸿声远长天暮。

这首词给人直观的感觉是篇幅长，不仅字数多，念起来气息也拉得很长，以至不知该从哪里分行。比如上片从“渡万壑千岩”开始，直到“更闻商旅相呼”，一脉贯下，简直没有换气的余地。

柳永之前，五代北宋词以小令为主。“小”即字数少，“令”是曲破中节奏明快的一截。由此就不难理解，小令的抒情性为什么很强，不论字数还是曲调风格，都不容许拖沓。柳永也写小令，但性情和天赋使他偏爱曲折婉转和复杂缠绵的表现形式。既然这种曲调很少，那么他就自己来创造。

慢词之慢即曼，“长”的意思。相对于小令，慢词的曲调变长，字句相应跟着增加，曲子的节奏也放慢，抒情更为曲折多于变化，也更适合铺叙渲染。宋词在元代渐渐式微，今天我们听不到当时的慢词曲调，但从《乐记》的描述可知，“慢”的乐感是“宫、商、角、徵、羽，五音皆乱，迭相陵”，有点靡靡之音的况味。

和《诗经》一样，五代北宋词（苏轼以前配乐演唱），失去了音乐，只留下单薄的歌词，实在是可惜。我们只能读着歌词，对其乐曲作渺远的想象。所幸这些歌词都是好诗，因此经受住了其所依赖的音乐主体的丧失。

《夜半乐》原是唐教坊曲名，古乐至宋已不存。柳永精于音律，喜欢自创新曲，或借旧时曲名另倚新声，此首“冻云黯淡天气”遂成《夜半乐》之正体。

读其文本，如读一篇旅途随笔。首片纯用白描，诗人乘扁舟离开江渚，渡万壑千岩，越溪深处，怒涛渐息，樵风乍起，可见行旅的艰难。此时更闻商旅相呼，并见他们“片帆高举，泛画鹢、翩翩过南浦”。商旅们互相结伴，长年在水上贸易往来，他们习惯了这种生活。在诗人看来，他们是快乐的，片帆是轻盈的，画鹢也像在飞，翩翩然过了南浦。

相形之下，他的扁舟寒酸而孤单。黯然伤神中，望见远处酒旆闪闪。这就转到第二片，仍以白描写途中见闻。“一簇烟村，数行霜树”，走了大半天，终于望见了人烟。此时太阳快要落山，渔人扣舷而歌，缓缓归去，这一幕对倦行的旅人就是幸福。败荷零落，衰杨掩映，枯索的秋景渲染着旅途的凄凉。

“岸上两两三三，浣纱游女，避行客、含羞笑相语”，这个情景很明丽，也瞬间触发了诗人的心事。“到此因念”开启了怀想和怅望，诗人自叹不该轻易就抛开绣阁，而流浪在水上荒野的地方。岁之将暮，归期多阻，神京路杳，此时心事更说与何人道？！

柳永作为一个编曲填词的流行音乐人，在歌妓中有很多知音，很受歌妓们的爱慕。群妓葬柳七之类的佳话不必再八卦，要点是他在词中如何书写这种感情。从很多词来看，歌妓们只是他失意时用来疗伤的温柔乡，他钟情的也不是某个具体的对象，而是她们这一类赋予他价值感的人。或许因此，柳永写不出深刻的爱情，纵如“此去经年，应是良辰好景虚设，便纵有千种风情，更与何人说”，抑或“衣带渐宽终不悔，为伊消得人憔悴”，这类名句总觉多少有些轻薄，一个真正深情的人不会说得这样露骨。

我想和你虚度时光

柳永的词当时流行于市井，以至“凡饮井水处，皆能歌柳词”，而喜欢雅词的士大夫将其鄙视为“尘下”。此乃当时的文艺品味问题，不必妄加臧否。即使今天，我们也会看一个人读什么书听什么歌，从而对此人或明或暗地做出品味高下的判断。文人词自晚唐五代以来，非常唯美典雅，即便如此，填词仍不能作为正业，只能算个“诗余”，何况像柳永这样大量以俚语俗语入词，且内容的确涉嫌“尘下”的。

被宰相晏殊嘲笑过的《定风波》一词，可谓“尘下”的代表作。

定风波

自春来、惨绿愁红，芳心是事可可。
日上花梢，莺穿柳带，犹压香衾卧。
暖酥消，腻云　，终日厌厌倦梳裹。
无那，恨薄情一去，音书无个。

早知恁么，悔当初、不把雕鞍锁。
向鸡窗、只与蛮笺象管，拘束教吟课。
镇相随、莫抛躲，针线闲拈伴伊坐。
和我，免使年少，光阴虚过。

此词是柳永大量使用俗语俚语的典范，比如“无那”“无个”“恁么”等，句子都是口语，语气热烈泼辣。同为传统的闺怨，这位思妇却不静穆，她浑身冒出呛人的烟火气。

此词显然为青楼女子而作。使用活泼的口语，一为帖和歌者的身份，二来也为增加演唱时的娱乐效果。这与贵族筵席上，自家声伎所唱的华美典雅之词，自然有天壤之别。

为人开明心胸豁达也是填词大手笔的宰相晏殊，尤其点出“针线闲拈伴伊坐”这句，以斥责奚落柳永竟然敢说他们都是一样的填词。暂且不论词品的高下，单就这句话描绘的生活，一个男人如果梦想这样生活，即使放在几十年前，又能被多少人认可？古代男子在二十岁的成年礼上，要象征性地朝四个方向各射一箭，意为“好男儿志在四方”。老婆孩子热炕头的男人，在过去向来被认为没出息、窝囊废，更何况“伊”还是个娼家女呢。

柳永自己不敢承认，而是借助歌妓之口，说出了他想过的生活，这句话其实就是“我想和你虚度时光”。在他看来，年少时无谓的分离和奔波，才是虚度光阴。这句话在今天的语境里，大概会被欣赏，甚至被推为爱情至上。

最后一个问题：柳永创慢词写俗语，就一定是今人所谓的“俗”吗？如果翻开《乐章集》，稍加浏览就会发现，他的大量词作在今天看来实在很“雅”。雅与俗，只是当时填词审美的差异。抛开趣味上的选择，柳永对词的革新意义更为重要，这才是他被文学史记住的原因。

如今世俗好以“流行度”作为评判标准，柳永的“俗”被过度拔高，并以他如何赢得众妓之爱慕来证明他的成就。这都是不知所谓的评价。对一个诗人不恰当的推崇，可能比对他公允的批评，会造成更具毁灭性的否定。如果是他的“俗”赢取了大众，那么只能说明人类文化的悲哀，真的在于高雅的失传而流俗的易传。

日常、口语、即兴：天才李清照（上）

如梦令

常记溪亭日暮，
沉醉不知归路。
兴尽晚回舟，
误入藕花深处。
争渡、争渡，
惊起一滩鸥鹭。

1099年，十五岁的李清照与母亲、弟弟一起，离开原籍章丘明水（今山东济南），赴汴京（今河南开封）与父亲李格非团聚。自六岁起，父亲便在京城任太学正。京城让她大开眼界，然而对于故乡，她亦时时怀想，尤其是过去常常与女伴们划船嬉戏的荷花荡。

天才少女，出手不凡

如梦令

常记溪亭日暮，
沉醉不知归路。
兴尽晚回舟，
误入藕花深处。
争渡、争渡，
惊起一滩鸥鹭。

此乃李清照传世词作中被考证为最早的一首。十五岁的少女，一出手就很不凡。父亲李格非为“后苏门四学士”之一，母亲王氏为宰相之后，自幼善属文。生于书香门第，自然耳濡目染，然而她作为词人的天赋与生俱来。

从五代词到北宋词，一路读来，到李清照这里，顿觉眼前一亮，听到一种不同的声音：亲切，清新，不费力，不作态。

即使不用歌唱，数行长短句，亦足以唤起倾听。它捕捉到的时光，更能触动我们的心灵。在乡下长大的人，谁的童年没有一片荷花荡？

如何把往事写成歌词，首先需要提炼素材。《如梦令》短短六行，三十三个字，要把溪亭荡舟的回忆都写进去，不可能，也不必要。诗的写作要打磨语言，更要锤炼内容。而易安此词，不论语言还是内容，似乎并没有“锤炼”的痕迹。

浑然天成，让这首词显得差不多没有“诗味”。完全散文的叙述，没有写景，亦无抒情，几笔白描而已。殊不知，这正是李清照锤炼的功夫。好诗并不需要文字充满诗味，以散文的句式锤炼出诗的内容，诗意更天然美味。或许这就是李清照词不会过时而永远葆鲜的一个原因。

此词很像一则日记，寥寥数句，记下了在溪亭日暮荡舟的回忆，即兴，丰富。写得很直接，深邃的记忆和即兴审美，被天衣无缝地融入了一首小令。正因没有刻意精致的打磨，语言本身的活力和对素材的原始直觉才得以保存。

词中叙述的情景也很有镜头感，可作微电影欣赏。溪亭日暮，残照丽天，开阔的画面弥漫落日的暖色调。几个少女划着小船，流连忘返。天色渐暗，她们回船，寻路而误入藕花深处。争渡、争渡，少女的笑声，叫声，划船溅起的水声，响成一片。忽然，鸥鹭惊飞，鸣着叫着，布满苍茫的暮色。最后，所有的声、色、光、影，交织而成瞬间的永恒。

对生命和语言的敏感

李清照来到汴京第二年，其父李格非除礼部员外郎。这一年，她的婚事也提上日程。

如梦令

昨夜雨疏风骤，
浓睡不消残酒。
试问卷帘人，
却道海棠依旧。
知否，知否，
应是绿肥红瘦。

与荷花荡的天真烂漫不同，这首《如梦令》沁着淡淡的哀愁。青春韶华的哀愁，是一种莫名的惆怅，它缘于生命本身的欲望。杜丽娘的惊梦、林黛玉的葬花，皆源于此春愁。

只有心灵敏感的诗人，才会更细微地觉知世界的无常。此词中的卷帘人，若非出于故意，那么她便没有这样的敏感。她没有觉察到海棠花虽未凋谢，可一夜风雨之后，春天已经走远，世界已经绿肥红瘦。

对时间的觉察，对无常的观照，是诗人应有的心智，并非定要关乎一己之得失荣辱。世间万物，芸芸众生，彼此的命运皆互相映照。一个人可以荣华富贵，但仍然能感花瘦而伤逝，闻秋风而惊心。

海棠开时，春已过半。易安晨起，记起昨夜的雨疏风骤，惊觉春天快要结束，故有此一问。似乎一场醉酒，逝去的不止一个夜晚，如黄昏时一场急雨，便能把当天埋进从前。有时，一阵雨与一阵雨之间，也像隔了多年。

易安不仅有生命的敏感，更有文字的敏感。“绿肥红瘦”这个说法很新颖。北宋词中写春天走远的句子，如“小径红稀，芳郊绿遍”，“绿叶成阴子满枝”，都不及“绿肥红瘦”更妙，即都从红与绿的变化上写，但多少易见，肥瘦难觉。雨后绿叶饱湛，红花遭摧，“肥”“瘦”二字，十分传神。

南宋胡仔《苕溪渔隐丛话》前集卷六十“丽人杂记”曰：近时妇人能文词，如李易安，颇多佳句，小词云：昨夜雨疏风骤……应是绿肥红瘦。“绿肥红瘦”，此语甚新。

新婚燕尔，闺房记乐

减字木兰花

卖花担上。买得一枝春欲放。
泪染轻匀。犹带彤霞晓露痕。

怕郎猜道。奴面不如花面好。
云鬓斜簪。徒要教郎比并看。

1101年，十七岁的李清照适东武（亦在山东）赵明诚。明诚时年二十岁，在汴京为太学生，其父赵挺之在朝廷任吏部侍郎。赵、李二人不仅门当户对，而且志同道合。

赵明诚最大的兴趣在金石学。李清照婚后，对丈夫所好全力支持。在晚年所撰《金石录后序》中，她回忆早年夫妇二人收藏古书字画的日子，虽财力窘迫却乐在其中："赵、李族寒，素贫俭。每朔望谒告，出，质衣，取半千钱，步入相国寺，市碑文果实。归，相对展玩咀嚼，自谓葛天氏之民也。"

对于新婚生活，这首《减字木兰花》可作写照。不妨想象前两句的情景：一个普通的清晨，巷子里有人挑着担子卖花。丫鬟入报，买来一枝含苞欲放的花。宋代都市，清晨常有卖花担子，走街串巷，叫卖时令鲜花。陆游《临安春雨初霁》中的名句："小楼一夜听春雨，深巷明朝卖杏花"，即是南宋杭州城的故事。清照此词"春"字用得极好，不仅避免了与上句"花"字的重复，且春比花更有意境，买来一枝花，春天就在这里了。

接下来几行，分别写赏花、簪花、比花。"泪染轻匀"，花上有薄薄的露水，"犹带"句写其鲜活之色。花带晓露，如美人脸上静静泪痕，分外动人。李后主词"胭脂泪，留人醉，几时重，自是人生长恨水长东"，上片写花，下片"胭脂泪"，由花转到人。最后一句"徒要教郎比并看"，"徒要"二字值得玩味，无意之意，大有深意。

女词人是词人，也是女人。清照写闺房之乐，既有爱情中女人的妩媚可爱，又有个性的洒脱真率。女诗人写夫妻日常生活细节，《减字木兰花》可能是唯一的作品。

离居渐有长门怨

新婚不到一年，李格非被列入元祐党籍，旋即遣离京城。是年，赵挺之除尚书左丞。李清照给她的公公上诗求救，无果。第二年，赵明诚出仕，李清照却因父被迫离京。二人开始离居。

醉花阴

薄雾浓云愁永昼，瑞脑销金兽。
佳节又重阳，玉枕纱厨，半夜凉初透。

东篱把酒黄昏后，有暗香盈袖。
莫道不销魂，帘卷西风，人比黄花瘦。

离居将近三年，清照两地往返，时返汴京，时归原籍。《醉花阴》写于第二年的重阳节，是清照寄给明诚的家书。这首词里倾诉的情感，有阿根廷诗人博尔赫斯的味道："我拿什么才能留住你？ / 我给你瘦落的街道、绝望的落日、荒郊的月亮 / 我给你一个久久地望着孤月的人的悲哀……我给你我的寂寞、我的黑暗、我心的饥渴 / 我试图用困惑、危险、失败来打动你。"

据元代伊士珍《琅环记》的记载，明诚得函，叹赏久之，欲作同调词以角高下。闭门谢客三日夜，得词五十阕，杂易安之作以示友人陆德夫。德夫玩之再三，曰："只三句绝佳。"明城诘之。答曰："莫道不销魂，帘卷西风，人比黄花瘦。”正易安作也。这段记载可信与否暂置勿论，至少李清照词见赏于元代是不争的事实。

比起上述词坛佚事，更可信的史料是赵明诚此年授鸿胪少卿，他的大哥存诚为卫尉卿、弟弟思诚为秘书少监。全家父子数人身居要职，却没有向亲家伸出援手。清照献给赵挺之的诗，有句“炙手可热心可寒”，其失望可见一斑。

失望还不止于此。返汴京之后，她又别有了“长门”之怨。

小重山

春到长门春草青，红梅些子破，未开匀。
碧云笼碾玉成尘，留晓梦，惊破一瓯春。

花影压重门，疏帘铺淡月，好黄昏。
二年三度负东君，归来也，著意过今春。

“长门”典出汉武帝金屋藏娇的陈皇后事。陈皇后失宠后，被打入长门宫。引此典故，清照含蓄流露出自己的孤寂。本来回汴京团聚，缘何孤寂？其中原因不便明说，但不难猜测，即离居期间，明诚已在京纳妾。她在词中没有，也不能抱怨，那将不被崇尚“后妃之德”的舆论所容，也不被所谓“哀而不伤”的“诗教”见赏。

但这个典故下手挺重，它还有一层暗示，即无子。陈皇后失宠的根本原因就是无子，种种或虚或实的罪名由此而起。清照与明诚结婚三年，亦未生子，且后来一直无嗣。想必这是明诚纳妾的一个原因。

此词下片真清照手笔。“花影压重门，疏帘铺淡月，好黄昏。”如此好黄昏，却重门紧闭，疏帘低垂。花影压到门上，淡月透过疏帘铺于地上，花影和淡月都来寻她，叫她不要辜负了良宵。

“二年三度”让人心酸。前两年春天已经辜负了，今年归来，却眼看着仍被荒废。最后的“着意过今春”，不过是无可奈何自我劝勉罢了。

个人化的独特语感

不论“争渡，争渡，惊起一滩鸥鹭”“知否，知否，应是绿肥红瘦”“归来也，着意过今春”“帘卷西风，人比黄花瘦”，抑或“水光山色与人亲，说不尽，无穷好”“酒美梅酸，恰称人怀抱”，“要来小酌便来休，未必明朝风不起”，诸如此类的清新好句，在易安词中俯拾即是。

任何写作都离不开语感，诗歌尤甚。如果语感独特，素材就会在诗中生成奇异、陌生化的效果。清照凭借她个人化的语感，似乎信手拈来，将日常感受谱进一首首隽永的小令。清新的口语感，为她的词赋予特别的声音，将她和别的词人明显区别开来。

文人词的写作从五代到北宋，虽名家辈出，语言表达却渐成套路，陈陈相因日久生厌。柳永对词的语言和音乐风格上有很大的创新，但他大量使用的俗语和俚语，加之内容，被文人们鄙为“词语尘下”。李清照以她个人化的口语，刷新了“词”这类公共写作的诗歌语言，从而为词的写作注入了生命活力，也使得作为“诗余”的词获得了一种尖锐的直接性。

另外，作为一位女性词人，她以词写自身的生命体验，从而使“闺怨”这类被广泛写作的题材不再由男性作者全盘代言，因此她的写作还因“诚实”而具有了更高的道德感。

文学史即天才的历史。并非时代创造了天才，相反，天才创造了时代。我们对诗歌的记忆，也是对大师的记忆。大师们以其天赋，发明出新的诗歌语言，确立新的写作标准。他们之间未必因时间先后而有所继承。天才不是代表，更非典型。易安词独特的声音，前无古人，之后一千年，亦无来者。

作为女人的词人：天才李清照（下）

武陵春·春晚

风住尘香花已尽，日晚倦梳头。

物是人非事事休，欲语泪先流。

闻说双溪春尚好，也拟泛轻舟。

只恐双溪舴艋舟，载不动、许多愁。

1107年正月，蔡京复相。三月，赵挺之罢右仆射，后五日卒，卒后三日，家属亲戚在京者皆被捕下狱。七月获释，赵明诚母郭氏于下年伊始，率家人徙居青州。

归去来兮，真堪偕隐

徙青州时，李清照24岁。此后十年，她与丈夫屏居乡里，度过了一段静好岁月。明诚撰《金石录》，清照笔削其间，二人闲暇则赌书泼茶，诚为后世所传之“神仙眷侣”。明诚为清照30岁的画像题词，曰：

“清丽其词，端庄其品。归去来兮，真堪偕隐。”

《词论》即作于乡居期间。易安词被推为“婉约派”，而当时的作家们对她的印象却是“有丈夫气”。易安诗如《夏日绝句》：“生当作人杰，死亦为鬼雄。至今思项羽，不肯过江东”；再如《题八咏楼》：“千古风流八咏楼，江山留与后人愁。水通南国三千里，气压江城十四州。”此二首作于南渡之后，国破家亡，气势犹壮。

易安的文风，从《词论》及《金石录后序》两篇即可感知。《词论》对当时各家一一点评，指摘其为词之不足，对晏殊、欧阳修、苏轼等名家皆未放过。她称此数公“学际天人，作为小歌词，直如酌蠡水于大海，然皆句读不葺之诗尔。又往往不协音律，何耶”？词别是一家，这是她的观点。作《词论》时，她才25岁。苏轼以诗文为词，引起了当时广泛的争论，很多词人都对词的体性、功用、美感等发表了看法。易安亦毫无保留地提出了自己的论点，其胆识和见识，即使男性作家或恐不及。自由的学术讨论，真诚的文艺批评，本来是可喜可贵，然而，易安却因此而遭到后世某些人的恶意攻击。

不论如何评价《词论》，一个不争的事实是，李清照以自己的创作实践了“词别是一家”的主张。她的诗文情辞慷慨，词却隽永含蓄，二者风格迥异。

闲处光阴易过，弹指十年。清照在《金石录后序》中说，他们曾“甘心老是乡矣”，或许“他们”仅仅是她吧。1118年，赵明诚复起，即将离开青州，赴莱州上任。二州皆在山东，相去不远，然而明诚的计划里却没有清照。

多少事，欲说还休

凤凰台上忆吹箫

香冷金猊，被翻红浪，起来慵自梳头。

任宝奁尘满，日上帘钩。

生怕离怀别苦，多少事、欲说还休。

新来瘦，非干病酒，不是悲秋。

休休，这回去也，千万遍阳关，也则难留。
念武陵人远，烟锁秦楼。
惟有楼前流水，应念我、终日凝眸。
凝眸处，从今又添，一段新愁。

这首词的氛围相当压抑。尚未别离，已被遗弃。“凤凰台上忆吹箫”，典出秦穆公女儿弄玉与萧史吹箫双双仙去的故事。或许清照梦想他们也能成为那样的伉俪，然而现实却一再偏离，忽然之间爱已成往事。

送行的日子还是来了。现实的冰冷，水落石出，氤氲香气散尽，金猊与梦俱醒。“被翻红浪”，床上翻涌的“红浪”，是她心里的海水与火焰吧。“慵自梳头，心灰意懒，心不在焉。”“慵”，没有心情；“自”，无意识之意识。既是一条河，总得流下去，带着你的岸，载着你的船。

“宝奁尘满”，可见情绪恹恹，已有一段日子了。子不我思，谁适为容？至于“日上帘钩”，事已至此，她还在乎现在几点吗？太阳升起，不过又是一个白夜，两个黑夜之间夹着的深渊而已。绝望到几近麻木，所以下一“任”字，对什么都不在乎。

如果镜子还记得这位慵自梳头的女人，就是十七年前新婚时，那个曾将一朵鲜花“云鬓斜簪，徒要教郎比并看”的女孩，会不会摇头叹息，偷偷落泪？这就是镜子冰冷的原因吧。

生怕离怀别苦，多少事，欲说还休。说不得，说了也无益，徒然更添离怀别苦。新来瘦，与喝酒无关，也没有悲秋。那么因为什么？

新来瘦，概由近日欲说还休的心事所致。不能说的痛苦，才是真痛苦。

根据史料，清照的隐痛乃在于丈夫离开青州，赴任居官，有意疏远而不携她同行。明诚或有“天台之遇”（刘晨阮肇天台山遇仙女故事，指外遇），或携其妾前往。

“休休，这回去也，千万遍阳关，也则难留”，大概也挽留了，也哀求了，千万遍阳关也则难留，可见明诚之意已决。秦楼仍用弄玉故事，本来是伉俪所居，他这一去，将烟锁秦楼。烟，即愁也，秦楼从此将弥漫着哀愁。

“唯有楼前流水，应念我、终日凝眸”，此句下泪。清照的痛苦无人可以倾诉，甚至她的终日凝眸，似乎也只有楼前流水看见。明诚有天台之遇，或因其妾而疏远清照，这种状态应当不是一天两天了，所以下面才说：“凝眸处，从今又添，一段新愁。”

旧愁未了，新愁又起。是什么新愁？从今往后，还将凝眸，楼前流水像她唯一的知己，唯一的倾听者。而当一个人看着流水，她看到的是自己，是自己不停消逝的生命。

1121年八月初，清照赴莱州。明诚对这次团聚并不在意，清照抵达当天，独坐一破败冷清之室，比起离别时更觉孤单。平生所爱之文史典籍皆不在目前，几上唯有一本《礼韵》，百无聊赖，她信手翻开，正好看到“子”韵，于是即兴作《感怀》诗：

寒窗败几无书史，公路可怜合至此。
青州从事孔方兄，终日纷纷喜生事。

作诗谢绝聊闭门，燕寝凝香有佳思。

静中吾乃得至交，乌有先生子虚子。

公路指袁术。寒窗破室，无聊独坐，令清照有袁术兵败后的穷途末路之感。三四两句微讽赵明诚终日为了名利忙于应酬，语气中颇感无奈和无聊。她想，写诗还是要清净，闭门谢客，焚香默坐，方有佳思。最后貌似超脱，她说自己于静坐中也有两个至交，即出自汉代司马相如《子虚赋》的“乌有先生子虚子”。子虚乌有，就是根本没有的意思。

清照被彻底冷落的绝望心情，从字里行间漫溢出来。然而她没有一般闺怨诗的哭哭啼啼，相反在文字上十分克制，甚至堪称潇洒大气。此诗的“子”韵，虽诗序说纯属偶然翻到这一页，但是真的没有什么暗示吗？清照遭疏，以及她的愁苦中，无子嗣正是她最大的“问题”。另外，“子”是哑韵，是不是也切合了她有苦难言的心情呢？

她已不是春天的人

1127 年，靖康之变，北宋亡。明诚独往金陵奔母丧，清照返回青州整理金石文物准备南运，从此开始在南方颠沛流离的生活。夫妇二人先后辗转于金陵、姑孰、池阳，直至两年后，明诚卒于建康（即金陵，今南京）。

据清照在《金石录后序》中回忆，1129 年 6 月 13 日，她在船上，明诚坐岸上，“葛衣岸巾，精神如虎，目光烂烂射人，望舟中告别”。他们原本计划卜居于赣水而终老，然而中途明诚接旨调任湖州，遂改陆路赴建康朝见高宗。临别，清照心绪甚恶，遥呼曰：“如传闻城中缓急，奈何？”明诚戟手遥应曰：“从众。必不得已，先弃辎重，次衣被，次书册卷轴，次古器；独所谓宗器者，可自负抱，与身俱存亡，勿忘之！”遂驰马去。

这段文字传达出两个重要信息：一是对于明诚来说，他最关心的不是清照的死活，而是他收藏的“宗器”，他要她以生命来保护这些东西；二是“戟手”这个动作，以及最后一句叮咛“勿忘之”，让人不寒而栗。

或许这样的解读是现代读者对古人的苛刻。勿论赵明诚，李清照在叙述往事时，似乎对此亦无非议。且后来她的确竭尽全力用生命捍卫金石文物，也因此频频惹祸上身，遭劫、遭盗、遭骗婚，乃至被后世的卫道士们嘲笑为“晚节不保”。

明诚赴建康途中冒暑感疾，未几病危。清照得信，一日夜驰三百里探视，明诚已仅存喘息，不久即死。清照大病一场，之后在浙江的越州、台州、温州、金华、临安（今杭州）之间漂流转徙。

武陵春·春晚

风住尘香花已尽，日晚倦梳头。

物是人非事事休，欲语泪先流。

闻说双溪春尚好，也拟泛轻舟。
只恐双溪舴艋舟，载不动、许多愁。

这首词作于金华，清照时年 50 岁。春天再次来到人间，依然美好，她依然想划船。《如梦令》里那个少女，“争渡、争渡、惊起一滩鸥鹭”，她的船多轻，她的笑声多好听。如今这位憔悴凋零的老妇，身心装满人世的痛苦，纵然双溪春尚好，轻舟怕也载不动许多愁了。

怎一个愁字了得！

据不太可靠的史料，李清照至少活到 72 岁。她究竟活了多少岁，其实并不重要。48 岁那年因走投无路被张汝舟骗婚，不到一年，清照告官离婚，并受牵连入狱。在朋友的帮助下，她很快得以释放。获释的那天，她在这个世界上其实已经死了。

与赵明诚的婚姻远不完美，但毕竟有夫妻恩情，且抛开子嗣之类的问题，二人仍算志同道合堪共患难。明诚死后，种种非人的遭遇，令她每有“人间天上，没个人堪寄”的空空荡荡。晚境孤苦，词风因此由清丽转为凄厉。

声声慢

寻寻觅觅，冷冷清清，凄凄惨惨戚戚。
乍暖还寒时候，最难将息。

三杯两盏淡酒，怎敌他、晚来风急。
雁过也，正伤心，却是旧时相识。

满地黄花堆积，憔悴损，如今有谁堪摘？
守着窗儿，独自怎生得黑。
梧桐更兼细雨，到黄昏、点点滴滴。
这次第、怎一个愁字了得。

此阕《声声慢》，就是清照晚年的写照。什么都失去了，什么也寻不到了。一场风雨，几只大雁，一些落花，似乎什么都叫她伤心。当全部黑暗袭来，诗酒也不足抵挡，她便像一株小草只能任其碾压。

此词起三句被赞为“空前绝后”。连用十四个叠字，这种写法不仅填词，而且诗赋亦绝无仅有。整首词采用家常口语，貌似随意，然而在声律上十分精致。十四个叠字不仅在视觉和字面意思上，而且也在听觉上，堆积出满满的凄苦压抑。除了叠字，此词还大量用到双声，比如“黄花”“憔悴”“黄昏”“点滴”等，还有叠韵，比如“冷清”“乍暖还寒”“得黑”等。《词论》主张的“词别是一家”“词应分五声六律、清浊轻重”，均在她自己的词作中体现出来。

《声声慢》本来大多压平声韵，乐调听起来较舒缓。清照改压仄韵，又用了很多叠字以及双声叠韵，即使不唱，仅读出来，亦觉有急促、凄厉之感。文字不仅通过字义而且通过声音来达意，声音本身即带有表情。尤其填词，本为演唱，文字的声音更须合于音乐，富有乐感。

最后，不得不提的还有最后一句。不用水流，也不用大海作比，“怎一个愁字了得”，戛然而止！这个很原创的易安句子，让人惊讶，给人惊喜！

萨满与幽兰：几首寻隐诗

寻隐者不遇

松下问童子，
言师采药去。
只在此山中，
云深不知处。

什么叫“隐士”？

隐士首先是“士”，即知识分子，隐即避也。隐士是中国古代社会的一个特殊群体。真正的隐士，向来为朝野普遍尊敬，因为他们并非普通人，而是以宇宙而为心、借风云以为气的圣贤。

这些隐世的高人，最初并不叫“隐士”，而被称为“作者”。据《论语·宪问》记载，子曰：“贤者避世，其次避地，其次避色，其次避言”，“作者七人矣”。作即起，意思就是起而避去的贤人。

“隐士”一词及其含义，最早见于《庄子·缮性》：“古之所谓隐士者，非伏其身而弗见也，非闭其言而不出也，非藏其知而不发也，时命大谬也。当时命而大行乎天下，则反一无迹；不当时命而大穷乎天下，则深根宁极而待。此存身之道也。”

文史学家韩兆琦先生在《中国古代的隐士》一书中说，隐士与官僚相对，隐士指这个人本来有道德有才干，原是个济世的料，但由于某种客观或主观的原因，没有进入仕途，或是本来入仕后来由于某些原因而离开，找个地方“隐”起来，就叫“隐士”。一般的农夫樵子则不能被称作“隐士”。

隐士的自由精神与高洁志趣，自古为士阶层钦慕不已。如有可能，文人们都想过一段隐居生活。如若不能，那么时不时地寻访隐者，写几首寻隐诗，亦不失为抒发其志趣情操的一种方式。

寻隐者不遇

（唐）贾岛

松下问童子，言师采药去。
只在此山中，云深不知处。

此诗题目就是古代隐士文化中的一个姿态性事件。“寻隐者”，即诗人去寻访隐士。既然是隐居，那么当然没有明确地址，所以要去“寻”。且只有通过“寻”，才更能见出隐者居处之幽僻。而寻的结果，最好是“不遇”，不遇更让人觉得隐士之神秘。

这首五绝貌似再简单不过，实则大有深意。除了题目的寓意之外，还有诗中的“松”和“云”，与其说写实，不如说隐喻。问童子的地点，或恰在松下，或不在松下，但写诗时最好在松下，至少诗里得有松。中国的山川草木鸟兽虫鱼，早已不是单纯蒙昧的自然，而是饱含了古国的人文精神。松不仅仅是松，松已成象征。“岁寒，然后知松柏之后凋也。”孔子此话一出，松即成为坚贞孤傲的精神象征。名士居处必有竹，隐士居处必有松。

和松一样，云也不只是云，尤其白云。《庄子 · 大宗师》曰：“千岁厌世，去而上仙。乘彼白云，至于帝乡。”神仙居处必多白云。隐者居于高山，纵未成仙，亦是神仙中人，故必与白云相伴。因此，寻隐诗也都会写到云，一来以形山之高，二来以喻仙气飘飘。

南北朝时期有“山中宰相”之称的隐士陶弘景，当齐高帝萧道成下诏问山中究竟有什么使他不肯出时，他写了这首白云诗作为答复：“山中何所有，岭上多白云。只可自怡悦，不堪持赠君。”（《诏问山中何所有赋诗以答》）

“问童子”也值得玩味。既有童子，想必隐者是一位修仙的道士。如果此番寻访不见隐士，而见隐居之地岩扉紧闭，如很多寻隐诗中所写，可能“仙”的感觉就会大打折扣。童子的形象，也给人神仙的幻想。再加上“言师采药去”，采药正是修仙之事。古代道教的隐士大都兼有冥阳师和草药师的身份。

“只在此山中，云深不知处。”莽莽群山，放眼望去，但见白云不见人。隐者仿佛与山化为一体，虽不可见却又无处不在。与世俗世界的人相比，隐者宛若精灵，他们行踪不定，漫游于山野，活在广阔而神秘的宇宙力量里。

最后这两句将我们的感觉打开，并延伸到未知的世界。不遇正所以遇也。可惜一些教科书和网站上，却将此诗解读成：“把寻访不遇的焦急心情，描摹得淋漓尽致。”诗中非但没有因不遇而焦急，更没有什么“描摹得淋漓尽致”，真是粗心而不善读也。无论写法的“羚羊挂角，无迹可寻”，抑或意境上的引人遐想，皆因不遇而令人更生仰慕。对于寻隐的人，“遇”往往并非其终极目的。

寻隐的过程就是修行

再来读一首更有代入感的寻隐诗：

寻西山隐者不遇

（唐）丘为

绝顶一茅茨，直上三十里。
扣关无僮仆，窥室唯案几。
若非巾柴车，应是钓秋水。
差池不相见，黾勉空仰止。
草色新雨中，松声晚窗里。
及兹契幽绝，自足荡心耳。
虽无宾主意，颇得清净理。
兴尽方下山，何必待之子。

这首寻隐诗可当作游记来读。我们不妨偷闲片刻，跟随唐朝诗人丘为踏上西山寻隐之旅。

那时的西山根本没有登山道，走得都是野路。披荆斩棘是必须的，如果能穿一双谢灵运发明的木屐（世界上最早一款登山鞋），那就便利多了。如此且走且爬，山行三十里，望见绝顶上有一座茅屋，对，那就是隐者的居处。

终于到了。门却关着。敲了半天没人应，从窗户往里瞧瞧，室内只有一桌一椅。

隐者不在。诗人猜他若非乘巾柴小车出游，要么就是在水边垂钓。走了大半天，一路颇劳顿，此时不遇，难免叹息。

在茅屋前坐下休息，等隐者回来，顺便欣赏周围环境。雨后的草色欣然可喜。松籁似水，荡人心魂，客尘为之尽洗。

不觉流连，天色将暮。隐者虽然未归，但已得清净之理。兴之将阑，快然下山。此番寻隐不遇，不可谓无得。正如《世说新语》所载，王子猷雪夜访戴，本乘兴而来，兴尽而返，何必见戴?！

从起兴寻隐，到动身，到一路登山，至隐者居处，所见所感，进而有所悟，整个过程本身已是一次修行。

这首寻隐诗的立意正在于此。开头写“绝顶一茅茨，直上三十里”，仅此遥望，已心飞尘外。“扣关”“窥室”，都是对隐居的扣问与观察，而居处的简朴与幽静对俗客已产生某种启发。中间因为不遇而俯仰叹息，此乃人之常情，亦是悟的必然环节。因不遇而起的失落感，之后由幽绝之境无声化解，从而顿悟寻隐的意义，更是一个自我发现的过程，又何必见隐者。

李白的寻隐者而遇

寻雍尊师隐居

（唐）李白

群峭壁摩天，逍遥不记年。

拨云寻古道，倚石听流泉。

花暖青牛卧，松高白鹤眠。

语来江色暮，独自下寒烟。

李白一生好入名山游，游山则多寻隐，而隐者多为道士。比如《将进酒》中的知己元丹丘，再如终南山紫阁隐者，又如这首诗中的雍尊师。尊师是对道士的尊称。

太白胜于乐府，古风亦称独步，甚少作律诗，乃有讥太白律诗“多不合律处”。览李太白集，律诗数量不多，但对仗工整音律圆润如此诗者亦不在少。其不合律处，非不能合，乃不屑以律自缚也。“律”如镣铐，写律诗如戴着镣铐的舞蹈。李白不是不知道镣铐，气逸才高的他更愿意让镣铐看他舞蹈。

与前面两首寻隐诗不同的是，李白这首诗并非寻而不遇，是寻而遇且相谈甚欢。然而仍以“寻”命题，何不题曰“访雍尊师隐居”？王维有一首访隐诗，叫《春日与裴迪过新昌里访吕逸人不遇》。唐人命题都很切于诗，即使李商隐的“无题”，亦很准确，非无题，或无以为题，“无题”即是那首诗最好的题目。

细读其诗不难发现，王维与好友裴迪访的这位吕逸人不需要寻，其居处新昌里离长安并不远，此人只是闭户著书不入城市而已。而雍尊师则住在远离人寰的深山，其隐居之处并不好找，所以要“寻”。

尽管寻隐而遇，但对于太白来说，此次寻隐最美好的体验，仍在于“寻”的过程。全诗前三联都是写寻隐，与雍尊师的交谈，只在尾联一句带过。虽然二人谈得很投机，但谈了些什么，都不是重点，所谓得意而忘言。重点仍在“寻隐”。

“群峭壁摩天，逍遥不记年”，走进雍尊师隐居的深山，感觉有如走进了太古。群峭摩天，自在逍遥，仿佛时间消失了。唐代有位隐居终南山的隐士，自称“太上隐者”，其《答人》诗曰：“偶来松树下，高枕石头眠。山中无历日，寒尽不知年”。在静如太古的山中，无须日历，更不知今是何世何年。

拨云才可见古道，倚石方可知幽泉，愈见其“寻”的过程之难之奇。未见隐士，已入幽绝之境。

“花暖青牛卧，松高白鹤眠”，乍看亦无人迹。青牛即青虫，有两角，如蜗牛。也有说与老子骑青牛有关。青牛与白鹤，皆用道家事。鹤堪称道教文化的图腾，道士视之为圣物，其养生行步皆模仿鹤。道士被称为羽士，所穿的服装样式被称为“鹤氅”，或得道后驾鹤遨游，或成仙化为白鹤。白鹤眠于松，可见雍尊师道行之高。

“语来江色暮，独自下寒烟”，因为谈得投机，不觉天色已晚。对于隐者而言，时间是一个整体，混沌而无穷，无所谓早晚。李白却赶着下山。其实从一个人和时间的关系，也可看出他活在什么世界。

雍尊师隐居活在太古，李白虽心中恋恋，却不得不独自返回他的尘俗。下山路上，寒烟迷茫，或许那是他心中漫溢的惆怅。

萨满与幽兰

美国汉学家比尔·波特（Bill Porter）曾在哥伦比亚大学攻读人类学博士，赴台湾学习汉文化后，对中国古代的隐士传统颇为神往。“在中国历史上，隐士这个群体汇聚了许多高洁之士，而今这些人是否还存在于中国广袤的国土上？”带着这个问题，他于20世纪80年代末，踏上了他的现代寻隐之旅。

在呈现其寻隐经历的著作《空谷幽兰》中，他说：“隐士不受幻想和习俗强加于人的各种价值观所左右，他们一直是中国社会必不可少的组成部分，因为他们承载了中国文化最古老的价值观。他们往往是社会的精英。”他认为这些寻求孤独、喜欢在森林和山野漫步的隐士，就是一个个通灵的萨满。他甚至还声称《山海经》就是一部通向神圣世界的萨满指南，而那些萨满的居处正是中国的隐居胜地：昆仑—终南这道山脉。

今天的中国大地上还有没有隐士？自古有所谓“小隐于野，大隐于市”，而不论小隐还是大隐，其中又有真隐与假隐。如果是真隐，今天还有没有山林可隐？当隐居已成奢侈，更应问的是还隐不隐得起？或许今天很多人所谓的大隐于市，也只是无奈之举，甚至有可能成为雅俗两不误的借口。

能像古代诗人那样，赴一趟深山寻隐之旅，且将寻隐本身当成一次的修行人，于今不知有几？

少年情事老来悲：姜夔的一个春节

鹧鸪天·正月十一日观灯

巷陌风光纵赏时，笼纱未出马先嘶。白头居士无呵殿，只有乘肩小女随。花满市，月侵衣。少年情事老来悲。沙河塘上春寒浅，看了游人缓缓归。

能够加以抑制的悲伤，未必称得上悲伤；能够被抹去的爱情，未必称得上爱情。爱情很短，遗忘很长。

自号“白石道人”的南宋词人姜夔，二十多岁时，在合肥邂逅过一段短暂的爱情。他们曾同游元宵灯节，阔别近二十年，他依旧如期想起。

1197 年，四十三岁的姜夔仍然未仕，过着流离转徙的生活，靠卖字和朋友接济度日。是年春节，他连写数首《鹧鸪天》，将少年情事老来况味，尽付一阕阕词曲。

诗鬓无端又一春

鹧鸪天·丁巳元日

柏绿椒红事事新，隔篱灯影贺年人。
三茅钟动西窗晓，诗鬓无端又一春。

慵对客，缓开门。梅花闲伴老来身。
娇儿学作人间字，郁垒神荼写未真。

鹧鸪起初指鸟，俗象其鸣声为“行不得也哥哥”，故诗中多用于伤离别。唐人郑嵎诗曰：“春游鸡鹿塞，家在鹧鸪天。”“鹧鸪天”即取名于此。

鹧鸪天作为乐调名，其曲调的感觉，姜夔曾这样描述："今大乐外，有曰夏笛鹧鸪，沈滞郁抑，失之太浊。"(《宋史·乐志》)宋以后，鹧鸪多指笙笛类乐调。元人马臻诗："春回苜蓿地，笛怨鹧鸪天"，则已指词调矣。

此词写的是大年初一，姜夔当时寓居杭州，几案上放置着椒柏酒。椒柏酒和屠苏酒都是古人过年必喝的酒，屠苏酒起于南北朝时期，有中医保健的功效，而椒柏酒起源于更早的汉代。据东汉人崔寔的《四民月令》，椒酒是用花椒子浸泡的酒，香气郁烈可辟邪，柏酒则是用柏叶浸制的酒，可免除百病。

诗人面对椒柏酒，看到的是"柏绿椒红"。文化习俗经数百上千年传承之后，其原始的宗教意义和功能意义已经淡化，比如我们如今过年贴门神放鞭炮，图的就是个气氛，图的就是个"新"。柏叶的绿和花椒的红，这些事物本身，以及它们可爱而深情的颜色，浓缩了诗人看到的"事事新"。

再看竹篱外，有人身披夜色，提着灯笼走过。"隔篱灯影贺年人"，一个身影，那盏梦幻的灯笼，从竹篱外走过。生活不全是幸福，也不全是痛苦，生活是一个个瞬间。诗人的存在，也不是为了诉苦和抱怨，和所有人的存在一样，更是为了审美。诗人就是看见并替我们说出美的那个人。

椒柏酒、竹篱、灯笼、贺年人，构成那一刻的图景。这个日子并无天生的意义，但我们赋予其意义，更重要的是，赋予我们自身的存在以美感。再不济的人家，门上贴起簇新的春联，挂起大红的灯笼，有人来拜年，这人家在世上也有了尊严，日子也会长起精神。

“三茅钟动西窗晓”，七宝山上三茅钟动，天色破晓，新的一年来到。今人也经常说跨年夜，都是个说法而已，今天和昨天之间并没有这么一道线，今天也未必就在昨天的前面。人对时间的感觉从来都不是线性的，有时线性，有时折叠，有时交错，很多时候，就像在平行时空。钟声也没有跨年的意思，只是被人听成了这个意思。

作为诗人，不仅经历和认知世界，更能对之观照和反思，并说出在特定时刻的生命洞见。“诗鬓无端又一春”，这个“无端”很有理，大有深趣。是什么让我变老的呢？诗人在冥想。人不是自己变老，人是被变老的，这就是“无端”。到了一定年龄，你会发现世界颠倒过来，曾以为的主动语态，很多变成被动语态。而“诗鬓”一词，有诗人对自己身份的认同，也触及老去的陌生以及时间的无情。

“慵对客，缓开门，梅花闲伴老来身”，意绪慵懒，与世界疏离。四十三岁在今天还算青年，但从前年过四十就是老了。何况古代诗人的叹老嗟卑，从来都是一种流行审美。据史书记载，姜白石体貌弱不胜衣，诗词之外，又精通音律，常自度曲，其人其词皆空灵，如野云孤飞，去留无迹。大年初一，闭门谢客，闲伴数枝梅，更觉恬淡疏旷。

最后两句，娇儿学写门神的名字，“神荼”和“郁垒”，因为繁体笔画太多，容易写歪写错。诗人旁观孩子的天真，心里既温馨又充满怜悯。“娇儿”这个古典命名本身，就饱含诗人对孩子的爱，杜甫在诗中经常这样写。真正的诗人，都有一颗善感而慈悲的心，以此心观照世间万物，就会满怀悲天悯人。学写人间字，是娇儿长大的必须，也是人生忧患的开始。

少年情事老来悲

鹧鸪天·正月十一日观灯

巷陌风光纵赏时。笼纱未出马先嘶。
白头居士无呵殿，只有乘肩小女随。

花满市，月侵衣。少年情事老来悲。
沙河塘上春寒浅，看了游人缓缓归。

据宋末元初周密的《武林旧事》记载，南宋都城临安元夕前常有试灯预赏之事。试灯始自正月初十，此词写的是正月十一。

若说正月初一那首词有淡淡的惆怅，到了这首便演化为如影随形的寂寞。

观灯是热闹的，巷陌满是欢乐的人群。仙风道骨的诗人，也混了进去。灯笼队伍还没出现，先听到震耳的马嘶，公子王孙行将驾到，人群中间立即让出一条路。

这般华贵的气派，相形之下，围观小民黑压压一片，寒酸如微尘。然而，诗人自称白头居士，没有随从呵殿，只有小女儿坐在他的肩上。此处引用了一个典故。宋代诗人黄庭坚曾在《陈留市隐》诗序中讲过这样的故事：

陈留市上有一位刀镊工，与七岁的女儿相依为命，每日所得但求醉饱，则簪花吹长笛，肩女而归。

白石用此典故，托喻他亦甘守清贫，为市隐一流人物。

花灯满街市，月色侵人衣，不设防地，回忆忽然浮现。二十年前，也是这样的灯市，这样的月色。“少年情事老来悲”，少年情事，如果匆匆分手再不能相见，则将成为一生的遗憾。月色花灯，招魂一般，把往事召唤出来，往日衣履，往日笑颜。

寒风扑面，吹散了那个夜晚。沙河塘上，赏完花灯的游人，笑语阑珊，渐行渐远。诗人缓缓走在后边，小女大概已在肩上睡着了，四野寂静而黑暗，与他形影相吊的只有脚步声。此情此景，仿佛日本诗人石川啄木俳句中的心情：

> 浅草的热闹的夜市，
> 混了进去，
> 又混了出来的寂寞的心。

人间别久不成悲

鹧鸪天·元夕不出

忆昨天街预赏时。柳悭梅小未教知。
而今正是欢游夕，却怕春寒自掩扉。

帘寂寂，月低低。旧情惟有绛都词。

芙蓉影暗三更后，卧听邻娃笑语归。

元夕，最美丽的灯夜，姜夔却不敢出去。题曰“元夕不出”，可见他是下了决心的。

“忆昨天街预赏时”，说的就是预赏花灯的正月十一。当时“柳悭梅小未教知”，梅柳依然悭小，灯市尚未盛放，而今元夕，正是欢游之时。元宵佳节，临安灯会甚盛，巷无居人，全城狂欢。觉得应该出去，可是他“却怕春寒自掩扉”。春寒是事实，怕的原因在于没心情。

“帘寂寂，月低低”，帘与月也为他而寂寞。没有去看灯，依旧没躲过相思。回忆再次还魂，那时一起赏灯，还为元宵节写了绛都词。绛都指神仙的居处，绛都词即是把自己与女子的相遇比作仙缘的情诗。

独自沉吟旧事，不觉过了三更，莲花灯将熄，外面传来邻居女娃们的笑语。合肥情人如今安在？她或许早已嫁人，已生了几个孩子，已与别的那些妇人看不分明。

然而在诗人的思念里，在诗人的词中，她永远不会老去。

鹧鸪天·元夕有所梦

肥水东流无尽期。当初不合种相思。

梦中未比丹青见。暗里忽惊山鸟啼。

春未绿，鬓先丝。人间别久不成悲。
谁教岁岁红莲夜，两处沉吟各自知。

接连几天思念，元夕之夜，姜夔在梦中见到了旧情人。

“梦中未比丹青见”，梦中的她影影绰绰，不像画像所见之真，更可恨者，才梦不多时，忽被山鸟惊起。

在写这组词的七年前，姜夔曾两度去过合肥，但没有在诗文中提及再次见她。二十多岁离开合肥后，他娶了当时很赏识他的诗人、时任湖北参议的萧德藻的侄女，后来诗人范成大又因欣赏他自己编曲作词的《暗香》《疏影》，而将歌妓小红送给他。姜夔辞别范成大，乘舟载小红归湖州时，途中作诗《过垂虹》：“自作新词韵最娇，小红低唱我吹箫。曲终过尽松陵路，回首烟波十四桥。”

不能说他一生只爱一个人，或许因为合肥之恋刻骨铭心，或许因为二人夙缘未了，姜夔一直没有忘记那个情人。他的思念如肥水，滔滔东流，了无尽期。回忆若是甜蜜自主的，便可成为一笔精神财富；如果遗憾而无法忘记，那便是一杯苦酒。

现代诗人张枣写过：“只要想起一生中后悔的事，梅花便落了下来。”姜夔的心中，梅花落了一次又一次，人就这样提前老去，“春未绿，鬓先丝”。

“人间别久不成悲”，茫茫岁月，前尘如梦，不是不悲，而是欲悲无泪，欲悲无力。起初或觉得可以找回，等到别久，久到已没有人可以找回，只剩一个空地方，那时就不成悲了。不成悲，才是彻骨的悲。

痴情的诗人却仍相信，岁岁红莲夜，那人一定也如自己，一种相思，两处沉吟，无奈只能各自知了。

深夜梦回，我给你写信

诉衷情

烛烬香残帘半卷，梦初惊。
花欲谢，深夜，月胧明。
何处按歌声，轻轻，
舞衣尘暗生，负春情。

刚从梦中醒来。

一个清晰的梦，一个真切的梦。

醒得太快，想回到梦中，已不可能。

月光脉脉，竹风轻动，

仿佛正在远去的梦的行踪，仿佛那并非是梦。

现在是深夜，而我给你写信，

月光落在白纸上，落在不可能的地方。

不知你在哪里，我给你写信，

我将把这些字留给陌生人。

何处按歌声，轻轻

诉衷情

（唐）韦庄

烛烬香残帘半卷，梦初惊。

花欲谢，深夜，月胧明。

何处按歌声，轻轻，

舞衣尘暗生，负春情。

如果可以自主做梦，做喜欢的梦，做梦的主宰，谁还愿意醒来？

即使有人在旁善意提醒，说这只是个梦，说梦是假的，那么好吧，就让我们把梦做得更美一些更久一些。庄周梦蝶，不也让时间片刻停歇，不也美了几千年吗？何况庄子不也提醒过，所谓醒来，不过是醒在另一个梦中。

做过的梦，风流云散，正如现实的每一天，我们在其中显现，如真似幻。或许你看见的一朵云，就是某个梦见你的人做过的梦。梦并不真实，但梦里的感觉却很真实，而感觉并不随梦的消失而消失。

唐末五代诗人韦庄的这首词，如果不能耐心细读，将会被轻易地概括为“写一个女子梦醒时分的情思（或表达她的孤寂之类）”。应当永远记住，我们阅读诗歌，并非为了获知某人有怎样的思想感情，而是为了去感受情感的状态，进而去感受事物本身。我们若还渴望享受诗歌这门艺术，那就更不能概括了事，而应让感受的过程尽可能延长。不论词语和句子、情绪和语气、意象和留白，我们都该满怀好奇，像打开潘多拉魔盒一样，打开一层又一层的惊喜。

为了充分感受，我们不妨做一次演员，想象你就是诗中的那人。想象你醒来时，看见烛尽香残。从这两个形象，你看见时间的流逝。但不仅如此，因为形象在艺术中并非为了认知，即非使意义易于理解，形象为的是制造出我们对事物的特殊感受。

当你恍然从梦中醒来，你发现自己刚才竟睡着了。入睡之前，蜡烛点燃，香熏正浓。那么醒后的烛尽香残，就传达一种冰冷的现实感。紧接着的“帘半卷”，这个形象耐人寻味。古典诗歌经常以“卷帘”之意象暗示心情，例如李白的《怨情》开始就说“美人卷珠帘，深坐颦蛾眉”，卷起珠帘，明显就是在等人，而人不来，且久候不来，于是深坐颦眉，但帘子还是没有放下，如此写出美人的心情。李后主词亦云：“一行珠帘闲不卷，终日谁来？”没有人来，所以帘也不用卷了。

那么“帘半卷”究竟是何心情呢？即卷即非，即非即卷，在等又不在等，不在等又想等。这才是日常中，谁都会有的矛盾心情。今人很少用门帘，没有门帘，可以想象一扇门。一扇半开的门，比起全开或全闭也更有意思。而在这首词里，醒后看见烛尽香残，随即目光投向帘半卷，似乎那是个出口，梦的背影若隐若现。

看到居室中这些事物，她的知觉回到现实，这才“梦初惊”。方才的打量是将醒，第一句之后，才在惊中醒寤。“花欲谢，深夜，月胧明”，似乎仍残留着梦的踪影，但这塌陷而潮湿的时刻，她置身于冰冷的事物中。

“何处按歌声，轻轻”，不知从什么地方，飘来了歌声。深夜梦回，听到渺茫的歌声，不是梦，却像来自梦中，像是唱给她听。那歌声，仿佛候鸟留下的天空。

那歌声把她唱成一个幽灵。但诗人不这样说，他说：“舞衣尘暗生。”诗人提供了一个视感，以强化听者的感受，并使我们永远记住。因此这样说才是好诗。舞衣象征过去的欢乐时光，“尘暗生”，如今一片静寂，落满灰尘。

最后的“负春情”，不正是“良辰美景奈何天，赏心乐事谁家院”

吗？酷爱《花间集》的汤显祖在写《牡丹亭》时，或许真的想到了这首词。

深夜梦回，我继续老去

归国谣

（南唐）冯延巳

何处笛？深夜梦回情脉脉，

竹风檐雨寒窗隔。

离人几岁无消息，

今头白，不眠特地重相忆。

深夜的笛声，是不是像某个人在哭泣？不要问那人是谁，那是你，也是我，是听见笛声的每个人。

吹笛人，借你的笛让我哭一会儿吧，我早已不知该如何哭泣。

何处笛？何处按歌声？不知何处吹芦管？诗中的这些“何处”，皆不必了知，你听见了，它就落在你心上。因不知而神秘，而更美，而给人安慰。

“深夜梦回情脉脉”，与韦庄的词一样，但道一句“梦初惊”，梦见了什么，只字未提，但谁听了都能懂。不必絮叨梦中所历，更不必如某些流行歌曲涕泪纷飞，仅淡淡几笔，脉脉情思，静静泪痕，哀婉矜贵，回味不尽。

从笛声的哭泣中醒来，隔着寒窗，听外面的竹风檐雨。为什么今夜我梦见了你？

“离人几岁无消息”，如果这个梦带来他的消息，那是什么消息？当时空阻隔令人绝望，唯一能超度自己的就是梦。梦中的相遇也是一种相遇，且能够任意打乱时空的秩序。在诗中或故事中引入梦境，是叙事对空间限制的突破，并将时间引入空间，从而也实现了对时间的重构。

人是在等人的时候老去的。几岁无消息，能不头白？最后一句“不眠特地重相忆”，尤其意味深长。大概本来已经心如死灰，等到最后已不等，以不等等之。梦见之后，离人似乎又活过来，似乎就要回来了。“不眠”者，不能眠，不欲眠，不忍眠，为的是“特地重相忆”。“特地”是一个手势，她想抱紧这个梦，再次好好想想他。

在回忆中，在竹风檐雨声中，在寒冷中，她继续老去。那支笛呢？没人知道它去了哪里。

被梅花熏断的梦

诉衷情

（宋）李清照

夜来沉醉卸妆迟，梅萼插残枝。

酒醒熏破春睡，梦远不成归。

人悄悄，月依依，翠帘垂。

更挼残蕊，更捻余香，更得些时。

关于此词的写作时间，论者多系之于李清照南渡后逃难途中。然观其词气娴静蕴藉，只是些淡淡的哀愁，并无流离无告之凄楚，或许作于南渡前亦未可知。提出这个疑点的用意在于，如果是南渡以后，那么梅在词中便寄托乡思；如果是南渡以前，可能另有隐情，别具暗示。

因为“梦远不成归”一句，此词常被认定为写乡思。夜来醉酒，就寝时卸妆时动作迟滞，梅萼的残枝仍插在发上。本来沉醉于春天，应该睡得很沉，然而竟被梅花的香气熏醒，而梦里正在归家的途中。

梦很难圆满，即使好梦，也总被打断。在这首词里，说是归梦被花香唤醒，究竟是被什么唤醒，这是不可知的。有时并无外力，梦到关键处却俄然醒来，梦被中断。被中断的遗憾，犹如话未说完，必将在梦醒后追忆弥补。

下片即是对梦的追忆。“人悄悄，月依依，翠帘垂”，孤寂是孤寂，但诗人写的并非孤寂，而是梦的痕迹。人、月、翠帘的情态，无不尚有梦在。杜甫在《梦李白二首》中也有：“落月满屋梁，犹疑照颜色。”这并非诗人的修辞，而是从一个真切的梦中突然醒来时，人所共有的一种体验。

以下两个细微的动作和三个“更”，不都是在竭力留住依稀尚存的梦吗？“挼残蕊”，“捻余香”，残蕊和余香也来自梦，至少可藉以重返那个梦，甚而在想象中完成被中断的部分。然而梦毕竟已醒，细细回味，为的是“更得些时”。

如果不是写乡思，那么上面所说的隐情是什么，又是如何被暗示出来的？以词中的语气来揣度，隐情也可能是她和丈夫之间的感情疏离，这个视角也完全被文本支持。且梅花可以寄乡思，也可以表相思，清照在《孤雁儿》中就写过：“一枝折得，人间天上，没个人堪寄。”

上片情绪恹恹，或许夫妇分隔两地，或是她心绪抑郁而怀念乡居，故为归梦难成而憾恨。若如此阐释，下片的挼残蕊、捻余香，便有了为感情而苟延残喘的暗示。

一封被梦催成的信

无　题

（唐）李商隐

来是空言去绝踪，月斜楼上五更钟。
梦为远别啼难唤，书被催成墨未浓。
蜡照半笼金翡翠，麝熏微度绣芙蓉。
刘郎已恨蓬山远，更隔蓬山一万重。

李商隐的诗歌声音本身就令人迷醉。这首《无题》虽写梦醒，然而读来更是如梦难醒。

醒时月斜楼上，五更钟响。凌晨的梦往往特别清晰，如果梦见久别相思的人，那将无异于一场梦中的约会。

梦见他或者她，从翡翠被、芙蓉帐来看，应当是她。抛开这个细节，性别身份则可换为你、我、他、她。只要谁曾艳遇爱情，谁就是刘郎。

与恨俱醒，仍醒在这张床上。恨他“来是空言去绝踪”，这张床上还铺着同样的被子，还挂着同样的帐子。月亮和钟声莫非都来做证，见证他的无情，见证这个梦？

“梦为远别啼难唤”，梦里的人一般都是不明所以地出现，飘然而至，杳然而去。梦中也往往没有时间感，没有过去、现在、未来，只有当下。这首诗却不同，在梦里因为远别而哭到难唤，此梦实在太真实。梦醒之后，被强烈的思念催促，墨都来不及研浓，伏枕疾书。

书成，顿而清醒。再看“蜡照半笼金翡翠，麝熏微度绣芙蓉”，忽兮恍兮，其中有情。不知是喜是悲，才要欣慰，已觉伤悲；才觉伤悲，又感欣慰。李白的《长相思》曰：“美人在时花满堂，美人去后空余床。床中绣被卷不寝，至今三载犹闻香。香亦竟不灭，人亦竟不来。相思黄叶落，白露点青苔。”与义山此二句心有戚戚。

很多现代诗在写与情人分开之后，也常常写到床。别的旧物触动的伤感，皆不及床。床不仅触动伤感，还放大空旷，并给被留下的人以怪异的感觉。

“刘郎已恨蓬山远，更隔蓬山一万重”，“一万”作为虚数，夸张渲染相见的不可能。蓬山已非舟车足力所能及，奈何还隔了蓬山一万重。瞬间，这封被催成的信，倏然寂灭。

在前三首词中，梦醒的人没有在深夜写信。在最后一首诗中，信是写了，但等于没写。然而，诗，难道不是更好的信吗？所有的好诗不都是情书吗？写给那人，写给自己，写给世界，更写给无穷的远方、无数陌生的亲人。

生活的诗意：你就是你的远方

霜天晓角

人影窗纱，是谁来折花？
折则从他折去，知折去、向谁家。
檐牙，枝最佳，折时高折些。
说与折花人道，须插向、鬓边斜。

什么是诗意？

日常生活中有诗吗？

诗与生活有什么关系？

这些看似现代诗学才会发问的问题，古代诗人以他们的诗词，给了我们生动的答案。

以折花为例。你独坐窗里，窗外一株梅树，梅花正开，这时窗纱上映出一个人影，有人来折花。这有诗意吗？

再以卖花为例，清晨你听见巷子里有人卖花，一声声叫卖着。如果这里有诗，可能是什么样的诗？

我们来读南宋词人蒋捷的两首小词，看看以上两个日常生活情景，让他写出了什么样的诗。

蒋捷就是那位听雨听出人生三味的词人，也是从秋声中听出交响乐的“指挥家”，一个以敏锐的听觉写作的诗人。他因爱竹而自号竹山，又因名句“红了樱桃、绿了芭蕉”，故而人称“竹山先生”“樱桃进士”。

人影窗纱，是谁来折花

霜天晓角

人影窗纱，是谁来折花？

折则从他折去，知折去、向谁家。

檐牙，枝最佳。折时高折些。

说与折花人道，须插向、鬓边斜。

读这首词，得把声音压低放轻，因为叙事者在对我们说悄悄话。小点儿声，别惊动了窗外那折花人。

折的什么花？你可以自己去想象，我觉得是梅花。到了南宋，词牌名与词的内容可以不大相关，词也基本上脱离了音乐，而成为文学创作的诗歌文本。但“霜天晓角”这几个字，读之扑面而来的清寒与孤寂，则开在这片洁白寒气中的，只能是梅花。

冬日木叶尽脱，窗纱一片光亮，梅枝瘦影，横于窗上。此时，我们需要设想一位叙事者，可以是词人自己，可以是他虚构的一位女性，也可以是任何一个坐在窗里的人，或者干脆就是我们自己。

叙事者不同，词的感觉会生发出微妙的变化。如果是词人自己，一位男性，词中那些悄悄话，以男性的视角说出来，就更觉其心灵的敏感温柔。让人想起贾宝玉的“女儿乐，秋千架上春衫薄”，想起现代诗人废名的《掐花》，“我学一个摘花高处赌身轻”。

如果叙事者是一位古代的女性，会不会觉得她有些寂寞？她枯坐窗里，对窗外人说这许多话，她本人却并不折花，大约没有心情吧，但仍欢喜那花插在别人头上。

我们也可以把自己代入，化身成词人或任何一个男人女人，去体验词中的情景。更可大胆别作他想，如果我们是窗里人，有人来折花，我们将有怎样的心里话要说给那人，会不会也写一首诗？

在此假设叙事者就是词人蒋捷。一个暖日晒窗的上午，他坐在窗前，心中闲适，或读几行书，或呆看梅枝疏影。忽而窗纱映出人影，那人在外面折花。从前的房子矮，窗也低低的，都是纱窗或纸窗，坐在室内，天光映在窗上，一片亮堂堂。如果有人来到窗外，窗上会晃动一个大大的身影。这个日常体验，经历过的人都知道，其实感觉很超现实。

“是谁来折花”，这并非真的问句，是以问句的语气表达一种惊喜。人影在折花，就比一个身影只是从窗外经过更有故事性。我们不妨习惯性地认为折花人是个年轻女子。隔着窗纱，词人不仅看到她在折花，而且听到了花枝在窸窣颤动，间或还洒下些清脆的笑声。

谁会鲁莽地惊扰这美妙的一刻呢？词人当然不会，他只是静听，并在心里继续与她对话。折则尽管折吧，不知折了花去，将插在什么样的人头上呢？

窗外的折花人大约在看、在寻思该折哪一枝才好，就像杜甫在浣花江畔独步寻花时，看到一簇桃花开得烂漫，于是反问“可爱深红爱浅红”。词人也一片童心，对她说：“檐牙，枝最佳，折时高折些”，此时他可能就要看到那人摘花踮身轻了。

临走，他又对折花人自语，你折了花回去，要对那插花人说，“须插向、鬓边斜”。

词人的好多知心话，折花人全没听见，全不知道自己在折花时，窗里有人对她如此温柔以待。而这也正是此词最大的可爱。

卖花是一串行走的歌谣

昭君怨

担子挑春虽小，白白红红都好。
卖过巷东家、巷西家。

帘外一声声叫，帘里鸦鬟入报。
问道买梅花、买桃花？

和前面的《霜天晓角》一样，这首词的语言也很通俗，纯用白描。词人从生活中提取片段情景，以疏淡凝练之笔，点金术般化出一首诗。两首词都从日常中来，正好也都由花而来：一是折花，一是卖花。

宋代是城市商品经济迅速发展、新兴市民文化繁荣的时期，烧香、点茶、挂画、插花，此乃宋代文人必备之“四艺”。插花不仅为文人雅客清赏，亦为寻常人家所热衷。北宋欧阳修的《洛阳牡丹记》曰：“洛阳之俗，大抵好花。春时城中无贵贱皆插花，虽负担者亦然。大抵洛人家家有花。”

南宋都城临安（今杭州）的花市盛况更加空前。据南宋吴自牧缅怀临安城市风貌的笔记《梦粱录》记载，“春光将暮，百花尽开，如牡丹、芍药、棣棠、木香、酴醾、蔷薇、金纱、玉绣球、小牡丹、海棠、锦李、徘徊、月季、粉团、杜鹃、宝相、千叶桃、绯桃、香梅、紫笑、长春、紫荆、金雀儿、笑靥、香兰、水仙、映山红等花，种种奇绝。卖花者以马头竹篮盛之，歌叫于市，买者纷然。”

“小楼一夜听春雨，深巷明朝卖杏花”，陆游诗句给我们的印象，可从以上笔记中还原出更多的细节。琳琅满目的花名，不仅在视觉上给人以种种奇绝，而且请注意，这些美丽的命名是被卖花者唱出来的。宋代孟元老的《东京梦华录》亦曰：“是月季春，万花烂漫，牡丹、芍药、棣棠、木香种种上市。卖花者以马头竹篮铺排，歌叫之声，清奇可听。”

可以想见，不论北宋还是南宋，卖花人都是挑着花担或挎着花篮，各色时令鲜花铺排在马头竹篮里，走街串巷歌叫卖之。卖花声不是简单的吆喝叫卖，而是唱歌一般以婉转抑扬的节奏，吟出与花媲美的花名，想想便觉清奇，令人神往。那些美丽的词如天花乱坠，从青石小巷悠然而过，这是诗也是生活。

《昭君怨》上片写卖花。“担子挑春虽小，红红白白都好”，卖花人的花担有点小，花也许不甚多，但他却挑来了春天。挑春，聊赠一枝春，用“春”字，比“花”字更好，一枝花就是一个春天。红红白白，都是春天的好，都是爱。

接下来的“卖过巷东家、巷西家”，可听，可看，亦可通感。这个句子的文字和节奏，本身就十分逶迤，似卖花人由近而远的身影，如一串行走的花之歌谣。

词的下片移到买花。丫鬟听到卖花声声，掀帘入报，问（主人小姐）

道："买梅花、买桃花？"这样问不是为了做选择，而在于因为都好而不知如何选择。此句语言明白如话，唯有如此，才能保存那一刻的鲜活，丫鬟的喜悦才不致被叙事耽延或冲淡。

从文本来看，"买梅花、买桃花"与"巷东家、巷西家"，皆有视觉上的参差陈列，可以看见花与花铺排、巷与巷的交织。读出这些句子时，又能感到听觉上的复沓与曼妙。

诗意无处不在

词学大家唐圭璋先生在《读词札记》中，评蒋捷词曰："竹山小词，极富风趣……如'红了樱桃、绿了芭蕉'，及'才卷珠帘，却又晚风寒'固已传诵人口，他如摘花词，情景宛然，异趣横生。至卖花词，则有一首昭君怨，亦明白如话。"

摘花词与卖花词，便是本文细读的《霜天晓角》和《昭君怨》两首。"红了樱桃、绿了芭蕉"，出自《一剪梅·舟过吴江》，前一句为我们耳熟能详，即"流光容易把人抛"。这是说时间过得很快，人有被抛在后面的感觉，即流光抛人。

世界作为时间与空间交织，是一个镜子组成的迷宫，你能看见什么风景，取决于你的心灵。诗人不一定就是写诗的人，更不一定是发表诗或得到某种认可的人，诗人是能处处发现世界的神奇和诗意的人。

尽管以上两首词都是关于花，但其诗意并不在花本身。我们应当知道，诗意不等于风花雪月，诗也并不在远方，而且你就是你的远方。当一个人心中有诗，处处都有诗意，处处都是远方。诗意可以是雨后街上水潭映出的一片天，可以是晚饭后厨房餐具的宁静，可以是地铁上紧抓扶手的一只苍老的手，也可以是建筑工人蹲在路边吃饭时忧伤的神情……

诗人杜甫走过的大地山河

春望

国破山河在，城春草木深。

感时花溅泪，恨别鸟惊心。

烽火连三月，家书抵万金。

白头搔更短，浑欲不胜簪。

天地不仁，以万物为刍狗。先哲老子说得很对。

而春天，春天也从未错过。

国破山河在

757年，春天再一次到来。对于诗人杜甫，对于长安，这个春天很不堪。沦陷经年，京城一片萧条，百姓流离失所，四处烧杀抢掠。前一年，肃宗在灵武即位，改元至德。杜甫听闻此讯，将家人安置在鄜州之后，只身匆忙奔赴皇帝行在。然而途中被安史叛军抓获，俘至长安。是年，56岁的王维亦为安禄山所得，被迫任伪职。

与王维不同的是，杜甫当时名气不大，因此叛军对他不甚在意。我们熟知的《月夜》，即写于被俘后数月，诗题注曰："陷贼和为官。"杜甫担任的只是微职，因此行动上比较自由。在一个秋天的夜晚，皓月当空，杜甫思念家人，写下这首感人至深的诗："今夜鄜州月，闺中只独看。遥怜小儿女，未解忆长安。香雾云鬟湿，清辉玉臂寒。何时倚虚幌，双照泪痕干！"

他不写思念妻子，开口即说妻子此时如何望月。人被思念时，知或不知，已在思念者的怀里。接着写小儿女，孩子们年幼，尚不解人事，不懂世上正在发生的灾难，更不知道自己的父亲此时的痛苦。因为不懂所以更让人“怜”。儿女或已烂漫入睡，妻子独自对月遥想。“香雾云鬟湿，清辉玉臂寒”，堪称杜诗中罕见的香艳句子，古来论者评曰“笃于伉俪”。最后时空切换到想象中的相见，彼时在月下对坐应如梦中。

春日，杜甫到曲江一带走走，看到春意盎然，百感交集而成此诗：

春 望

国破山河在，城春草木深。
感时花溅泪，恨别鸟惊心。
烽火连三月，家书抵万金。
白头搔更短，浑欲不胜簪。

国，在此既指国都，亦指国家。“国破山河在”，乍闻如雷霆，如闪电，骇人听闻，可谓“目击道存”。这也是天才诗人的原创性，闪电般照亮黑暗中的存在。这一句细思令人痛心，令人掩泪。山河在，究竟是有情还是无情？国破山河在，那么国在山河破又是怎样的呢？

接下来的“草木深”，与“山河在”同样，道是无情却有情。春天没有忘记这里，然而因为没有人，或少有人行，草木竟长得这样深、这般寂静。

“感时花溅泪，恨别鸟惊心”，花鸟乃春天的表情和声音，本是悦人耳目之物，此时见闻却令人悲泣。这一联也是互文，因感时事、恨别离，而花溅泪、鸟惊心。花开鲜妍，鸟鸣婉转，因其无知之乐，而使人羡慕转而自怜。草木花鸟，春天是它们的。人呢？人正在被战争被命运吞噬。

战火不熄，家人离散，老之将至，情何以堪？！

你的脚步是漫漫长夜

759年十一月，天寒地冻，杜甫一家困于秦岭深处。窘迫乃他的人生常态，然而是年尤其命悬一线。自七月弃官，离开华州后，先流寓秦州（甘肃天水），后生计无着，继而转徙至同谷（甘肃成县）。他在诗里说“一岁四行役”，走过了赤谷、铁堂峡、盐井、寒峡、青阳峡、龙门镇、积草岭、泥功山等荒野。

在同谷住了近一个月，衣不蔽体，食不果腹。饥寒交迫中，杜甫每天扛着一把锄头，游荡在山里，希望挖些土芋给家人充饥。

乾元中寓居同谷县作歌七首（其二）

长镵长镵白木柄，我生托子以为命！
黄独无苗山雪盛，短衣数挽不掩胫。
此时与子空归来，男呻女吟四壁静。
呜呼二歌兮歌始放，闾里为我色惆怅！

如果挖到土芋，他一定会高兴得手舞足蹈。可惜运气不好，山雪覆盖着大地，连个土芋苗也见不着，往往空手而归。

七歌中的这首唱给他的锄头（长镵）。尽管无功，然非锄头之过。诗人与锄头倒像患难与共。短衣数挽的诗人，握着白木柄的锄头，在落雪的山野相依为命。这正让人感觉到杜甫的纯真，勿论草木虫鱼鸟兽皆与共情，就是对一把锄头，诗人也满怀怜爱感激。

空手归来，家里静得可怕，孩子们饿得缩在角落呻吟。无法想象一个父亲此时内心的痛苦……

除了长歌当哭，还能如何？！

忽在天一方

759 年底，经过无数天的生死跋涉，杜甫一家终于抵达成都。当夕阳照着风尘仆仆的衣裳，他环顾山川之异，忽觉在天一方。未及高兴，复生哀伤。

成都府

翳翳桑榆日，照我征衣裳。
我行山川异，忽在天一方。
但逢新人民，未卜见故乡。
大江东流去，游子去日长。
曾城填华屋，季冬树木苍。
喧然名都会，吹箫间笙簧。
信美无与适，侧身望川梁。
鸟雀夜各归，中原杳茫茫。
初月出不高，众星尚争光。
自古有羁旅，我何苦哀伤。

锦城静美得像一个梦。这里似乎是另一个时光："增城填华屋，季冬树木苍。喧然名都会，吹箫间笙簧。"杜甫心想：眼前往来的这些人啊，你们不知道我这个异乡人遭遇了什么。大江东流，游子却逆向行走。

虽信美而非吾土兮，曾何足以稍留？然而回不去，不得不留！人被命运所困时，往往会情不自禁地羡慕鸟的自由。尤其日暮时分，鸟雀回巢，而人在茫茫大地上却无家可归。

悲怆的交响

在成都草堂度过三四年，虽每依北斗望京华，但杜甫的生活总算安定了些。可是树欲静而风不止，这份微薄的幸福很快又被时代风云刮走。向来接济他的好朋友严武调离成都，他在蜀地又漂泊了一阵。764年，严武复回成都，并表杜甫在自己的幕府任节度参谋、检校工部员外郎。这首《宿府》即作于此时：

清秋幕府井梧寒，独宿江城蜡炬残。
永夜角声悲自语，中天月色好谁看。
风尘荏苒音书绝，关塞萧条行路难。
已忍伶俜十年事，强移栖息一枝安。

每个诗人都有自己与生俱来的气质。杜甫的性情生来忧深思远，何况生逢乱世，以故下笔总是百感交集。

杜甫在严武的幕府，感恩归感恩，但对于这份差事，他做得并不开心。“清秋幕府井梧寒，独宿江城蜡炬残”，秋夜寂寥，他的心情是落寞的。独宿偏僻的江城，在这幕府靠微职谋食，令他颇感失意。

“永夜角声悲自语，中天月色好谁看”，木心先生曾评价这两句有贝多芬交响乐的艺术效果。的确，可以听见杜甫悲怆的心情，人在时空中那种绝对的孤独。

中原始终是他魂之所系。无奈风尘荏苒，关塞行难，伶俜已忍十年，难道一生便在此苟安吗？最后这句“强移栖息一枝安”，严武听到不知作何感想？

杜甫的意思应有两层：一是人生在世，如庄子所说，“鹪鹩巢于深林，不过一枝；偃鼠饮河，不过满腹”。一枝安，只要一枝能够栖息就够了。第二层是“强移”，很勉强的意思。毕竟人活着不止为了生存，还有事业有理想，即还想赋予人生以意义。在幕府供职，只能算勉强维持生计，并非他的事业理想，如此差事，正是陶渊明所谓“口腹自役”。

写下这首诗后不久，杜甫还专门写了首诗向严武请假暂归草堂。严武应允，二人之后仍时相唱和。次年正月，杜甫毅然辞去幕府，五月即率家人南下，从此流寓巴蜀。

登高放歌，远望当归

766 年，杜甫在夔州都督的帮助下，暂时定居下来。附宅有果园数十亩，蔬圃数亩，稻田若干顷，可谓颇具规模的一个农场。然而，杜甫始终想回中原。他在这里住了一年多，复兴东下之意。次年重阳节，杜甫登高望远，写下千古名篇《登高》：

风急天高猿啸哀，渚清沙白鸟飞回。
无边落木萧萧下，不尽长江滚滚来。
万里悲秋常作客，百年多病独登台。
艰难苦恨繁霜鬓，潦倒新停浊酒杯。

对于此诗，向来名家圈点甚多。例如明代著名学者、诗人胡应麟评曰："通章章法、句法、字法，前无昔人，后无来学。此诗自当为古今七言律第一，不必为唐人七言律第一也。"

清代诗学大家沈德潜在赞誉之余，却对尾联有所微词："结句意尽语竭，不必曲为之讳。"也就是说，最后两句没有新意，气势也弱，有勉强凑上去的感觉，不必因为杜甫是大诗人而强为其辩护。

胡、沈两位大学者的评价都有道理。文学批评本无对错，最可贵的是真诚、才学和见识。小诗人亦偶有好诗，大诗人或不免拙句。

我们读此诗能感觉到诗人笔力依然强健，然而人生似乎到了穷途末路。《望岳》中那个"会当凌绝顶，一览众山小"的青年，已恍如隔世。此时登高，满眼萧飒气象：风急，天高，猿啼，沙白，鸟飞，乃至三四句的“无边落木萧萧下，不尽长江滚滚来”，萧飒中又有大自然神秘永恒的力量。万物的漠然自足，对照之下，世人理想再远大，比之亦渺小而不足道。更何况这理想往往还难以实现，人生的困顿于是更为可哀。然而人既已生则不得不求其生，哪怕最终都将因老死而化为空无。这，或许就是悲剧的意义。

杜甫写诗时，可能没有这些思想，然而他直觉到生命与自然，目击成诗。最好的诗来自直觉。老来渐于诗律细，即使作为形式的“律”，在杜甫炉火纯青的汉语中，也已内化为他的直觉。艺术的最高境界便是形式与内容的浑然一体，形式即内容，内容即形式。

最后两联感慨万里漂泊穷困潦倒，想借酒浇愁，却刚刚戒酒，真是一筹莫展，无奈至极！末两句在气势上的确没跟上，整首诗有塌下来的感觉。不论古典诗还是现代诗，最后一句都很重要。最后一句写得好，整首诗会飞起来，或者别开生面回味无尽。比如王昌龄的绝句《闺怨》：“闺中少妇不知愁，春日凝妆上翠楼。忽见陌头杨柳色，悔教夫婿觅封侯。”最后一句把整首诗打开，不仅言有尽而意无穷，也是叙事的另一个开始。而作为诗，点到即止，其余不必说，读者自可去想象。杜甫上面那首《宿府》尾联收得就稳：“已忍伶俜十年事，强移栖息一枝安”，耐人寻味。

《登高》亦有交响乐的味道，物象的地籁与诗人心情的起伏交响成艺术的天籁，较之《宿府》更沉郁悲怆。如果从乐感来听，最后一联的“弱”倒有此时无声胜有声的效果。无奈而至无语，最后只剩下萧萧与滚滚，滚滚复萧萧。

杜甫的汉语因他的生命感觉而生成。诗就是他的生命，毫不夸张地说，他靠写诗救自己的命。他的诗如同一道道闪电，将他作为一个人的形象画在大地上。他的诗像大地上的山河，我们读他的诗，如同行走在天地间，看见山河，看见众生，看见自我。他的诗高贵又谦卑，作为一个人，他只是站在生命的立场，唱着自己的歌。而这正是诗歌最清醒和高贵的责任，也正因此，诗才得以成为我们生命的安慰。

十九首中的爱情：羞色是最美的色

古诗十九首

庭中有奇树，绿叶发花滋。
攀条折其荣，将以遗所思。
馨香盈怀袖，路远莫致之。
此物何足贵，但感别经时。

向晚出门，好美的火烧云。我拿起手机拍了下来，想要发给你，这才记起我们已经快两年没有联系。我在路边久久伫立，再看火烧云的照片，唉，也不过如此。

古诗十九首中有这样一首：

庭中有奇树，绿叶发花滋。
攀条折其荣，将以遗所思。
馨香盈怀袖，路远莫致之。
此物何足贵，但感别经时。

时隔近两千年，人内心的情感体验却相去不远。物虽有异，情则一也。所谓古人今人，首先都是人，而人同此心。作为人心中最强烈的感情，不论古今，不论中外，爱情超越时空。

可能唯一的不同在于，今天的我可以把火烧云的照片发给那人，如果我想的话，立刻就可以办到。而诗中这位汉代的女子，就算想把花送给所思，也是不可能的。

惊心动魄，一字千金

古诗十九首如同一束洁白的芦花，开在中国文学史的洲渚上。南朝梁昭明太子萧统将其采撷，并编入《文选》，由此广为流传。“文温以丽，意悲而远，惊心动魄，可谓几乎一字千金。”钟嵘在《诗品》中如此评价。刘勰《文心雕龙》亦誉为“五言之冠冕”。古诗十九首产生的年代已不可考，可以肯定的是这些诗非一时一人之作，据诗中提到的地名和普遍表达的情绪，大致推测应当为东汉末年乱离时期的文人作品。

“庭中有奇树”是十九首中写爱情的一首。意思挺简单，意味却很深长。第一句就引人深思。庭中之树，按理乃日日所见之物，何以称“奇”？这倒让人觉得奇了。再读第二句“绿叶发花滋”，可算作对“奇树”的解释。即便一棵长在庭院中的树，或许正因天天看，所以反倒视而不见了。某日忽见绿叶繁花，不禁惊为奇树！如果将此树解释成珍稀名木，那将泥于“奇”字而将诗意杀死。

两句之间，另有一层深意。不妨再问，之前对庭中这棵树为何视而不见？除了看惯，更有可能因为她根本没有心情看，心不在焉，对身边的事物乃至时间流逝都很漠然。那又是为什么？其中必有故事，必多曲折。这便是十九首的天衣无缝处，所谓“言近旨远，语短情长”。

绿叶繁花强烈地刺激她萎靡的视网膜，春天的蓬勃生机将她喊进生命的现场。和今天的我们看到美景就会本能地拍照一样，这个汉代的女子见花开得奇，便想也不想地伸手去折一枝，即“攀条折其荣”。

折花时只为花美而心动，折下来才想送给他。“攀条折其荣，将以遗所思”，此二句的顺序不可倒置。假若先有了送他的想法，然后再去折花，不仅索然无味，而且也会在折之前想到路远，也就不会折花了。那么也就没有诗了。

情至深处则忘也

才有“将以遗所思”之念，顿时想到“路远莫致之”。这种感觉就让人惊心动魄。看到花树先为之奇，情不自禁去折，折后想送他，再记起他在远方而无法送达，一句一转，波澜迭起。意料之外，情理之中。此诗作者可谓造化手也。

情至深处，非多情，乃忘情也。你并未计划去看一个人，却不知不觉走到那人的楼下，抬头看见灯窗人影，方才如梦初醒。深于情者，都有过类似体验。

女子捧着花枝，爽然自失。“馨香盈怀袖”，一个“盈”字，可见花之香、捧之久。在“路远莫致之”前，插入此句，更觉惆怅低徊，想送而又无望的心情更婉转。

再看怀袖中的花枝，纵然尚未枯萎，已黯然失色：不过是一枝普通的也许有点儿寒伧的花。“此物何足贵，但感别经时。”其实花还是那花，但因路远莫致，而伤感别离经时。至此，花已不再为奇，花就要什么都不是了。

最后两句含蓄了多重意味。除了花顿时失色，也暗示出女子对所思至深的爱情，无能让对方了解。即使了解，他又会感动吗？他会把一朵普通的花当作珍宝吗？毕竟天各一方，离别漫长……

虽然今天可以把火烧云的照片发给他，或者发在朋友圈让他看见，然而既然这么久没有联系，看见又能怎样呢？他要么没看见，要么假装没看见。想到这里，还是默默地删了这张照片。没有什么。是没有什么。

再来读十九首中一首失眠的爱情诗：

明月何皎皎，照我罗床帏。
忧愁不能寐，揽衣起徘徊。
客行虽云乐，不如早旋归。
出户独彷徨，愁思当告谁？
引领还入房，泪下沾裳衣。

这首诗的文字给我们的想象，可能是一个女子在月明之夜独守空房，苦闷而彷徨。可不可能是在外漂泊的游子？诗中虽提到“罗床帏”，但古代的床都有帷帐，且罗床也可解释为匡床，即三面围起来的床。

此诗中的“我”，既可以是游子，也可以是思妇。十九首中有不少诗，都可以多向解读，这便是叶嘉莹先生讲的“多义性”。读者可以按自己的偏好择其一，也可以视角互换来对比阅读。本文姑且以“我”为思妇。

此恨不关风与月?

“明月何皎皎，照我罗床帏”，失眠似乎常常与明月有关。皎洁的月光的确容易诱发人的情感，比如李白的《静夜思》就是床前明月光触动了乡思。据说已有科学研究证明，月亮不仅影响人的心理，还也直接作用于人的生理，人体的血液如潮汐般随其盈缺而涨落。

中国人是月亮上的民族，月是故乡明。游子在他乡望月，就仿佛望见了故乡。情人阔别，更是寄相思于明月。月夜思乡，月夜怀人，比其他时候更甚。

前二句可见，思妇已宽衣就寝。然而睡不着，月亮实在太亮，明晃晃地照在床上。“何皎皎”，感叹的语气中，心有所动。月光似乎写了一句诗。想入睡也难，何况心中充满忧愁。

“忧愁不能寐”，忧愁什么？如果知道忧愁什么，如果有排解的办法，就不忧愁了。越是忧愁，越是失眠；越是失眠，越是忧愁。悠哉悠哉，辗转反侧。明月将空床照得清楚，将她看透。皎皎的意思是白又亮。想起《白月光》的歌词：“白月光，心里某个地方，那么亮，却那么冰凉。”

实在烦闷，干脆起来，“揽衣起徘徊”。揽衣这个动作，与振衣、披衣不同。《说文解字》：揽，撮持也。古人外衣比较宽大，揽衣即将衣服披在身上并用手撮持住。或许因为夜凉，然而失眠的女子揽衣徘徊，更给人以慵懒柔弱、不胜孤凄之感。

徘徊之中，纠缠如乱麻的忧愁，一刀斩断："客行虽云乐，不如早还归。"忧丈夫羁旅漂泊也好，愁自己孤栖无依也罢，他一回来，不都一了百了了吗？！

然而，然而他什么时候才能回来？他还会不会回来？别再问了，再问就被月亮听见了。

离别是一件真事情

古代人的离别，远非今人所能想象。那时，千山万水尚未被高科技取消，眼看一个人走远，消失于你的视线，此去经年音讯全无，甚至是死是活都不清楚。唐代诗人陈陶的《陇西行》曰："可怜无定河边骨，犹是春闺梦里人"，并非修辞上的夸张，而是古代战争中普通人经历的写实。

东汉末年，天下动乱。大战，凶年；凶年，大战。百姓生活流离转徙，文人士子困顿失意。十九首中写得最多的，就是夫妇离别相思与人生无常失意。这首"明月何皎皎"，可以猜想思妇之所以如此忧愁，很可能因为她的丈夫会不会回来完全不可知。

如果此诗的抒情主人公是游子，"客行虽云乐，不如早旋归"二句则可理解为，都说客行多所乐，然而还是早日回去的好。言下之意，客行比起在家要苦得多。如果是思妇，这两句就有了委婉的抱怨，意即你久滞不归，大约流连客行之乐，而我在家漫漫无期地等你，你还是赶紧回来吧。

这么想着，不觉走出房门，“出户独彷徨”。凉夜寂寂，明月高悬，满腹忧愁，无可告诉。徘徊室内，彷徨户外，悠悠苍天，此何人哉！汉乐府相和歌《饮马长城窟行》曰：“枯桑知天风，海水知天寒。入门各自媚，谁肯相为言。”自己的痛苦只有自己知道。即使这痛苦是人类普遍的痛苦，即使它并不为你一人独有，然而却只能由你独自承担。哪怕有人可以倾诉，痛苦可能也不会减轻。或者说，凡倾诉即可减轻的痛苦，还不是真正的痛苦。“愁思当告谁”，自问，反问，正无可告诉也！

彷徨之后，复进房门，复回床上。“引领”，伸直颈项，乃绝望而决然疾走之状。或有释为“远望”者，真匪夷所思。但问夜深人静，何远可望？还不快快回房！躺在床上，无告无望，泪下沾裳。

怎么“描写”人物心理？

在这首失眠的爱情诗中，人物的复杂心情并非直接描写出来。小说中常用心理描写，将人物的意识活动呈现出来。然而诗中的感受很微妙，微妙在于可能是潜意识或无意识的，因此“描写”往往说不清楚。

这首诗不可用“女子对远方丈夫的思念”这个“主题”囫囵而过。思念是一千零一面镜子，照见的情景各不相同。这类放之四海而皆准的“主题”，绝不能取代诗。诗真正的主题是诗本身。对一首诗精确的把握，就是为了回到诗的现场，捕捉诗之为诗的原始冲动。

此诗除了“客行”二句,其余都是写人物做了什么。就像看电影，不是人物对着镜头说自己心里在想什么，可能根本说不清，就算说得清，我们也不见得愿意听。电影镜头让我们看人物在做什么，动作比起说话，更生动也更真实。诗中由明月起兴，先是不能寐，接着揽衣、起床、徘徊，再接着出户、徨，最后引领、入房，乃至泪下沾衣。通过一连串的动作，层层深入，把人物的心理呈现在我们眼前。

伊朗电影导演阿巴斯“晚年”系列诗中，有一首写失眠的诗：

我起来
又躺下。
我起来
又躺下。
直到黎明。

以动作呈现人物心理，与其说是一种写作技巧，不如说是目击道存的直觉。诗就是见证。古今中外，莫不如此。《诗经》中这样的例子不胜枚举，用心体会，皆能与这些诗互相印证。而经典好诗在表达上，极为质朴简洁，浑然天成，如迎面吹来一阵风，我们的心立刻就被击中了。

苏轼的月亮与悼亡诗：今晚月亮上什么时间？

水调歌头

明月几时有，把酒问青天。
不知天上宫阙，今夕是何年。
我欲乘风归去，又恐琼楼玉宇，高处不胜寒。
起舞弄清影，何似在人间。
转朱阁，低绮户，照无眠。
不应有恨，何事长向别时圆？
人有悲欢离合，月有阴晴圆缺，此事古难全。
但愿人长久，千里共婵娟。

1076年，丙辰中秋，密州的月亮很美，由于诗人苏轼的演奏，它比任何别的时候都要美。那晚，苏轼欢饮达旦，大醉而舞，作词一首，兼怀其弟子由。

水调歌头

明月几时有，把酒问青天。
不知天上宫阙，今夕是何年。
我欲乘风归去，又恐琼楼玉宇，高处不胜寒。
起舞弄清影，何似在人间。

转朱阁，低绮户，照无眠。
不应有恨，何事长向别时圆？
人有悲欢离合，月有阴晴圆缺，此事古难全。
但愿人长久，千里共婵娟。

看见日常的奇迹

明月几时有？

如果有人仰望明月，从不发此一问，那么这个人就缺乏诗人的特质。即使天天看见月亮，但每次凝望仍然充满好奇，甚至越看越觉得不可思议，这样的人面对山河大地日月星辰，面对每天围绕自己的日常，乃至一草一木一沙一石，也会惊觉是个奇迹。我想这就是诗意。

苏轼不是第一个问月的诗人，李白在《把酒问月》中已经问过："青天有月来几时，我今停杯一问之"，但李白也不是第一个。在他们之前，已经有屈原的《天问》，已经有庄子的"天其运乎？地其处乎？日月其争于所乎？"所有过去、现在、未来的诗人们，有名无名的诗人们，都无不在问。

今天，有人会说科学研究已经测知了月球的年龄，而且"我欲乘风归去"也不再是梦，人类已经可以登月了。还有人读古诗十九首，对于"盈盈一水间，脉脉不得语"，也提出科学证据作为反驳，声称牵牛、织女二星宿相去并不是一条清浅的河汉，事实上它们相隔几亿光年，时空上无穷远，因此绝不可能相见。

这些证据看似言之凿凿，但我们不要忘了想象力比科学更重要。而即使是科学研究，问题的提出和深入，也离不开想象力，离不开诗意。诗和神话靠的想象力，科学证据今天正确明天可能就成谬误，但想象力却没有正误真伪，而且能够千变万化不可穷尽。地球引力和梦中的眼泪，对于我们的心灵体验，何者更为真实呢？

有了诗的想象力，登月不用宇宙飞船，撬起地球也无须一个支点，一念之间即能斗转星移、沧海桑田。你可以用一个词移动一座山，用几行诗令宇宙的风景为之一变。

今夕是何年？

时间是一个亘古之谜。我们不必在天上复制一个人间，但不妨问问月亮：今夕是何年？

仰望星空越久，我们内心的天问就会越多。一个问题带来另一个问题，直至连这个提问的“我”都变得十分可疑。诗歌是比科学更古老的追问，而被我们称为“现实”的东西，其实是在追问中不断坍塌和重建的。

苏轼开口即发两问：明月几时有？今夕是何年？这两问都是关于时间。古人常说，自有宇宙便有此山。凡人以自己短暂无常的一生来观照，山的稳定即是永恒。然而那只是凡人的时间和山的时间。明月几时有，问的是宇宙的时间。今夕是何年，问的是月亮的时间。宇宙万物的时间不一样吗？

《庄子·逍遥游》认为时间有小大之别，且小年不知大年：“朝菌不知晦朔，蟪蛄不知春秋，此小年也。楚之南有冥灵者，以五百岁为春，五百岁为秋；上古有大椿者，以八千岁为春，八千岁为秋。此大年也。而彭祖乃今以久特闻，众人匹之，不亦悲乎？”芸芸众生以为活了几百岁的彭祖就是长寿，殊不知还有更大的生命，不知时间可以其小无内其大无外。

今晚月亮上是什么时间？这个问题是无解的，即使登上月球也不会有答案。因为时间无量无相，它取决于很多因素，包括我们的感觉。所谓年、月、日，不过是人类为了方便，而对时间加以粗暴的简化。习惯成自然的我们，于是把时间当成某种客观线性的存在，用心想想就会知道，时间并不在钟表和日历上，那只是我们长久以来的错觉。千年可以一瞬，一瞬也可千年。一滴水，一粒沙，一阵风，一个梦，都是不同的时间，甚至我们的头和脚也有各自的时间。

既如此，我们又如何能度知月亮上的时间呢？诗人的追问，并不为了一个答案。为追问而追问，问即是答，以不答答之。

作者已死

以上的讨论，或许并非苏轼当时的本意。“明月几时有？把酒问青天。不知天上宫阙，今夕是何年？”这几句明显是他对月饮酒时的即兴发问，但也不能说他没有那样的直觉，因为即兴本身很可能来自深邃的潜意识。

无论如何，作者已死。就算作者还在世，文本一旦写成，便获得了其独立的生命。文本自身构成一个世界，向我们敞开众多的门。不管作者怎么想，前人怎么阐释，文本始终等待现在的人进入，也期待我们赋予它新的生命和意义。

作为今人，我们阅读古典，不为恋旧，更无须复古，古诗也不希望自己变成僵尸。古典想要活在我们身上，需要听见心跳和呼吸，期待新的眼泪和意义。

对明月的痴望，对时间之谜的遐想，发酵于美酒的迷醉与芬芳，使诗人体验到一种轻盈的飞翔，于是有了“起舞弄清影，何似在人间”。

飞了一会儿，词的下片，还是回到人间。“人有悲欢离合，月有阴晴圆缺，此事古难全”，这几句是纯人间的视角，以月的圆缺观照人的离合。下片是怀念弟弟子由的诗，是有感而发的方便说法，达者苏轼并非不懂月亮的本质是“盈虚者如彼，而卒莫消长也”(《赤壁赋》)。

“但愿人长久，千里共婵娟”，最后这两句，差不多已成为我们的口头禅。若真能从心里感觉到千里共明月，便能感悟人与人之间没有分别，也就会被这两句诗深深感动。

众所周知，苏轼与其弟苏辙感情很深。二人相差两岁，自幼一起读书，长大一起游历，一起进京考科举，又一起中了进士。而后二人各在仕途漂泊转徙，聚少离多，然感情上从未疏远，死后同葬一处。他们身为兄弟，平生互赠诗词，互称“师友”。如此善缘，着实令人艳羡。

苏轼此夜在密州赏月，想的也是子由。有趣的是，《水调歌头》流传之后，却将子由撇在一边，而成为中秋望月怀人的经典。特别对于现代人，兄弟情谊很少表白得如此缠绵，而“转朱阁，低绮户，照无眠”，以及“千里共婵娟”，这样的文字在气质上也未免过于女性的柔美，而少了男子的阳刚。

冥想也好，漫兴也行，怀人也罢，都是这首词向我们敞开的门。不论从哪道门进去，在想象力的感召下，我们都会遇见一个别有洞天。

要过多久才能写一首悼亡诗？

这似乎不是个问题，但真实的经验告诉我们，当至亲至爱死去，人往往写不出诗。而且在相当长一段时间之内，人的状态将陷入失语。

苏轼在结发妻子王弗死后十年，因为梦中相见，才为她写出了一首悼亡诗。

江城子·乙卯正月二十日夜记梦
十年生死两茫茫，不思量，自难忘。
千里孤坟，无处话凄凉。
纵使相逢应不识，尘满面，鬓如霜。

夜来幽梦忽还乡，小轩窗，正梳妆。
相顾无言，惟有泪千行。
料得年年肠断处，明月夜，短松冈。

自《诗经》的“葛生”“素冠”起，悼亡诗作为汉语诗歌的一个类型，历来有大量的诗作。例如历代广为称颂的，西晋潘岳的《悼亡诗三首》。潘诗写于妻亡一周年之后，三首皆洋洋洒洒十数韵，其情虽真，读起来却不太感人。例如第一首的前半部分：

“荏苒冬春谢，寒暑忽流易。之子归穷泉，重壤永幽隔。私怀谁克从，淹留亦何益。僶俛恭朝命，回心反初役。望庐思其人，入室想所历。帏屏无髣髴，翰墨有馀迹。流芳未及歇，遗挂犹在壁。”

对于最爱的人，我们往往不知怎么表白，任何赞美说出来反而变成限制，听起来也似乎不够不真诚了。而失去至爱之痛，任何语言都无法表达。潘岳的悼亡诗，说了很多话，在今天听起来像套话，没有多少新意，也就不能不让人感到麻木。或许就是因为话说得太多，才冲淡了“真”。或许因为情还不够深，话才能说那么多。也或许，作者与读者、古人与今人之间的隔阂，只是个诗歌表达方式和审美的差异。

同样备受推崇的，还有唐代元稹的《遣悲怀三首》，同样是悼念亡妻。试读第三首：

“闲坐悲君亦自悲，百年都是几多时。邓攸无子寻知命，潘岳悼亡犹费词。同穴窅冥何所望，他生缘会更难期。惟将终夜长开眼，报答平生未展眉。”

与潘诗相比，此诗没有“费词”，也不做铺垫渲染，一句一句砍在心上。疑点首先起于元诗的写作时间，较为可信的是写于其妻韦丛下葬的当天。而元稹则因新任监察御史事务繁多无法脱身，本人并未到场。三首悲怀虽抒发得真切，爱是不是就像他说的“曾经沧海难为水，除却巫山不是云”呢？从元稹的情史来看，答案是否定的。情多，但并不深，故能轻易表达出来。对于中唐两大诗人元稹和白居易，苏轼的评价是“元轻白俗”，然也。

再来看苏轼的悼亡诗（词）：不俗套，不费词，更不咬牙切齿。语气愈平静，读之愈觉沉痛。题为“记梦”，并不从梦写起。因为这个梦，他才从忍了十年的失语中惊醒。

醒时最强烈的心情是“十年生死两茫茫”。根据诗义推测，这应是他十年来第一次梦见亡妻。并非不想，想不一定就能梦见。往往越想梦见，越是不能梦见。而此人却会在某个时候，不期而遇地在梦里出现。这样的梦，使人醒后久久伫思，心里感到惊奇，怅然若失。

不思量，自难忘。无须想起，从未忘记。亡者虽逝，却无所不在，仿佛化为空气，仿佛已成为他自己。难忘，却无处话凄凉，一转而悲。“纵使相逢应不识，尘满面，鬓如霜”，再一转，又是多少轮回。

下片写梦。夜来幽梦忽还乡，梦的意外以及梦中情景，即对镜梳妆和泪流千行，都赋予这个梦以启示和真切的意味。这也使得他醒后愕然，失亡妻于更远。最后想到她的尸骨，沉埋在“明月夜，短松冈”，一年比一年更为荒寒，又将到哪里觅她的幽魂？

《列子》一书对梦和时间颇多思考。“黄帝”篇讲黄帝神游华胥氏之国，舟车足力所不能到的所在，唯神游可以刹那即到。“周穆王”篇讲周穆王与西极之国的化人神游天庭，居数十年而不思归，及归，穆王发现自己并未离席，且面前的酒菜都还是热的，由此自失者三月。“周穆王”篇将觉分为八征，将梦括为六候，并称“神遇为梦，形接为事”。梦若为神遇，又何必非真？

这首《江城子》，因梦而悼亡，也终将因梦而永别。生死相隔十年，不思量，自难忘，知道她走了，但感觉她还在身边。这个忽然的梦见，反倒惊醒了他的茫然，让他从失语症中转过身来。梦中的相顾无言，唯有泪千行，是神遇的相见，更是特地而来的告别。而这一别，便是真的走了。

唐代诗人的『好好告别』：明月何曾是两乡

送柴侍御

沅水通波接武冈，
送君不觉有离伤。
青山一道同云雨，
明月何曾是两乡。

终其一生，我们都在不停地告别。告别一个又一个地方，一个又一个人，一段又一段人生，也告别一个又一个自己。

有多少相遇，就有多少告别，哪怕是在火车上瞥见窗外闪过的一条河流，睡梦中陌生人的一朵微笑。

电影《少年派的奇幻漂流》当少年派最终获救，目送老虎理查德头也不回地朝丛林走，他始放声大哭。理查德没有与他道别，只是在丛林边停留了片刻，然后就永远消失了。成年派后来总结说："我知道人生就是不断地放下……只是遗憾没能好好告别。"

如何"好好告别"，相信每个人有自己的理解。我们来读几首唐诗，看看唐代诗人们如何与朋友告别。

海内存知己，天涯若比邻

送杜少府之任蜀州

（唐）王勃

城阙辅三秦，风烟望五津。
与君离别意，同是宦游人。
海内存知己，天涯若比邻。
无为在歧路，儿女共沾巾。

送别是唐代诗人日常生活中的重大事件，或正式设宴饯行，或策马长亭相送，临别赠诗，具有很强的仪式感。在各类送别诗中，最常见的就是此诗中的情景，朋友仕途受挫，即将远谪，此时更需要好好送别。

写下这首颇“老成”的诗时，王勃才二十岁出头。二十七岁即因意外溺水而英年早逝的他，留下了很多成熟的经典之作。比如这首送别诗，虽然他还很年轻，但看世界的眼光却已在暮年。也许从来就没有所谓“青春写作”，一切好诗的眼光皆来自暮年——十分钟年华老去的暮年。

看题目便知他在送一位伤心的朋友。杜少府遭到贬谪，从长安外调到偏远的蜀地，离别之际该如何安慰，如何告别？文不对题地说些振奋人心的空话，或陪着朋友叹息流泪痛恨世道不公，恐怕都不能真正起到抚慰和加持的作用。

前二句不只描写送别的客观环境，从来就没有“客观”这回事，世界即我们心灵的映像，你就是你看到的东西。“城阙辅三秦”，权力的强大直压下来，不可对抗的现实稳如泰山，心情一开始便立即传达出来。长安安稳如宇宙中心，而朋友要去的地方，也是朋友人生的方向,在长江上一片迷茫,即“风烟望五津”。两句之间形相对照，便觉无限凄然。

第二联“与君离别意，同是宦游人”，虽然王勃自己留在长安，然而这两句的心情却很感同身受。比起写诗,其实更难的是度过一生，更重要的是了解和感受彼此的不幸。他人的命运，就是正在或即将发生在我们身上的命运。一棵树受难，我们也为此受难。

“海内存知己，天涯若比邻”，这两句实在太温暖，以至于被后人用滥。然而作为第一个说出来的人，王勃无疑是个天才。在此的“海内”和“天涯”指空间上，但其外延还可以扩展到时间，比如《诗经》里的一首诗，或未来的某个读者，都可以与我们若比邻。如果你觉得被这首诗击中，那么王勃也可以是你在唐朝的一个知己。

最后两句劝朋友不要沾巾，他自己却已经沾巾了。诗人是从哪一句落泪的，杜少府的眼泪又忍到第几句呢？读者可能也在落泪了。我们所有人在这首诗里落下的泪，皆来自同一双无名的眼睛。

三叠阳关，唱到千千遍

送元二使安西

（唐）王维

渭城朝雨浥轻尘，客舍青青柳色新。
劝君更尽一杯酒，西出阳关无故人。

那天清晨的细雨，像是为元二而飘洒，在诗歌发声之前，一场雨已奏出了离别的序曲。

细雨润湿了路上的轻尘，干净的泥土气息，客舍瓦房青青，路旁柳色簇新，这些无非都是一种挽留。春天回到人间，情意绵绵，像生活的一个诺言，而元二却要去往寒冷荒僻的地方。

安西是唐代安西都护府，治所在西域龟兹城，即今天听起来依然很遥远的新疆库车。距离的雄辩使抒情失去了意义，说什么都太无力。

“劝君”二句，一般理解为王维对元二说的，也合情合理。再喝一杯吧，出了阳关可就是一个陌生的绝域了。

也有人认为是元二所说。不仅也合情理，如果元二自己举杯慨当以慷，则不仅有对王维的惜别，而且也包含了对故园，对自己人生的惜别。

阳关是古代通西域的要道，在今甘肃省敦煌市西南。“西出阳关无故人”，这里不说安西，而说阳关。从长安一路往西，先到阳关。出了阳关，故园就远在天边了，就是天外了，而安西更在天外的天外。

此诗一出，天下争传，遂成千古送别名曲。一唱而三叠，叠法或不一，总归是为了延宕惜别的心情。

王维另有一首《山中送别》：“山中相送罢，日暮掩柴扉。春草明年绿，王孙归不归？”依然是默语无际，不言之言。特别在于，送别诗多写别时场景，而此诗却从别后写起。日暮送罢，掩柴扉的瞬间，陡起的寂寞感，一直铺向明年。

挥手自兹去，萧萧班马鸣

送友人

（唐）李白

青山横北郭，白水绕东城。
此地一为别，孤蓬万里征。
浮云游子意，落日故人情。
挥手自兹去，萧萧班马鸣。

读这首诗，无须任何名物注释，无须了解任何背景，明白如画。问题在于不是每个人都能看懂画。诗情画意，要能感觉到诗情何在，画意又何在，才算得到艺术享受。

前两句表面上是写景，或曰“交代离别的地点和环境”，这样说不仅废话，而且很容易偷换成缺乏感受力的借口。离别的环境并非写离别诗一定要交代的，比如上面那首王维的《山中送别》，仅“山中”二字。再比如前面王勃的《送杜少府之任蜀州》，前两句“城阙辅三秦，风烟望五津”，貌似交代环境，实则写情，但并非“情景交融”即可敷衍而过。

感受力的敏锐，带来丰富的审美，而有了丰富的审美，才能有丰富的人生。缺乏感受力的人，日复一日在无意识的惯性中生活，这种人生如同没有活过。而诗歌和艺术的意义正在于唤醒，恢复我们对事物的感受而非认知。

此诗前两句，如果我们置身其中，就会感到青山的青和白水的白是一种伤心，且它们的姿态一横一绕，如同守着城郭而阻拦人的离去。人离去，留在这里的生活，和青山白水一样，天长地久，如此又有了某种慰藉。

“此地一为别，孤蓬万里征”，这样的话别，深情但无多少新意。以孤蓬比漂泊不定，对此我们并不陌生。下一联的“浮云”和“落日”，也都是很常见的比喻。

最后两句很好。“挥手自兹去，萧萧班马鸣”，他二人或策马同行，或友人跨马而去。分道扬镳之际，萧萧马鸣。今人极少听到马鸣，很难想象那一瞬的心情。不妨想象月台上即将离去的火车，嘹亮的汽笛发出一声长鸣，生命中某种深层的感觉突然震悚。太白此处又添一“班”字，班即为“别”，班马即离群之马，这样的马鸣又加深了离别的悲情。

离别不是一道线，是涟漪般不断扩散的圆圈。萧萧班马鸣，也将离别的定格为一个回音，在生命中久久激荡。

太白这首《送友人》，堪称教科书版的送别诗：不记友人姓名，普遍适用的场景，标准化的比喻，经典的结尾。

天山送别

在唐代诗人中，岑参的送别诗可谓创出了别调。尤其是塞外的送别，大漠天山的江山之助，使他的诗境更为壮阔。

且先看我们熟悉的《白雪歌送武判官归京》，前面写胡天八月飞雪，后面转至送客：

中军置酒饮归客，胡琴琵琶与羌笛。
纷纷暮雪下辕门，风掣红旗冻不翻。
轮台东门送君去，去时雪满天山路。
山回路转不见君，雪上空留马行处。

天山深处，置酒作乐，为武判官饯行。乐器纷繁，辕门外下着暮雪，异域的荒寒，然而因武判官要归京，所以大家的心都很热。

具体送别时的场景，一字不提，或许因为天山的雪太厚，或许因为归心太急。当武判官消失于山回路转，只有马踏过的脚印留在雪地上。“空留”，人已不见，不知何时能再见。归京人走了，留下更多的空。

另一首《热海行送崔侍御还京》曰：“送君一醉天山郭，正见夕阳海边落。柏台霜威寒逼人，热海炎气为之薄。”热海即今哈萨克境内的伊塞克湖，唐时属安西都护府管辖，玄奘法师取经曾路过此地。前面十二句写热海的诡异，带着新鲜好奇的眼光。最后这四句写送别，热海作为现场也将其性格力量注入了诗句。

杜甫在《渼陂行》中评岑参的诗风曰：“岑参兄弟皆好奇”，好尚新奇，即喜欢一种另类的、陌生化的诗歌语言。此评可作读岑诗之法眼。

再来读岑参的绝句《醉里送裴子赴镇西》：

醉后未能别，待醒方送君。

看君走马去，直上天山云。

起得奇，结得更奇！

为了送别而饮酒，为了惜别而喝醉。然而醉时没法送别，要等到酒醒，为什么？醉时送别不是更轻松吗？诚然，但是当你醒来，他已走了，那时你就会后悔，后悔没有好好告别。清醒时，送别固然让人心痛，但你将铭刻下离别的位置，尽可能少些遗憾。

“看君走马去，直上天山云”，这两句诗，装得下一座天山。唐诗境阔就阔在，诗人把天地山川都放了进去。

有趣的是，前二句明明说待醒方送，题目却是“醉里”。或许并没有完全清醒，醉翁之意不在酒吧。直上天山云，乃是醉眼迷离中摇晃的风景。

明月何曾是两乡

在所有送别诗中，说的最好的当属王昌龄。在被贬为龙标尉期间，朋友柴侍御将往武冈，昌龄临别赠诗曰：

送柴侍御

（唐）王昌龄

沅水通波接武冈，送君不觉有离伤。

青山一道同云雨，明月何曾是两乡。

流过龙标的沅水，也流到武冈，这样一想，便没有分离。若推而广之，也可这样说：不论如何别离，我们始终在大海中相聚。大海可以比生活，也可以比时间。

再看青山，连绵数百里，连接着两地，施予人相同的云雨。云雨不也是我们一种相聚吗？

更何况还有明月，明月照耀的地方，又何曾是两乡？！

河流，青山，云雨，明月，草木，土地……所有古老的事物，如同永恒的家园，把我们紧紧连在一起。

远谪龙标八年，昌龄在南方的日子，无疑愁苦而漫长。但他的《龙标野宴》诗曰：

沅溪夏晚足凉风，春酒相携就竹丛。
莫道弦歌愁远谪，青山明月不曾空。

不必以窥人隐私的眼光读诗，比如某些解读将此诗鉴定为“表面上看他的生活很安逸，实际上心里还是很苦”之类。我们不要忘了，一个人的生活再愁苦，也还是有快乐的时候。大海有无穷无尽的愁苦，但也会时时涌起快乐的浪花。

诗歌是一种因地制宜的即兴审美，正因如此，深陷现实世界中的我们，才能从诗中获得内心的安慰。诗也在此意义上，才能给我们提供治愈。

青山明月不曾空，不论何方，都有古老的陪伴和守望。在一株盛开的桃树下，没有人是异乡人。

唐诗中的『在路上』：故乡，像一道伤口

宿建德江

移舟泊烟渚，

日暮客愁新。

野旷天低树，

江清月近人。

我们从小就常听长辈告诫两件事：江湖之险恶与行旅之艰难。多年人世间的历练，使他们告诫时神情变得有点凄楚，又有点悠远。然而这样的告诫并不能熄灭年轻人对世界的激情。

在一个人的成长中，旅行开始时充满阳光。所谓读万卷书，行万里路。古代诗人在青年时期几乎都有过仗剑远游的经历，那样的旅行是愉快自主的选择。

而后渐渐变得无奈，或出于仕宦需要，或出于个人寻找，诗人们终日不停地行走。旅途漫漫，思家的忧愁与行旅的艰难，以及生存的悖论，使写诗成为深刻的必然。

我们来读几首羁旅诗，贴近唐代诗人在路上的种种处境。

鸡声茅店月，人迹板桥霜

商山早行

（唐）温庭筠

晨起动征铎，客行悲故乡。
鸡声茅店月，人迹板桥霜。
槲叶落山路，枳花明驿墙。
因思杜陵梦，凫雁满回塘。

天亮之前，他便动身了。牵着马，夜色般启程，驿站外的道路还没睡醒。马脖子上的铃铛，摇出惊心的声响。

故乡，像一道伤口，又开始作痛。沿着山路，不知是朝前，还是朝后，每行一步，都踩在伤口上。“客行悲故乡”，所悲者，为客行，也为故乡。岁月如若静好，世事若安稳，又怎会“晨起动征铎”呢?

温庭筠是山西人，生于没落贵族家庭，其祖曾在唐太宗时任宰相。幼年丧父的他，十二岁时经其父生前好友段文昌照顾，至长安杜陵与其子段成式共读。温庭筠文思敏捷，恃才不羁，屡试不第，仕途寥落。

作此诗时，他已年近五十，途经商山，前往襄阳，投奔友人徐商。徐商时任山南东道节度使，引庭筠为其僚属。

一阵鸡啼，涌来黎明的潮汐。诗人驻马回望，茅店上一弯月亮。鸡声茅店月，啊，那里安住着故乡，而他，正走在板桥上。

霜华满地，板桥上印着人迹。可能是诗人自己的，也可能是他人的，但总是早行人踏过的。清晰的脚印，像生命盖在黎明的邮戳。作为邮件，他正被命运的信使发往一个陌生的他方。

虽是早春，山路上却落满宽大的槲叶，比北方反常的物候，更添客途的萧瑟与凄迷。而覆垂在驿墙上的枳花，递来寂寂的幽光。古代的常识认为，橘在淮南为橘，在淮北为枳。气候水土不同，一物则变异为另一物。地理环境对人的心理感受影响之大，往往超出我们的想象。诗人在天色微明中，看到这些物象，仿佛看到他自己正走向陌生，或许他也将变成另一个人。

这时忽而想起昨夜的梦。他梦见回到杜陵，看见大雁都飞回来，落满了回塘。雁和春天一起回到长安，而他却不得不离开，行走在梦与现实的裂缝。

至此，让我们回顾诗的题目“商山早行”。“早行”已觉伤感，偏偏此山叫作“商山”。现实中的偶然，意外成就了命名上必然。辞色、声音、语义，三者合为一体，读之令人悄然生悲。

特别要提的是这首诗里的细节。温庭筠是一位对细节有着非凡直觉的天才诗人，喜欢《花间集》的读者，一定对他的词中大量的细节印象深刻。此诗中的征铎、鸡声、茅店月、人迹、板桥霜、槲叶、枳花以及凫雁回塘等，每个细节都像一根针，准确地刺到我们，刺痛我们的心。

正如纳博科夫所说，拥抱全部细节吧，那些不平凡的细节！作为阅读者，如果仅仅从观念上认知一首诗，比如《商山早行》表达了羁旅之愁和思乡之情，那就真的对不起作者了。唯有感受到具体的细节，最好是全部的细节，并为其一颤，我们才算真正读了这首诗。

被一首诗捕获的宇宙

宿建德江

（唐）孟浩然

移舟泊烟渚，日暮客愁新。
野旷天低树，江清月近人。

题目虽点名“建德江”，但也可以是任何一条江。而诗中之人，虽是孟浩然本人，但也可以是日暮时分，任何一个舟行的旅人。

此诗的氛围弥漫着愁。愁因何起？因羁旅，更因日暮。羁旅之外，再添日暮之愁，是为新愁。因日暮之新愁，进而烟渚、扁舟、野旷、天低树、江水、月亮，一切围绕我身之诸物，皆无不愁。故此诗的诗眼应为“愁”字。

客行羁旅，见天色将晚，内心深处则本能地感到强烈的孤独。似乎是一种集体无意识，此时你将深深渴望一间房一盏灯，在你看见的小镇或村庄，随便哪儿都行。虽然我们知道，翌晨天亮，一切又将恢复原样，而你也将继续走在路上。

但是日暮客愁，当死亡般的无助在旷野摊开，如何自救？无论如何，人得学会自救，爱莫能助的时候，得靠自己拉自己一把。怎么拉？

看看周围有什么。“野旷天低树”，既远且暗，不可亲也。再看近处，“江清月近人”。清澈的江水中，有个月亮，很知心地望着诗人。今夜，诗人将偎月抱愁而眠。

孟浩然此诗带给我们的阅读体验，绝不是某些“专业”网站所说的“刻画秋江暮色”“借景抒情”“反映仕途失意”“表达羁旅愁思”等，或错误的描述，或正确的空话，东拉西扯之际，真正的诗已远走高飞。

这首诗之所以经典，实在于其纯粹和自足。写诗是一个美学的过程，是人与语言及世界发生的共鸣。这个过程相当神秘，而此神秘基于心灵感受和语言本身的神秘。《宿建德江》对我们的意义即在于美和神秘。至于人在什么经历或背景下表达了什么感情，那是散文的工作，不必也不该诉诸诗。

诗人用四句二十个字，创造了其心灵在当下所捕获的宇宙映像，并将我们从琐碎生活引至对此映像的古老观看中。

走着走着，就回不去了

旅夜书怀

（唐）杜甫

细草微风岸，危樯独夜舟。
星垂平野阔，月涌大江流。
名岂文章著，官应老病休。
飘飘何所似，天地一沙鸥。

这首诗的现场在长江上，是时杜甫已五十多岁，半生转徙令他深感疲惫。这个夜晚,他似乎冥冥中已感觉到自己正走向生命的尽头。

“细草微风岸，危樯独夜舟”，此时此地这些微弱的事物，无力帮助他抵御黑暗。漂泊了这么久，除了老病，一无所有。

“星垂平野阔，月涌大江流”，一个微尘弱草的老人，面对亘古洪荒的宇宙，建构他人生观的儒家体系眼看支撑不住。

杜甫虽然对语言的锤炼到了“语不惊人死不休”的极致，但却不大相信文章（对于他即是诗歌）可以令他不朽。其中的原因，深究起来似暗含命运的玄机。他渴望的功名是“致君尧舜上，再使风俗淳”，似乎并没有认出自己身上那个伟大的诗人。

这令我们想起曹丕与曹植。被谢灵运夸为“才高八斗”的曹植，公然声称“辞赋小道，固未足以揄扬大义，彰示来世”，一生含恨不能建功立业。而曹丕尊为魏王，却推崇文章为“经国之大业，不朽之盛事”，将文章看作比荣乐和年寿更为永恒的价值。

难道人对自己得不到的东西才最看重吗？不，曹丕的文章写得不比曹植差，甚至可以大胆地说，曹丕才是真正的诗人。清代学者王夫之称，曹丕与曹植的诗才有仙凡之隔，子桓为仙，子建为凡。俗情抑扬，所以凡人多欣赏子建，为其华丽文采所眩。

杜甫也并非不看重他的诗才，只是此时未免感觉自己一生太失败。说是“名岂文章著，官应老病休”，其实正因为他对写诗这件事欲罢不能，对天下的抱负也情不自禁。

然而此夜，孑然一身，瑟缩于天地之间，卑微如一只沙鸥。生命如风中之烛，随时可能熄灭。回到中原的梦，也渺茫了。

杜甫一生的漂泊流浪，有点儿像希腊神话里的奥德修斯，在漫长的返乡路上，经历了无数的险阻。不同的是，奥德修斯在海上漂流十年之后抵达了，并发现伊萨卡并没有他渴望的东西，那里原是另一个世界。杜甫如果回到中原，就能实现他建功立业的梦想吗？或许没有抵达反而幸运，未知让他保全了一个幻想。其实他已无须回去，作为一个诗人，命运已让他做了他最该做的事，即写诗。而诗，就是对诗人最大的回报。

不断拉长的撕裂感

马上行

（唐）杜荀鹤

五里复五里，去时无住时。
日将家渐远，犹恨马行迟。

这首貌似再简单不过的绝句，写出了几乎每个人都体验过的“撕裂感”。

“五里复五里”，辞家之后，行了五里，又行了五里。这句诗不止说在路上走啊走，造语本身就带有不停朝一个方向滚动的感觉。五里可以虚指，更可以实归。因为舍不得家，所以每一里路，都真实地增加着诗人的痛苦。因为不想离开，所以五里复五里的滚动，遂成为具体可丈量的绝望心情。

西晋吴县人张翰在洛阳做官，因秋风起而思念家乡的莼菜羹鲈鱼脍，乃叹人生贵在适志，何能羁宦数千里以邀名爵乎？！这个典故向来为人艳羡称颂，今人更引为美食如何关乎乡愁的经典案例。我们不要忘了达生背后有两个原因：一是前方祸乱方兴仕途多险，二是后方家乡偏安自身可全。故那句洒脱的辞职话实则是个美丽的借口。若仅仅为美食这等最低版本的文化乡愁，张翰赴洛阳前又为何没有想到，且这点小事又何足历代为人所称道？而称道的人又为何不肯起而仿效？何况那时的人都还是有故乡可退、有田地可耕而食的。

更多人的现实是“去时无住时”。如果还有选择，这个人还算幸福的。杜荀鹤在这首诗里没有选择，踏上征程，即如离弦之箭，只有飞鸣而不能暂停。

然而靶子并非他想去的地方。与其说他这支箭正在射向靶子，不如说它先被靶子射中。正如不是我们选择了某条路，而是路先锁定了我们。于是乎行道迟迟中心有违，身心朝着相反的方向，渐渐分离。而且“日将家渐远，犹恨马行迟”，每天离家更远，却仍嫌马儿跑得太慢，还有比这更撕裂的体验吗？

有的。如果抽离了杜荀鹤身后的家，就变成了德国诗人布莱希特的诗《换车轮》：“我坐在路旁 / 司机正在换车轮 / 我不喜欢我来的地方 / 我不喜欢我要去的地方 / 为什么我望着他换车轮 / 这么不耐烦？”

布莱希特的心情，可称之为典型的后现代困境。对此我们并不陌生，这种在巨大的空白中疯狂旋转的悖论体验，已成为我们日常中普遍的生命镜像。

丧失了质朴的表情，丧失了自然的家园，丧失了梦和黎明，穿梭在城市机器之网中的人们，每天混沌而惊惶，再也不知道自己是谁，再也没人能确定自己在什么地方。

这是个消极的洞察，但不是洞察的消极。对自身生命处境的洞察，永远都是积极的。否定的力量就是肯定。诸神隐遁，人的出路何在？提问本身就是行动，将带来可能。或许诗歌还能将我们从不断的催眠中唤醒，进而辨认出自己的处境，即使无法与世界达成事实上的和解，也将通过想象力给我们内心以最大的安慰。

唯有悲伤不撒谎：生与死的终极问题

古诗十九首

行行重行行，与君生别离。
相去万余里，各在天一涯。
道路阻且长，会面安可知？
胡马依北风，越鸟巢南枝。
相去日已远，衣带日已缓。
浮云蔽白日，游子不顾反。
思君令人老，岁月忽已晚。
弃捐勿复道，努力加餐饭。

诗，在说与不说之间

古诗十九首

行行重行行，与君生别离。
相去万余里，各在天一涯。
道路阻且长，会面安可知？
胡马依北风，越鸟巢南枝。
相去日已远，衣带日已缓。
浮云蔽白日，游子不顾反。
思君令人老，岁月忽已晚。
弃捐勿复道，努力加餐饭。

关于这首诗的讲解很多，众多名家都讲过，想必读者对诗意都能“理解”。理解加引号，表示这个词是可疑的。诗肯定接受理解，但怎样才算理解，理解的标准是什么，读诗的终极目的是理解吗？

美国诗人马克·斯特兰德曾经谈到，人们读诗一心想要理解，这应归咎于诗歌教育对他们的误导，因为在常规的诗歌教育中，理解一首诗往往被等同于体验一首诗。而他认为好诗其实在理解之外，如果他完全清楚他的诗在说什么，那诗就变得比他小了。言下之意，诗应该大于诗人。很多大诗人都有过类似体验，即他们不过是写出了那首诗的人，或曰扮演了通灵者的角色。以此可解释为什么作者本人未必是自己作品最理想的读者，我们也体验过文字自己如何做梦。

理解和体验不一样吗？我们不理解星空，但爱看星星；不理解花朵，但爱闻花香；不懂鸟鸣，但喜欢听；不会定义爱情，但沉醉其中。仔细想想，带给我们纯粹美好体验的事物，几乎都是我们不理解的。

人想要理解一切，但一切似乎躲避或拒绝被理解。诗歌期待的也不是理解，而是去新鲜地感受。因为诗不是观念，也不是思想，诗揭示我们生命的存在，呼唤我们以纯真的心灵去体验，从而获得美感和某种觉悟。

来看“行行重行行”，此诗并不难理解，甚至没什么需要理解的。教科书式的主题归纳是“表达了游子思妇的离别相思”。强调理解必然会进行总结，如今我们知道，总结是读诗（也包括读别的文学作品）的大忌。诗不是用来总结的，甚至不是用来谈论的，一谈论一总结，诗就没有了。

不如让我们看看此诗有哪些“不解”。如果读出声并用心去听，你一定发现中间的换韵。前八句四韵：离、涯（古音读 yi）、知、枝，后八句四韵：缓、反、晚、饭。换韵带来最直观的感受是诗的声音为之一变，若更自觉地体察这种变化，可能就会感到换韵带来的时空转变。前八句和后八句之间，随着换韵流转至少数年。

还有没有别的？再细细揣摩说话的口气，我们将隐隐觉察，前八句像是游子，后八句则是思妇。那么诗境中存在双重主体，即游子与思妇互为抒情主体与对象，在诗中对歌般彼此倾诉。如果前八句是思妇，那通篇就都是思妇的独白，此解可否？也可以，但诗句的味道将有微妙的变化。

另外，“生别离”，硬生生地别离，因为什么？诗人没说。“道路阻且长，会面安可知”，阻且长的不仅是道路，更有看不见的障碍，是什么？诗人也没说。“浮云蔽白日，游子不顾反”，如果白日隐喻游子或他们的感情，那么浮云隐喻什么？诗人还是没说。

不是故意不说，而是不必说、不能说、没法说。正是在说与不说之间，诗人给我们制造出巨大的想象空间。所谓“诗无达诂”，指的就是诗没有定解，而这些没有定解的地方，将衍生出无数的解，所以我们说一首诗是读不完的。

最后说说“温柔敦厚”，自《毛诗序》(《诗经》的大序和小序)以来，这个词几乎成了儒家诗教的教旨。“行行重行行”也历来被贴上这个标签，尤其末二句“弃捐勿复道，努力加餐饭”，评者称赞：此乃温柔敦厚之至。诚然，但此评价有没有偷换概念？诗本来是生命的表达，怎么被夸为道德模范？在此有必要澄清，读诗不是审判，况且作者还只是为思妇代言。

及时行乐为何未果？

古诗十九首

青青陵上柏，磊磊涧中石。
人生天地间，忽如远行客。
斗酒相娱乐，聊厚不为薄。
驱车策驽马，游戏宛与洛。
洛中何郁郁，冠带自相索。
长衢罗夹巷，王侯多第宅。
两宫遥相望，双阙百余尺。
极宴娱心意，戚戚何所迫？

据说这首诗的主题是及时行乐。那我们就说说及时行乐这件事。

人为什么想要及时行乐？答案就在前四句。相信人人对此都有所感悟，很多诗人也都有过响亮的感慨，例如陈子昂的“念天地之悠悠，独怆然而涕下”，李白的“夫天地者，万物之逆旅；光阴者，百代之过客。而浮生若梦，为欢几何？古人秉烛夜游，良有以也”。人不同于草木动植，或许就在于人有理性会思考，人能观照并反思自己的生命。

“青青陵上柏，磊磊涧中石”，比陈子昂、李白泛言天地光阴的久长更为形象。想想陵上柏是什么，涧中石又是什么，它们不仅与人生的短暂形成鲜明对比，还在颜色和质感上反衬出人生的飘忽与脆弱。

墓柏的意象很有冲击力。一启始就对人生投来死亡的目光。在《论语》中，当子路问孔子死是怎么回事，孔子训斥他："未知生，焉知死？"从这句话即可看出儒家的务实态度。子不语怪力乱神，不是说否认其存在，只是选择避而不谈。然而，死亡会因为我们避讳就变得不重要了吗？务实往往反为实所误，无为可能是更积极的有为，因为谈死和说不都需要勇气。

死亡是每个人都无法逃避的终极问题。如果我们认真地面对生存，就必然要思考死亡，而通过对死亡的思考，我们才可能解答生存的意义。应该把孔子的话反过来，即"未知死，焉知生？"一个人没有思考过死亡的人，又怎能以自觉的态度对待生存呢。况且死亡并非是最后那天按下的停止键，死亡每天都在我们身上进行。

"青青陵上柏"，青青的不是柏树，而是死亡的大背景。不论贫富贵贱，人终有一死，死亡的雄辩和葱茏，诗人以墓柏的青青传达出来。生命像溪水，流过来又流过去了，不变的是涧中的石磊磊。谁都可以把一块石头握在手里，谁都没法拥有一块石头。

"人生天地间，忽如远行客"，远行客的比喻极好，人活在世上，不仅如逆旅之客，而且是在远行途中。我们是谁？从哪里来？要到哪里去？这是哲学和宗教一直在思索并试图回答的问题。所谓"人生"，不过是我们经过的一小段旅程。古诗十九首的好，也正在于直面这些终极问题，而不是被认为的"反映时代"，比如东汉末年社会动荡下层文士宦游无门之类。把文学局限于时代问题，显然是肤浅狭隘的，人的终极问题和困境永远存在。真正的诗人，生在哪个时代都不合时宜，因为世界可能不是我们本来的面目。

因感到人生的虚无与悲哀，而有了斗酒娱乐、驱车策马、游戏宛与洛等“及时行乐”。宛与洛是东汉两大都会，俗话说“走路要走那大路口，车马多来解忧愁”。然而漫游在繁华的街市，达官显贵的圈子，长衢夹巷的罗列，以及宫阙楼观的华赫，反而迫切了他的忧戚。可以想见，当他策着驽马落魄游荡在别人的繁华世界，最后一点存在感也被抹杀了。

很多时候，“及时行乐”只停留于一句口号，果真这样去做，可能和诗中人的结局一样，行乐却乐不起来。行乐之乐，纵使得来也如泡沫，转瞬即逝，不可执着。快乐至上的危险还在于，若执着于快乐，快乐本身将构成对人最大的压迫。

做忧伤的苏格拉底，还是做一只快乐的猪？这本不是个问题。没有人能否认自己的灵魂，不管你怎么压制，灵魂随时都会站出来拷问内心，快乐或可伪装，但悲伤从不撒谎。

在墓地沉思生与死

古诗十九首

去者日以疏，生者日已亲。
出郭门直视，但见丘与坟。
古墓犁为田，松柏摧为薪。
白杨多悲风，萧萧愁杀人。
思还故里闾，欲归道无因。

这是一首沉思死亡的诗。

“去者日以疏，生者日以亲”，去者就是消逝的、死去的，生者与去者相对，即新生的、活着的。十九首的惊心动魄就在于，每每以貌似浑然不觉之笔，一语道破人生真相。

除非至亲至爱，我们对死者的遗忘之快，实在连自己都感到吃惊。大诗人博尔赫斯有一首诗，就叫《愧对一切死亡》，诗中说：“我们夺走它的一切，/不给它留下一种颜色，一个音节：/这里是它双眼不再注视的庭院，/那里是它的希望窥伺的人行道。/甚至我们想的/或许也正是它所想的；/我们像窃贼一样已经瓜分了/夜与昼的惊人的财富。”（陈东飙译）以“它”代指死者，寄寓了诗人对死者的同情，死者被当成抽象的东西，不再是从前那个有性别、有回忆、有希望的人。

这首诗因此而触发，接着写到郭门外丘与坟。死亡并不远，就在活人的旁边，生者的城郭其实被死亡包围。欧美国家的城市里多散落着一些墓园，很多人喜欢在里面散步、沉思或看书。古代中国人清明节扫墓，也常常与踏青游春并行，上坟后席地坐在松柏树下饮酒作乐。直到如今，农村的坟地也都在自家村旁，生死比邻，休戚与共。此诗的“但见”，很有目击痛感，出城之后放眼望去，一片荒丘野坟。

“古墓犁为田，松柏摧为薪”，这又是很常见的一种现象。老坟渐渐被铲平，并被人犁田耕种，墓前的松柏也被砍作柴烧。有坟在时，至少证明死者作为“死者”还存在，而古墓和松柏被夷平之后，连“死者”的身份也荡然无存。死者对此什么感觉，我们不得而知，但生者见此情景，却不能不有很大的触动。

秋风忽起，白杨萧萧，诗人心里更多悲凉。风吹白杨的声响，任何人听过都不会遗忘。《诗经·陈风·东门之杨》曰：“东门之杨，其叶牂牂。昏以为期，明星煌煌”，“牂牂”拟声杨树在风中吹动，或许时值初夏，听起来有明媚的感觉，就像约会时的激动心情。大多数诗写杨树都在秋天，白杨萧萧渲染出死亡的氛围。例如陶渊明著名的《拟挽歌诗三首》，其中想象自己被出殡下葬的一首，开头曰：“荒草何茫茫，白杨亦萧萧。严霜九月中，送我出远郊。”

最后，在白杨的萧萧声中，诗人害怕死在这里，他渴望回到家乡，然而却是“欲归道无因”。生不得自在，死亦不得自在，这才是大哀。

细雨湿流光：那些落进诗行里的雨

雨

连云接塞添迢递，
洒幕侵灯送寂寥。
一夜不眠孤客耳，
主人窗外有芭蕉。

在我们生命的某一天，一直在下雨。

谁听见雨落下，谁就会回想起幸福的往昔，所有的时间，将沿着雨声返回，落进诗行里。

雨，就是一首未完成的诗。

细雨湿流光

南乡子

（南唐）冯延巳

细雨湿流光，芳草年年与恨长。
烟锁凤楼无限事，茫茫，鸾镜鸳衾两断肠。

魂梦任悠扬，睡起杨花满绣床。
薄幸不来门半掩，斜阳，负你残春泪几行。

春天的细雨，下得温柔，下得缥缈，下出了无边的孤独中，一个安静的角落。

写春雨之温柔静谧，首推杜甫的《春夜喜雨》为最妙。“随风潜入夜，润物细无声”，妙在这样的“好雨”，知时节而善利万物，故令人喜。

若冯延巳此词，安静的细雨，落在思妇的时间里，长出的便是萋萋的孤寂。

“细雨湿流光”，王国维先生在《人间词话》中说，此五字“能摄春草之魂”。如果春草象征着流光，或将流光还原为春草，这句诗的笔力虽劲，却缺少了新意。

如果流光指就是流逝的光阴，那么“细雨湿流光”便有了使人惊讶的陌生感。细雨打湿芳草没有新意，细雨打湿流光，这样的表达好比用词语变了个魔术，它一下子就能竖起我们的耳朵，全身的耳朵。

杜甫的春夜喜雨，体贴入微，诗的语言和春雨本身一样自然。冯延巳此词在语言上的“不自然”，恰是他作为诗人的创造力。词中的春雨，已不仅仅是细雨，它安静地仿佛时间的一个化身。

第二句“芳草年年与恨长”，接得有力。王孙游兮不归，芳草生兮萋萋。年年芳草生而人不归，恨便与之俱生，与之俱长。

冯延巳另一首《南乡子》，写秋雨，也是细雨，首二句曰：“细雨泣秋风，金凤花残满地红。”春天的细雨下得缥缈，所以“湿流光”。秋天的细雨，虽然也安静，然因秋风萧瑟天气凉，故曰“泣秋风”。

大诗人感觉之入微，下笔用词之准确，可见一端。秋词的下句接得也好，“金凤花残满地红”。金凤花就是凤仙花，俗称“指甲花”，旧时女子染红指甲之用，花多大红和紫红，颜色浓艳。秋雨中，金凤花残满地红，花瓣零落一地红紫，色泽愈艳，愈增凄凉。

此春词“芳草”句之后，“烟锁凤楼无限事，茫茫”。如果是一个晴天丽日，也许会登楼远眺，也会空虚落寞，但不会烟锁凤楼，不会如此“茫茫”。从句式上看，“茫茫”，单独为一句，从视觉和听觉上，都有孤岛之感，仿佛烟锁凤楼是一座孤岛，阻隔于四面八方的相思之雨中。

下片写梦，妙在醒后。杨花满绣床，半掩的门，脉脉斜阳，似乎都是魂梦任悠扬留下的痕迹，或一些什么证据。下片实际上在呼应“细雨湿流光”，细雨模糊了梦与现实，催眠术般引她奔赴了一场神秘的约会。

青苔色的雨

雨的颜色，有时是看见的，有时是听见的。

雨的缓急疏密，人的喜怒哀乐，二者相遇时，雨便呈现出不同的色彩。白雨、灰色的雨、蓝色的雨、黑色的雨，或许还有彩虹色的雨……

寂静中看雨，雨是青苔色，甚至变成青苔。

比如王维的《书事》：

轻阴阁小雨，深院昼慵开。
坐看苍苔色，欲上人衣来。

轻阴小雨，重门深院。诗人独自，枯坐在这里，看雨，听雨。他坐得很静，比雨还静，静得没了自己。他仿佛变成石头，变成枯木，变成雨。

他静得连苍苔也爬上身来——

大诗人王维用雨写了一首诗，并醒着，看自己在雨中入定。

雨不仅会写诗，会变成青苔，而且还会长进梦里。

我们来读南宋诗人方岳的《听雨》：

竹斋眠听雨，梦里长青苔。
门寂山相对，身闲鸟不猜。
客应嫌酒尽，花却为诗开。
莫下帘尤好，恐妨云往来。

竹斋听雨，雨色应该是苍翠的。枕着满世界的雨声，满世界的苍翠，听雨入眠，雨就这样下进梦里。“梦里长青苔”，这一句很提神，感觉上直抵幽冥，足可见雨之色，雨之深。竹斋很静，雨才能下进诗人的睡梦里。梦也极静，以至长出了青苔。

“竹斋眠听雨，梦里长青苔”，此二句臻于化境，通于鬼神，已将题目写尽。三四句勉强接上，写梦醒之后，置身于无人的寂静。“门寂山相对，身闲鸟不猜”，似乎雨中一梦，让诗人走进了太古。

后面“客应嫌酒尽”以下四句，不知为何要写，或许为客而写，感觉明显有点儿多余。前四句意境幽远，添上后四句，反倒嘈杂起来。

不如砍掉“蛇足”，仅截取为绝句，既能让人在雨声中停留更久，亦更切合题目。

寄一夜的雨给你

夜雨寄北

（唐）李商隐

君问归期未有期，巴山夜雨涨秋池。
何当共剪西窗烛，却话巴山夜雨时。

这首诗题目是《夜雨寄北》，字面意思常被解读为“在雨夜写给北方的你”，真正的意思应该是“我将巴山夜雨寄给北方的你”，或是“巴山夜雨对北方的你所说的话”。

置身大巴山深处的诗人，在这个凄冷的雨夜，的确想念北方的家人（应该是他的妻子），想和她说说话。然而归期渺茫，又能说什么，又该怎么说呢。不知说什么才好，不知该怎么说，这种时候就得写首诗了。

深夜又深山。此时的诗人，只是一个看不见的点，沉埋于万吨黑暗。此时能够把他打捞并照亮的，只有那个与他相思的人。在没顶的孤独中，他看见，她清晰如一个梦，朝他走来，手中握满时间。

“君问归期未有期”，这是过去，或许是离别时她问，或许是她在信中问，或许是在梦中问。在等待的每一天，她都在问：你何时归来？然而他没有答案，他被命运困在这里。

这个雨夜似乎黑到了尽头。“巴山夜雨涨秋池”，近乎失语的他，想对她说的话，全都在这一句。听懂了吗？他想说的，雨都替他说了。要听出雨说了什么，得以深山听，以深夜听，以万吨黑暗听，以秋池听，以涨水听，以冷听……

第二句是现在，这个被夜雨充塞的时刻，肿胀而窒息。

接着烛光把时间带到未来。在回忆般的想象中，诗人看见自己与妻子，那时共剪西窗烛，却话此刻巴山夜雨时。这个幻想的将来，被将来回忆的现在，巴山夜雨也将成为甜蜜的回忆。

四句诗中包含三种时间：回忆中的过去的时间、现在的时间、想象中将来的时间。此三种时间并非时间线上的三个点，而是三个互相延伸的维度，折叠交响于巴山夜雨。而雨，就像回音壁，过去、现在、未来，同时在雨中走回来。

据说李商隐写这首寄北诗时，他的妻子已经去世，而他当时并不知道。如果是这样，当他回到北方，此刻的幻想将成为飘向未来的回忆，那时他将坐在他和妻子西窗剪烛的回忆里，一个人。

也有人考证这首诗是寄给长安的朋友。其实不论寄给谁，不论写的是友情还是爱情，都不是我们读诗的重点。读诗的享受并不在于弄清楚诗人对谁说了什么，而在于诗人以什么方式在表达自己，因为诗布置的永远是人与自身的关系。

芭蕉夜雨

同样的雨，落在竹林，落在荷塘，落在芭蕉上，便发出迥异的声响。正如同样的话，说给不同的人听，意思也会大不一样。

我们来听听芭蕉夜雨：

雨

（唐）杜牧

连云接塞添迢递，洒幕侵灯送寂寥。

一夜不眠孤客耳，主人窗外有芭蕉。

题目是《雨》，前两句从视觉和触觉上写，后两句从听觉上写。

雨暗淡了白昼，模糊了万物，增添了寂寥。雨诉诸视觉，更诉诸听觉，尤其是夜雨，尤其是芭蕉夜雨。

后两句写听雨，诗人并没有描述雨的声音，只说“一夜不眠孤客耳，主人窗外有芭蕉”。孤客、一夜、不眠、耳，从这些词，从这两个句子的关系中，雨的声音便被听见，被我们听见了。

值得一提的是孤客耳，“耳”字下得极好。羁旅客愁，在芭蕉夜雨连绵不断的敲打之中，一夜未眠的诗人，似乎被砍伐地只剩下耳朵。

词人李清照刚刚到南方时，和几乎所有北方人一样，立刻为芭蕉树的热带魅力倾倒。芭蕉树在晴昼和夜雨时，给人的感觉完全不同：

丑奴儿

（宋）李清照

窗前谁种芭蕉树，
荫满中庭，荫满中庭，
枝枝叶叶，舒卷有余情。

伤心枕上三更雨，
点滴霖淫，点滴霖淫，
愁损北人，不惯起来听。

上片是晴昼时看到的芭蕉树。词人的眼光明显带着北方的好奇。芭蕉树独特的形象，使得它长在哪里，哪里的风情就有点异域。

下片写夜里听到的芭蕉雨。“点滴霖淫”这几个字，加以复沓，芭蕉雨的形象和声音，惟妙惟肖。

芭蕉叶肥厚宽大，晴光下舒展，很有情的样子。夜里一团漆黑，雨落其上，声响沉滞，且树身矮小，又长在窗外，听起来比北方的梧桐夜雨更为压抑。“愁损北人”，实在令她这个北方人不习惯，不堪重负，以至半夜三更不得不坐起来听。

听雨品出人生三味

人在不同年龄听雨，也会听出不同的风景。

虞美人·听雨

（南宋）蒋捷

少年听雨歌楼上，红烛昏罗帐。
壮年听雨客舟中，江阔云低、断雁叫西风。

而今听雨僧庐下，鬓已星星也。
悲欢离合总无情，一任阶前、点滴到天明。

上片写少年和壮年听雨，都已成往事，都已成回忆中的雨。

少年听雨，雨也是年轻的。在歌楼上听，雨就是歌，就是有情。红烛昏罗帐，雨便是温柔乡。

壮年听雨，地点换成客舟。人到中年，现实已全面铺开，人于其间，如乘客舟漂浮在茫茫江面。此时听雨，听到的雨是无情，背景是“江阔云低，断雁叫西风”。词人的灵魂如同一只孤雁，在寒凉的西风中嗷嗷哀鸣。

下片一转，转到而今，顿有前世今生之感。而今听雨，在僧庐下，前尘如梦，鬓已星星。从前听雨，不论听到什么，不论经历了怎样的悲欢离合，最终都成一场空。

人老了，世界也跟着老了。不论雨在说什么，且任它去说吧，“一任阶前、点滴到天明”。暮年听雨，雨也下进暮年，也像人一样，变成昔日之我的一个幽灵。

或许我既非我，雨亦非雨。或许我们听的从来都不是雨，我们听的，一直是自己。

夏日浓长，一行诗，一寸凉

追凉

夜热依然午热同，
开门小立月明中。
竹深树密虫鸣处，
时有微凉不是风。

又是一年大暑天。

记忆中的童年，满满都是夏天：烈日，鸣蝉，昼长，人静，沉李，浮瓜，风蒲，荷花……夕阳西下，打谷场上，三五邻里，闲坐纳凉，缓摇蒲扇，漫说故事。那时，生活似乎地久天长。

那时是另一个时间，一个农业的时间，一个尚未被钟表劫持的时间。它仍活在很多人的童年记忆里，活在汉语词汇里，活在古典诗词中。

夏天的回忆

忆王孙

（宋）李重元

风蒲猎猎小池塘，
过雨荷花满院香，
沉李浮瓜冰雪凉。
竹方床，针线慵拈午梦长。

这是一组夏天印象画。

生卒年不详的宋代诗人李重元，传世词作只有四首《忆王孙》，分别咏春、夏、秋、冬。

四行诗，四个画面，都是吾民记忆中的夏天。

夏天的池塘和沼泽，多生蒲与荷。蒲高近两米，叶长而尖，丛生如密林，风吹时猎猎作响。“风蒲猎猎小池塘”，是一个听见夏天的画面。

大暑荷花盛开，怎么看都是美景。但荷花本身不是诗，荷花的香气才是诗。在此诗人筛选了一个印象，即“过雨荷花满院香”，雨过之后，荷花浓郁的香气，就是荷花对夏天说的话。

第三行“沉李浮瓜冰雪凉”，那时我们也曾这样消夏。盛一盆凉水，把黄瓜、西红柿、奈李浸在水中。买个大西瓜，下到井里冰着。热煞渴极，捞起食之，甘而不腻，冷而不寒，除烦解渴，诚为消暑快事。因为天太热，所以沉李浮瓜吃到嘴里，冰雪清凉。

最后一行是午觉。午后，卧于竹床上，风轻人懒，或睡或醒，皆入夏天一梦中。

童年的回忆中总是长长的夏天，每个人都可以把那样的夏天谱成一首《忆王孙》。李重元此词广为流传，大概正因为这不仅是他的夏天，更是与吾民记忆中普遍共鸣的夏天。

山里的时间

初读一首诗，我们倾向于先从字面意思去“把握”，想知道这首诗写了什么。字面意思通常可以用散文转述，比如下面这首：

夏日南亭怀辛大

（唐）孟浩然

山光忽西落，池月渐东上。
散发乘夕凉，开轩卧闲敞。
荷风送香气，竹露滴清响。
欲取鸣琴弹，恨无知音赏。
感此怀故人，中宵劳梦想。

山里的太阳忽然西落，月亮从东边的池塘渐渐升起。散开头发，打开轩窗，卧在躺椅上乘凉。清风送来荷花的香气，听得见窗外竹露滴落的微响。这时很想弹琴，可惜身旁没有知音。有感于此而怀念你，直到半夜。

如此转述（或曰“翻译”）是不是很笨拙？虽然字面意思都讲对了，可是索然无味，简直不是诗了。那么诗在哪里？

对这个问题的回答，将触及古体诗和现代诗的根本差异。古体诗的语言首先是诗的语言，而语言的方式就是经验的方式，古典诗人就是以那样的方式感受世界。而我们现代人的经验是散文的，散文的语言是我们感受存在和世界的基本方式，乃至成为我们的思维。这一根本差异注定了我们无法用散文的语言翻译古典诗歌中的感受，反过来，现代人的感受也已不适合用古体诗来表达。现在仍有不少古诗爱好者在写古体诗，虽然自有其写作的乐趣，然而在诗的情调和想象力上，总是不可避免地绕进古典的范式。那种范式与现代人的意识在经验上已经太“隔”。

以现代读者的经验，孟浩然这首诗可能谈不上有多少诗意，就像废名所说的“旧诗是诗的形式散文的内容”。以废名的古典诗修养，这句话是为了引出下面那句“新诗是散文的形式诗的内容”。现代人和古代人时间感不同，价值观和审美不同，对语言的经验也很不同。要真正感受古典诗歌，我们首先得尽可能把自己置身于古代的时间，哪怕童年的时间，或者一个慢时间。

具体到这首诗里，它不仅是古代的时间，而且是山里的时间。“山光忽西落”，第一句就带着惊讶。如若不能体验到神秘，至少也会有深刻的印象。孟浩然在《宿业师山房期丁大不至》一诗的开始也写道：“夕阳度西岭，群壑忽已瞑。”这就是在山里对时间的一个体验，刚刚天还很亮，太阳转过山岭，一下子这边就天黑了。任何在山里有过同样经历的人，都不会忘记那一刻掠过心上的惊讶。孟浩然长期隐居在山里，这种现象于他并不陌生，但他没有因为习惯而无感，他每每吃惊，所以才一再写进诗里。诗几乎就是在惊讶的那一刻发生的。

孟浩然的纳凉怀想

“山光忽西落”的惊讶是诗，“池月渐东上”，写夏日黄昏的悠长，也是诗。两句单独看，有现代的诗意，合为对句，便是古典诗的感觉。山光与池月，都是很古典的命名方式。一忽一渐，一西落一东上，也是古典的想象和修辞、古典的句式和节奏。

接下来是孟浩然的乘凉。“散发乘夕凉，开轩卧闲敞”，如果说这样的乘凉和今人在阳台上乘凉并无太大区别，那么接下来的“荷风送香气，竹露滴清响”，恐怕就与我们有些疏远了。今天也有这些事物，问题是它们能否进入我们的日常，能否被我们的感官捕捉到，又能否拨动心灵的琴弦而奏出音乐？

这样的乘凉本身已足够好了。此时想弹琴也很好，但孟浩然却觉得寂寞，“恨无知音赏”。他似乎总在期待一位知音，在宿业师山房诗中，最后一幕也是怅怅然“孤琴侯萝径”。

中国古典诗人几乎都在寻觅一位知音，作为自己喜悦或忧愁的倾听者。或许只有陶渊明和王维能独立于这个传统之外。陶渊明的“采菊东篱下，悠然见南山”，王维的“深林人不知，明月来相照”，酒可以独饮，琴无须知音，他们也孤独，但那是“独与天地精神往来”之独。

然而，孟浩然此时对辛大的怀想，尽管不够超脱，却很近人情，读来感觉十分亲切。他不是神，而是我们中间的一个人。诗题为“夏日南亭怀辛大”，最终落在怀辛大，可否这样说：荷风送来的香气，竹露滴落的清响，以及这个夜晚围绕着他的一切事物中，都有辛大的存在？而怀辛大就是在倾听这些事物？

纳凉不需要主题

纳　凉

（宋）秦观

携杖来追柳外凉，画桥南畔倚胡床。
月明船笛参差起，风定池莲自在香。

酷暑蒸腾，几无处可逃，那么就得寻找纳凉佳处，此曰“追凉”。追到门外，追到树下，追到河边，那里总要凉快些。杜甫的《羌村三首》其二亦有句曰：“忆昔好追凉，故绕池边树。”追凉真是夏天无奈的快意事啊。

秦少游的追凉，一直追到了画桥南畔。不仅携杖，他还搬来了胡床（即交椅），支于柳下，可卧，可风，可月。

江上有人吹笛，忽近忽远，笛声似乎是明月的反光。而风一停，荷香便漫溢开来。“月明船笛参差起，风定池莲自在香”，纳凉的诗意就在这两句之间。

在被教育的诗歌解读传统中，“主题”像一把幽灵之剑，逼迫我们将所有诗纳入其中，比如有人硬要把这首诗说成“表达了秦观对官场的厌弃”。难道一个纯粹的农人就不能追凉了吗？诗人纵然厌弃了官场，纵然在寻求内心的清凉，难道生活中就不能有一次即兴的纳凉体验？难道任何一次具体的生命审美，都非得在宏大叙事的框架之下？其实，读诗需要的只是一颗干净而敏感的心而已。

凉在何处？

再来读一首宋代诗人杨万里的《追凉》：

夜热依然午热同，开门小立月明中。
竹深树密虫鸣处，时有微凉不是风。

前二句从环境和感觉上铺垫情绪。“夜热依然午热同”，热得无处可逃，几乎要使人绝望了。“开门小立月明中”，小立这个姿态，有些无助，有些安静，诗人并没有因酷热而烦躁不安。

题为“追凉”，凉在何处？最后一句说“不是风”，此话大有意趣。追凉者，皆欲觅风之所在，凉风习习，才能解暑。不是风，凉从何来？第三句“竹深树密虫鸣处”，凉在这些幽深的地方，时不时地，像密码一样递到心上。此种微凉不易体会，只有心里很静，才能被感觉。此等追凉，是功力很深的“追”。

“时有微凉不是风”，结句在邀请读者说出答案，诗人似乎在对我们微笑，没错，心静自然凉。但诗人以具体的情境，细腻而巧妙地传达了心静与微凉的体验，且还包含了条件与限度，因而使这首诗没有沦为空洞的口号。

在诗中觅一份清凉

回到我们的今天，空调普及之后，即使在农村也很少有人纳凉了。纳凉作为一种生活方式业已式微。科技正在深刻地改变着我们和世界的关系，改变着我们对自然、对时间的感知，最终也将改变我们对自身的定义。科技在带来诸多舒适的时候，我们几乎来不及想：有什么正在失去？

回忆童年的夏天，感受古典诗词中的纳凉，似乎有一个古代的灵魂仍活在我身上。我全部的幸福与不幸都来源于此。不幸在于现代世界很难安放一个古代的灵魂。幸福的是还有文字，还可以在古典诗歌中回到另一个时间，重新回到自然万物之中。

最要紧的是，重新在诗歌中体验神秘。诗本身就是神秘，它可以激活被世俗生活掩盖的生命本意，同时也将参与塑造那个本真的自我。

坐在空调房里，需要纳凉的不再是我们的身体，而是我们内心如影随形的焦虑。如果要追凉，我们也得和杨万里一样，追到幽微之静。然而可以猜测，在感觉到“时有微凉不是风”时，他已经在心里写诗了。他追到的其实是诗之静。

世界上没有寂静，诗人们创造了它，用来倾听事物，触摸神秘。没有神秘，我们在生命被物化和异化的时代，将无法获得真正的安慰，也将无从得知我们是谁。

雪落如词，落向我们各自的命运

江雪

千山鸟飞绝，
万径人踪灭。
孤舟蓑笠翁，
独钓寒江雪。

她来自比道路更遥远的地方，
她触摸草原，花朵的赭石色，
凭这只用烟书写的手，
她通过寂静战胜时间。

今夜有更多的光，
因为雪。
好像有树叶在门前燃烧，
而抱回的柴禾里有水珠滴落。

——《雪》（树才 译）

法国诗人博纳富瓦在六十九岁时，以成熟的心智和精湛的诗艺，写下了这首通透的短诗。它简洁而广阔，正如一场薄暮时分的雪。

雪，既具体又抽象，既真实又神秘。雪令人惊讶，甚而令人失语。雪令人想起诸多难题。不同的语言、不同的诗人，都在以各自的方式，对雪的邀请做出回应。

博纳富瓦此诗中的雪，飘进汉语古典诗歌，又是如何被一个个词捕捉呢？

等待一场黄昏的降雪

问刘十九

（唐）白居易

绿蚁新醅酒，红泥小火炉。
晚来天欲雪，能饮一杯无？

黄昏时分，天色变得清亮。一场雪已在路上，空气中弥漫着雪的好意。此刻，仅仅等待是不够的，你还想做点什么，款迎这场雪。

诗人白居易斟上新酿的米酒，点燃小火炉。“绿蚁新醅酒，红泥小火炉”，这些普通的事物，在欲雪天，聚在一起，颜色如此明媚，感觉如此温暖。

新醅酒和小火炉，为谁而备？为刘十九吗？诗题叫“问刘十九”，意思是这首诗是写给刘十九的。但刘十九当下肯定收不到，那么也必定无法赴约。至于他什么时候收到、能不能收到，与这首诗并没有关系。

白居易并非真的在向他发出邀请。新醅酒、小火炉，名为呼唤他，实则为雪而备。“晚来天欲雪”，让诗人想起了刘十九，而后才有了下面的“能饮一杯无”。这句诗的意思也不是叫他来喝酒，而是说此时我怀念你。

一片风，一阵雨，一场雪，甚至任何事物，都可能叫你不期然地想起谁。不需要解释，这是生命的秘密。傍晚的雪意，仿佛刘十九发来的讯息，载满往昔的回忆。

不该草率地声称，“这首诗表达了诗人与刘十九之间的深厚友情”，这种解读对理解诗歌不仅毫无意义，而且还很有害。何以然？对主题的粗糙总结，对伦理精神的过度关注，都会构成对真正诗意的压制。其后果就是在平庸的“标准”之下，你对这首诗并没有什么感觉，因为先行的主题和伦理，已关闭了你的艺术感官。

真正的阅读不是问“这首诗表达了什么主题”，而应该问“这首诗让我感受到了什么”。哪怕是米酒的香味、红泥炉的火光，或感觉到一场雪的来临，忆起某年冬天的一件事，这才是阅读的乐趣和旨归。如果想获得更“专业”的享受，那么不妨再问，这首诗是如何令我触动并使我深省的（如果有的话）？

有考据癖的人会去考证谁是刘十九，会去了解他与诗人之间的交情，答案是刘十九是白居易任江洲司马时认识的一个朋友。白居易此诗作于晚年在洛阳时，遍阅其全集发现，在他汗牛充栋的众多诗作中，为刘十九所写只有两首。由此很难断定他们有“深厚”的友情，即便有，也并不能从这首诗看出。

更关键者在于，这首诗的好，并不需要深厚友情的支撑。一个诗人与他的朋友交情如何，他有多想念他的朋友，与作为未来读者的你我有何关系？那显然不是我们读诗的目的。

这首诗的好也与刘十九无关，我们对它的喜欢不来自肝胆，来自那些美好的事物，那个雪就要来了的温润时刻，它让我们的心微微一颤。

人在某个时候，想起某个人，哪怕仅有一面之缘的某个人，这样的时刻本身就体现出人的生存情境，此一情境孕育出诗意。而在这首诗中，诗人、刘十九、新醅酒、小火炉，以及这场正在来临的降雪，彼此之间构成丰富而隐秘的关系。我们读诗的享受，正在于任由想象驰骋其中漫无目的地旅行。

听，它们在下雪

夜　雪

（唐）白居易

已讶衾枕冷，复见窗户明。
夜深知雪重，时闻折竹声。

依然是白居易的一首绝句。《寄刘十九》捕捉的是雪意，《夜雪》当然是下在夜里的雪。雪落无声，因此写雪多以视觉，佳句如陶渊明的“倾耳无希声，在目皓已洁”、王维的“洒空深巷静，积素广庭宽”等。

乐天此诗写雪却始终不见雪。他一直在床上躺着，雪在外面下，怎么遇见这场夜雪的？

“已讶衾枕冷”，起得惊讶。大凡久居北方之人，对夜雪都有过类似的经验。雪和雨不同，夜里下起的雨以声音将人唤醒，而雪静悄悄地飘，睡眠中的人很难察觉，除非像这首诗里，人被冻醒。

冻醒之后，紧接着又一个惊讶："复见窗户明。"这才反应过来：下雪了。衾枕冷是从触觉感知夜雪，窗户明是从视觉，但不是直接看见雪，而是雪的反光，诚如博纳富瓦诗中的"今夜有更多的光，因为雪"。

创意写作传授的要诀之一就是，用感官来具体描写而不是用概括性的语言讲述。感官具体包括五种感官，我们常常只记得用视觉，偶尔用到听觉或嗅觉。感官描写的好处自然是更具现场感。此诗前两句即是例证。

然而，抛开写作技巧这些事后讨论，诗歌的好句皆来自诗人的直觉，即"文章本天成"。一个诗人的天赋在于，以直觉将本能的体验显现为比喻或形象。看似简单自然，实则大艺无痕，直抵性命。通过衾枕冷和窗户明，夜雪立刻被感知，带着切肤的惊讶与新鲜。

知道外面在下雪，他没有披衣出户去看，似乎连窗户也没打开一下，半夜被冻醒，可见实在太冷。"雪夜访戴"岂可人人为之？还是裹紧被子，窃听雪的动静吧。

夜深尤静，静得不像是静。戛然一声厉响，使人一惊，竹子被雪压折。时而又一声，又一声。雪真大，雪仍在下。醒着，冷着，听着。它们在下雪，在窗外，在夜的寂静中，有大事在发生。

诗人隔窗听雪，听得雪已不再是雪。雪是今夜的访客，雪是自空中不断投下的信，是一首白色的诗，诗中没有一个字。

《夜雪》写雪，我们读到的不是雪，至少不全是雪。我们读到的是被雪冻醒的诗人。他在诗里听雪，读诗的人在雪里听他。

古典诗歌多以意象见长，然此诗纯写细节。以细节取代意象，读来更觉平实轻松，诗人对这场夜雪的本真经验，也更为具体可感。

谁是风雪夜归人？

逢雪宿芙蓉山主人

（唐）刘禹锡

日暮苍山远，天寒白屋贫。
柴门闻犬吠，风雪夜归人。

刘长卿此诗的画面上，是一个在黑暗中大雪纷飞的旅人。此人是谁？

没想到一首简单的诗，“学界”对此却有很大的争议。有人说夜归的是诗人，有人说是诗人投宿之后听见归来的主人。还有人说都有可能，这取决于诗人听到犬吠时是在室外还是室内。

其实应该取决于“柴门”。既然“柴门闻犬吠”，柴门便是诗人看见的。若是已投宿在室内，深夜听见犬吠，知道主人归来，柴门就只是想象。听犬吠知主人归，何必要添个柴门呢？难道是从犬吠的方位做出的判断？

诗人冒着大雪在日暮时分，走到一户山民家门口，想想当他看到柴门时的心情，再有犬吠，这不是天然好诗吗！

诗的写作和诗的阅读是两回事，诗人想写什么与读者会读出什么，结果往往很不一样。诗句可能产生歧义，好诗也经得起误读，但有些读法的确比别的读法要高明。阅读心得是否独特，取决于读者自身的心智。

想象冬日薄暮，下着大雪，一个旅人走在荒山里。你可以想象他的着装，他肩上背着的行囊，他的长相以及走路的姿势，甚至聆听雪在他脚下嘎吱作响。这是催眠，也是通灵，也就是说，你可以藉文字成为那旅人。

暮色中，山色苍而远，你心里生起一阵紧迫感，急于投宿。看见人家了，因为天寒，本来就贫的白屋，显得更贫。旅人的行走，与主人的居所，同在广漠而荒凉的世界。

披雪而来，看见柴门，立刻有了三分暖。柴门也是家门啊，是可以过夜的人间。迎上来的犬吠，热气腾腾，心里顿时暖融融了。

接着再看“风雪夜归人”，犬吠声中，诗人照见自己的形象。也不冷了，大雪纷飞，都化作漫天的惊喜。

一场最高虚构的雪

江　雪

（唐）柳宗元

千山鸟飞绝，万径人踪灭。
孤舟蓑笠翁，独钓寒江雪。

柳宗元以四句诗，创造了一个绝对孤寂的世界。在那里，雪是唯一的景色。

“千山鸟飞绝，万径人踪灭”，千山与万径，鸟鸣与人踪，都已绝灭，只剩下雪。

明末文人张岱在《陶庵梦忆》一书中，记曾在杭州时，大雪三日后，湖中人鸟声俱绝，他乃乘一小舟，独往湖心亭看雪，“天与云与山与水，上下一白。湖上影子，惟长堤一痕，湖心亭一点，与余舟一芥，舟中人两三粒而已”（《湖心亭看雪》）。世家贵公子的张岱，所见之雪景，温柔而繁华，与柳宗元的《江雪》，气质与体温都不相同。

《江雪》的世界，雪铺开的是无边的冷寂。假如没有独钓寒江的渔翁，那就成了死寂，那便不成其为诗。而渔翁作为远景，只是一个象征。你看不见他的面容，他也不发出任何声音，没有任何行动。“渔父”的形象，自先秦以来即象征着避世高人。坐在无边的寂静中，他的“独钓”，也是其钓莫钓。

柳宗元此诗所写，可以看作一个庄子式的寓言。那被雪熄灭的世界，那无边清净的天地，可看作他为自己心灵而创造的王国，渔夫作为他精神的化身，如孤傲的王者独坐其中。这个王国当然是虚构的，乃至抹去世界的大雪，更是一场虚构。

大雪落向现实，落向人们各自的命运，正如一首大音希声的诗，正如这首绝句，是一场以最高虚构实现的救赎。

为什么诗题叫“江雪”？雪静止了世界，但别忘了江水仍在流。渔翁在孤舟上，孤舟在流水上，远远望去，只有雪。

一笑喜相逢：古人的深情

送灵一上人
十年劳远别，
一笑喜相逢。
又上青山去，
青山千万重。

悲喜交集的相逢

从前的朋友，一别二十年，忽然相见，是什么样的体验？我们先来读杜甫的《赠卫八处士》，跟随诗中的叙事，感受下那样的现场：

人生不相见，动如参与商。
今夕复何夕，共此灯烛光。
少壮能几时，鬓发各已苍。
访旧半为鬼，惊呼热中肠。
焉知二十载，重上君子堂。
昔别君未婚，儿女忽成行。
怡然敬父执，问我来何方。
问答乃未已，驱儿罗酒浆。
夜雨剪春韭，新炊间黄粱。
主称会面难，一举累十觞。
十觞亦不醉，感子故意长。
明日隔山岳，世事两茫茫。

如果非要用一句话总结是什么体验，那就是：悲喜交集。才要欢喜，不觉伤悲；才要伤悲，又觉欢喜。真不知是笑是泪，是喜是悲。

朋友阔别，一朝邂逅，能把个中心情写得如此跌宕曲折的，首推杜甫此诗。不是他会写，是他先有那样一颗热心，他的心跳动在纸上，至今仍是鲜活的。

这首诗有点“长”，心情有点多，有点复杂。不像《江南逢李龟年》，杜甫对于李龟年，“岐王宅里寻常见，崔九堂前几度闻”，只是泛泛之交，或许谈不上交往，只是见过，这首绝句也并非专为他而写，而是有感于时难年荒世事动荡。相比之下，《赠卫八处士》感情更亲密，触及的人生体验更普遍，也更深刻。

读此诗能感觉到诗人心，一联一联地律动，一悲一喜，一喜一悲。就在悲喜之间，诗意随律动节奏，汩汩涌出。

“人生不相见，动如参与商”，参与商是分别位于东西方的两颗星，一星升起，另一星即落，永难相见。始二句写人生聚少离多，但不是很多诗所写的那种静态别离，而是动态的，因人生的漂泊不定，彼此总是互相错过。此一悲。

“今夕复何夕，共此灯烛光。”《诗经·绸缪》曰：“今夕何夕，见此良人”，那是新婚之夜的唱诗。“今夕复何夕”，多了一个“复”字，加强了惊喜的语气。因为与你相遇，这个夜晚被举起，变得不可思议。尤其“共此灯烛光”，夜就更加温情而美丽，也如梦似幻地不太真实。灯的普照下，一切宛如来世。此一喜。

接着在灯下见卫八鬓发已苍，我看他就等于他看我。遂感慨少壮苦短，彼此已非当年。时逢战乱，检点曾经的旧友故人，也已零落大半。此复更悲，乃至“惊呼热中肠”。

“焉知二十载，重上君子堂。惜别君未婚，儿女忽成行”，这几句不正是人人有过或即将经历的吗？二十年看似很长，但奔走在人生路上，回想也不过弹指之间。中学时代的朋友，十几二十年不见，虽然知道他们也都在某个地方，和我们一样结婚生子了，也都在变老，但是骤然相见，看到他们身旁陌生的家人，依然感到惊讶：孩子都这么大了！

孩子们看到我们，更觉陌生。“怡然敬父执，问我来何方”，卫八儿女们的彬彬有礼，又不谙世事，令人既觉可爱又觉伤心。杜甫看小孩子的目光，总是仁慈而怜爱，《月夜》中写自己的孩子：“遥怜小儿女，不解忆长安”，他似乎在说：孩子，你不要长大吧，不要把人世间看清。此时卫八的儿女问他来何方，也有人事代谢往来古今之感。

该怎么回答呢？孩子们的问题，几乎都很难回答，要么不能，要么不忍。“问答乃未已，驱儿罗酒浆”，只能顾左右而言他，以不答作答了。

“夜雨剪春韭，新炊间黄粱”，似乎听见夜雨，闻到春韭与黄粱的香味。如果没有两句呢？从上面的驱儿罗酒浆，直接到“主称会面难”，文势也顺，然而这两个细节万万不能少。抓住细节，就是抓住现场。这两句本身饱含情意，而且储存在听觉和嗅觉里的记忆，沉潜最深直抵本能。可以猜知，这个夜晚将在日后的雨声和春韭、黄粱的香味中，一再返回，永不消失。

要怎么才能留住这个夜晚呢？留不住，唯有饮酒：一举累十觞。

相见时难，别亦难，难上加难。然而人生就是聚散无常，就是不断地学习告别。年近半百又遭时乱的杜甫，已经不会天真地相信他们还会再见，他知道人生的界限已临近，很多地方不会再去，很多人也是见最后一次。

所以最后两句“明日隔山岳，世事两茫茫”，异常沉痛，古代的地理阻隔很真实，一别之后隔山隔水，各在两地，生生死死茫然不知。

若以此诗观照今人的聚散离合呢？我们对时间和空间的感觉都变了，离别也不再是地理阻隔，是心理阻隔？是你在那里，我却不想联系你？今天还会有多年前的朋友不期而遇时“惊呼热中肠”吗？一个人死了，哦，这才想起他或她之前并未存在过，想起也只是一下而已，很快如一阵风吹过，水面重又平静。我们不薄今人而爱古人，在古诗中体验或许还能回忆起来的时光，而今人的聚散离合，还得由现代诗来书写。

喜见外弟又言别

喜见外弟又言别

（唐）李益

十年离乱后，长大一相逢。
问姓惊初见，称名忆旧容。
别来沧海事，语罢暮天钟。
明日巴陵道，秋山又几重。

此诗题目已够跌宕，已很匆忙。作者即唐朝大历十才子之一的李益。

与杜甫的《赠卫八处士》一样，这首诗也无须看任何注释，无须了解背景，即能体会诗中的心情。

虽然是一首律诗，读来却自然如流水，诗人但将心情款款叙来，至于平仄对仗是否工整略不在意，不期然而然。

小时候一起玩耍的表弟，十年离乱后，相见已认不出。“问姓惊初见，称名忆旧容”，眼前这个年轻人，如果不知道他的姓名，怎能相信就是自己的表弟？记忆中的他还是当年那个孩子……

“别来沧海事”，战争离乱十年之久，人世发生了多少沧桑巨变啊，他们一直谈到听见钟声，才觉察天色已暮。

而明日又将奔赴巴陵道上，秋景萧索，山岭重重。不论巴陵道上走的人是诗人还是他的表弟，那都将是一个孤单渺小的身影，再次被命运带走。

今日相逢花未发

来读一首南唐冯延巳写聚散的词《忆江南》：

今日相逢花未发，
正是去年，别离时节。
东风次第有花开，
恁时须约却重来。

重来不怕花堪折，
只怕明年，花发人离别。
别离若向百花时，
东风弹泪有谁知。

从前面两首唐诗切换到这首词，感觉会很不同。语感不同，情感力度不同，美感不同。唐诗的语言更有亲和力，情感更真挚深沉，而词的语言则较轻逸，情感也并非悲喜交集，似乎不过是闲情逸致，与聚散的沉重主题有些不配。因语言风格和情感力度的不同，这首词也在美感上有些迥异。

历侍三主的南唐宰相冯延巳，其词虽不及李后主，但仍当之无愧为一代词宗，开北宋词先河。若不与唐诗作比，单就词论，这首《忆江南》还是很有新意的。

“今日相逢花未发”，相逢的时间似乎“不对”。去年相逢，未等到花开，不得不别离，而怎料今年又是如此。年年相逢，都等不到花发，这就有了新意，引发了一首诗（词）。因此“花发”就是此词的“诗眼”。

下面很自然地想到明年，“东风次第有花开”，明年我们必须约定花开时重来。如果相逢可以安排，就不能让错失成为命运将我们主宰。

重来时花开堪折直须折，怕的是再次等不到花发时节。别离若向着百花时，纵然伤悲，别人还以为是花溅泪呢。

写人生聚散离合，唐诗最好。词中李后主境界之大、感慨之深近于唐诗，但受限于词与生俱来的美感特质，以及长短句带来的涣散感，境界上仍不及诗境之阔大有力。

一笑喜相逢

最后，让我们回到唐诗，再读一首相逢又别离的诗。

送灵一上人

（唐）陈羽

十年劳远别，一笑喜相逢。
又上青山去，青山千万重。

这首五言绝句文字很简单，却画出了人在茫茫时空中漂泊不定的形象，与陈子昂《登幽州台歌》笔力相当。

“十年劳远别，一笑喜相逢”，没有因为十年远别怀想而陷入悲伤，正因相逢难，故尤为欢喜。前两句是时间维度中的人。

“又上青山去”，第三句转到别离，也转到空间。最后一句“青山千万重”，眼看灵一上人入山，消失于群山之中。后两句是空间维度中的人。

人同时存在于时间和空间，人与人的相遇和别离，也在这两个维度的交错之中。而在古代，远别之远，既是空间上的阻隔，也有时间上的漫长，那时的空间还可以用时间来丈量。

时间就像一条小溪，把一个人带来，旋即又带走。一个人上山，很快就会看不见。李太白诗“却顾所来径，苍苍横翠薇”，当他从终南山上下来，回头一看，但见苍苍翠薇连成一片，“横”就是密实，根本看不到刚才下山的路。山径且看不见，何况人作为一个移动的点。

一座山已很远，又有千万重山。这首诗送的是一位禅师，最后一句的感觉就不单是聚散的惆怅，还引申出对上人出离尘世的敬仰。

作为现代读者，我们却可以从中读出象征的意味。当一个人沿一条街离去，在十字路口消失，而街与街如同棋局，你不知道那人最终去了哪里。或曰象征着世界，一个人乘一列火车离开，或于机场搭乘一架航班，去往某地，而那某地正在“青山千万重”之中，浮生如梦，我们与同一个人能有几次萍水相逢?

想起罗马尼亚诗人索雷斯库的诗《透视》:“假如你移远一点 / 我的爱将像你我间的空气 / 那样成长。　假如你移得相当远 / 我将以你我间的山岳 / 水流以及城市 / 来爱你。　假如你以一条水平线为准 / 再次移远 / 你的侧面像 / 将由太阳、月亮和半个天空组成。”

不论何时何地，看着一个人在视野里消失不见，总会顿起一瞬永别之感。即使立刻可以用手机联系，那个消失点在心里也是悲伤的。

汉乐府《善哉行》第一解曰:“来日大难，口燥唇干。今日相乐，皆当喜欢”，为宴会时主人劝客尽欢之歌。来日纵无大难，相遇亦很稀罕，相遇且又相乐，即是莫大的善缘。能不喜欢，能不赞叹？！

用诗，重新定义星星的距离

古诗十九首

迢迢牵牛星，皎皎河汉女。
纤纤擢素手，札札弄机杼。
终日不成章，泣涕零如雨。
河汉清且浅，相去复几许。
盈盈一水间，脉脉不得语。

《古诗十九首》最早见于南朝梁昭明太子萧统编撰的《文选》，诗的作者均不详，一般认为非一时一人之作。这十九首诗，今天每首诗下署名概用“无名氏”，如果改成“无人”，那就更有深意了。

法国大文豪福楼拜有一句名言：“呈现艺术，隐藏艺术家。”古诗十九首正是如此。何必有一个某某某，给后世迷信履历表的人去牵强附会？我是那说话与讲述之人，除此无他。无名何尝不是一个更普遍的人？无人何尝不是一个更本质的人？

清代陈祚明在《采菽堂古诗选》中评价古诗十九首：“人人读之皆若伤我心者，此诗所以为性情之物。而同有之情，人人各俱，则人人本自有诗也。”

读诗就像拍电影

古诗十九首

青青河畔草，郁郁园中柳。

盈盈楼上女，皎皎当窗牖。

娥娥红粉妆，纤纤出素手。

昔为倡家女，今为荡子妇。

荡子行不归，空床难独守。

想象你在拍电影，把诗的每一句、每个字都以画面传达出来。这是一个可以快速调动我们感官的不二法门。放下“理解”的焦虑，但以直觉去感受，读诗就会和看电影一样有趣，你心里也将不期然而有所得。

“青青河畔草”，这是一个空镜远景，因为有河，而草在河畔绵延。这是我们都能想到的，但怎么拍出诗里的或你自己独特的感觉呢？取决于我们对诗意的敏感。所谓景语皆情语，空镜并不空，否则就是多余的。

单独一句诗很难准确把握其情绪。通读全诗之后，我们至少知道画面上草色青青，呈现出春天的勃勃生机。“青青河畔草，绵绵思远道”，青草在河畔绵延，会不会像疯长的思念？河流从远方来，本身又像时间的流逝，是不是有点忧伤的意思？而青草的生机与时间的忧伤之间，是不是还构成某种张力？不要被这些问题吓到，我们并不是真的拍电影，只是以这种方式唤醒并调动感受而已。

第二句是个中景，将我们的视线由河畔移至花园。“郁郁园中柳”，“郁郁”形容柳的意态，杨柳堆烟春意盎然。春天在步步逼近，已经烂漫到窗前。很自然地，我们感觉主人公就要出现，实际上河畔草和园中柳，我们已经在用她的眼睛观看。郁郁、青青，难道没有使用她心情的滤镜？

“盈盈楼上女”出现，这个近景十分惊艳。“盈盈”是体态，镜头还在趋近，至“皎皎当窗牖”。有没有感觉被她照亮？“皎皎”就是光彩照人。宋玉在《神女赋》中写巫山神女曰：“其始来也，耀若白日初出照屋梁；其稍进也，皎若明月舒其光。”“当窗牖”，很有冲击感，她年轻的美色似乎把春天都照亮了。

镜头再拉至特写。“娥娥红粉妆”，我们看清楼上女容貌的姣好，以及她的红粉妆。这是个很重要的信息。古代人讲“女为悦己者容”，嫁作人妇之后，此悦己者则默认为你的丈夫。如果丈夫在外远行，妇人似乎应当无心梳洗，不应该精心打扮，否则将有不守妇德的嫌疑。但这位女子却不，她被春天呼唤着，化了妆，上了楼，而且当窗牖。

不止这些，她还“纤纤出素手”。出素手的动作颇值得玩味。一个导演，一个演员，能否把这个动作拍好、演好，功力高下立见。这个似乎无意识的动作想说什么？恐怕很难说清楚，不妨再往下看。

接着两句像一个画外音，或者闪回，以回忆的画面呈现出她的心理活动。“昔为倡家女，今为荡子妇”，哦，原来如此，我们知道了她的身份：曾经是歌儿舞女，后来嫁给了一个荡子。“荡子”并非我们今天所说的品行不端，而是指常年游荡在外的男子，可以是游宦或经商。

这里很容易让人想起唐代白居易的《琵琶行》，那也曾是倡家女而嫁作商人妇，但要注意，她们的处境有本质的不同。琵琶女是“年长色衰，委身为贾人妇”，而盈盈楼上女并没有年长色衰，她还很光彩照人。处境不同，心态当然也会不同，不可一概而论。

最后两句“荡子行不归，空床难独守”。道学家读到这里，大约总要颦眉而切齿了。但此诗没有因道德审判而销声匿迹，相反因为诗歌本身的艺术以及它巨大的想象空间，吸引着一代又一代的读者。

这两句的微妙心情，应当由“出素手”的动作去体现，她伸出窗外的手在渴望什么，在困惑什么，想抓住什么……

此诗历来被浓墨圈点的地方，还在于开头六句连用六个叠字。青青、郁郁，盈盈、皎皎，娥娥、纤纤，除了叠字本身的读音美感，一平一仄一浊一清交错相映，制造出天籁般的和鸣。

至于空床有没有独守，要不要独守，都和诗歌毫无关系。如果有谁对此感兴趣，尽可自己续写一个故事。我们读诗的热情在于语言文字的审美，在于感受他人生命的处境，那些处境可能是喜悦的，可能是困惑的，可能是疼痛的，更可能是不知如何是好的心情交集。而诗中的“他人”，不是别人，正是你和我，是我们所有人。

请以万有引力计算距离

古诗十九首

迢迢牵牛星，皎皎河汉女。
纤纤擢素手，札札弄机杼。
终日不成章，泣涕零如雨。
河汉清且浅，相去复几许。
盈盈一水间，脉脉不得语。

牛郎织女的传说版本众多，但故事主题据说是感天动地的爱情。儿时懵懂读之，既不明爱情，亦未被感动。心中倒是疑问丛生，比如为什么王母那么狠心？为什么说这是个美丽的故事，一年才能见一次，不是很悲惨吗？这些疑问伴随着个人成长，慢慢地显示出神话的力量。

牵牛、织女为二十八星宿中的两个星宿，属于北方玄武七宿。星宿是一组星星，数量不等，上古人经过长期观察，根据星星之间排列的形状，为星宿一一命名，并以星宿出现或方位的变化，判断方向或时辰的早晚。

《诗经》中例如“三星在天”“明星煌煌”“七月流火”“月离于毕”等，都是关于星宿。牛女二宿首次出现在诗歌中，是《诗经·小雅·大东》的句子:“跂彼织女,终日七襄。虽则七襄,不成报章。睆彼牵牛,不以服箱。”可以看出，这是由牵牛、织女的名称而来的隐喻式联想。到了汉代，牵牛织女的故事已在民间广为流传。

诗歌语言就像古老故事的残片，重新创造关于世界的神话。当我们仰望星空，时间立刻变得浩瀚，我们的想象开始插上翅膀。此诗中“迢迢牵牛星，皎皎河汉女”，一个遥远，一个明亮，仿佛相思的两个人。接下来四句写织女的哀伤，不管她织的是布还是天上的彩霞，那札札声都是压在她身上的劳作，都是将她囚禁的命运。

最后四句写牛郎织女的距离。“河汉清且浅，相去复几许。盈盈一水间，脉脉不得语”，河汉看上去清且浅，可是不知有多远，一水之隔，却只能脉脉无语。传说中王母用金钗划了一条河，牛郎便追不过去了。很多民间传说中都有河，比如用剑划一条河，就把追赶的人或鬼挡在对岸。河产生的不仅是地理的距离，更有心理的、不同世界之间的距离。《诗经 · 河广》曰 :“谁谓河广，一苇杭之。谁谓宋远，跂予望之"，与此类似，都在哀叹河虽不广，然而难得相见。

今天有人以科学反驳这首诗，称天文学家已测知牛女二星宿相距足足 16.4 光年，远得不可能知道彼此的存在。这个反驳大煞风景，但不怪科学，只能说这些人没有用心感受诗意而已。科学与诗意并非水火不容，科学的极致就是诗意，诗意也往往给科学灵感。二十亿光年的孤独，这是科学，也是诗意。古人不知道星星可能是早已陨灭的天体在亿万年前发出的光，而我们今天知道了，诗意并没有变少而是变多了，变得不一样了。

这首诗的高妙其实在于，诗人说的是一种不可跨越的距离。它在古代传说中有时是仙凡之隔，有时则是星空的秩序，星宿各有其位置和使命，这便更具悲剧色彩。不论人、仙、星宿，都得遵守宇宙法则，这才是不可跨越的距离。

然而，神话与诗的力量正体现在与之对抗，多少光年并不能表示距离长短，因为诗人听见星星在说，请以万有引力计算我们之间的距离。

爱得更多的那人

古诗十九首

孟冬寒气至，北风何惨栗。
愁多知夜长，仰观众星列。
三五明月满，四五蟾兔缺。

客从远方来，遗我一书札。
上言长相思，下言久离别。
置书怀袖中，三岁字不灭。
一心抱区区，惧君不识察。

读这首诗，让我们把焦点放在时间，体验诗中的时间如何变幻、倒流并折叠。

"孟冬寒气至，北风何惨栗"，诗从孟冬写起，但离别不是这时才开始，而是孟冬的寒气像一道鞭子，打在诗中的人身上。北风惨栗，她的世界又被吹出末日的滋味。

"愁多知夜长"，这一句的时间过得很慢，有碾压的感觉。"仰观众星列"，看星星似乎是浪漫的，这里却是无助无奈。众星是宇宙的时间，在寒冷的夜里，在那样的高度，很难给人以安慰。

接下来的"三五明月满，四五蟾兔缺"，像电影镜头的叠化，不仅让人感觉到时间流逝，而且有等待的漫长和心酸。月亮圆了，缺了，又圆，又缺……望月的人变老了。

"客从远方来"，这句很跳跃，有点突兀。客从远方带回一封信，来自她日夜盼归的人。"上言长相思，下言久别离"，没有说归期，但这些表白仍是甜蜜的，至少没有坏消息。在茫无际涯的等待之海，这封信仿佛一根救命稻草。

"置书怀袖中，三岁字不灭"，此时我们像坐了过山车，信竟是三年前收到的。再想想客从远方来，作为回忆并不突兀。这封信不知被读了多少遍，字虽不灭，那些言语却日渐暗淡了吧？

回忆也在回忆中虚化变形，所以有最后的“一心抱区区，惧君不识察”。信虽然天天带在身上，但那人却像断线的风筝去向不明，爱情渐渐成为一心抱区区的坚持。此时，对于这坚持，对方若能识察，就是她最后的奢望了。

爱常常不能对等，或不同时，或不同质，总之充满遗憾。那么还要不要勇敢去爱？想起一首很感人的诗，美国诗人 W.H. 奥登的《爱得更多的那人》，在此节选前两节以赠大家：

仰望星辰，我很清楚
为了它们的眷顾，我可以下地狱。
但在这冷漠的世上，
我们不得不对人或兽怀着恐惧。

我们怎能指望群星为我们燃烧
以一种无以回报的激情？
如果爱不可能对等，
愿我是爱得更多的那人。

在冬天爱一个词人：纳兰词五首

长相思

山一程，水一程，
身向榆关那畔行，
夜深千帐灯。
风一更，雪一更，
聒碎乡心梦不成，
故园无此声。

冬天是寂寞的，
高楼改变不了什么。

有人枕着黑夜，
听风怎样把世界吹空。
有人走向荒野，
看生命如何真实而陌生。
冬天正在做梦，
梦见更多更严厉的冬天。

地平线上，
仿佛永远有一列火车，
满载空空的记忆隆隆而过，
而过——几点浮游的灯火
令世界恍若失而复得。

塞外风雪像一场梦魇

长相思

山一程，水一程，

身向榆关那畔行，
夜深千帐灯。

风一更，雪一更，
聒碎乡心梦不成，
故园无此声。

长相思，又名“吴山青”“越山青”“山渐青”。相思如江水，日夜流未央。流向何方？白居易的《长相思》“汴水流，泗水流，流到瓜州古渡头，吴山点点愁”，相思随着长江水，流向江南的方向。

纳兰性德却走向山海关之外，在冬天，水不绿，山不青，亦无人为他泪盈。他因扈从康熙皇帝出关东巡而离开京城。

“山一程，水一程”，风雪凄迷中，行军的队伍，跋涉了一程又一程。榆关那边，已觉很远，然而队伍仍朝着那边的那边，不停地行走。此身跟着队伍，向榆关那畔行，这是身的无奈，更是心的悲哀。

寒冬凛冽，万物闭藏的季节，人在此时应该围着炉火而坐，而不是在塞外艰难地跋涉。

天黑前，队伍在旷野扎营。军营之多，远望灯火如点点繁星，这个场景可能有些人为之光荣，但对于诗人，对于一个悲悯的人，那是一种愚蠢的光荣。诗人看到的“夜深千帐灯”，实则是天地无情，是人的悲剧处境。在风雪的威严统治中，千帐灯点亮的不是光明，反而是人类的弱不禁风。点点星火随时会熄灭，一旦熄灭，所谓世界，将即刻跌入宇宙的黑暗。

纳兰平居感怀之词，多哀感顽艳，塞外之作，笔力却异常矫健，境界转而壮观，此亦江山之助也。塞外的粗犷和蛮荒，在词人笔下激荡出一股遒劲的力量。

“风一更，雪一更”，难以入睡，诗人整夜在听，听风雪交加的酷寒，听着长夜漫漫。风雪呼啸，一更又一更，似有无数恶灵，哭嚎飞跑，一群群奔过广漠之野。

祝福在风雪夜安睡的人，祝福他们的梦不要被吵醒。在这样骇人的冬夜，独自醒着是悲哀的。

梦既不成，乡心又被聒碎，叫你无可逃避。不仅因为风雪声音之大，更因这样的声音在故园是没有的。“故园无此声”，绝域之风，像一场可怕的梦魇，把故园吹到天边，把乡心吹散。

归梦隔狼河

如梦令

万帐穹庐人醉，
星影摇摇欲坠。
归梦隔狼河，
又被河声搅碎。
还睡，还睡，
解道醒来无味。

仍是1682年，仍在塞外行军途中，已至辽东。这个夜晚，队伍驻扎在白狼河畔。

大约东巡行将告终，诗人的心情变得轻松。皇帝入夜大宴随从，大家坐在圆形的毡帐里痛饮，但见“万帐穹庐人醉”。饮罢，踉跄着步出营帐，抬起迷离醉眼，仰望星空，看到一幕奇景——“星影摇摇欲坠”。此景非饮醉不可见，此句非亲临塞外、亲见壮阔星空不可得。

夜里，或许因为饮醉的缘故，诗人顺利入睡。他做了个梦，梦见归家，却半途而醒。“归梦隔狼河”，故园已远，狼河之险，纵使梦魂也难以逾越。

河声喧响，响彻静夜，惊醒了诗人，搅碎了他归家的梦。

不想醒来，却醒来。醒来后，唯有寒冷与孤寂相伴。“还睡，还睡”，不如睡去，不如回到梦中。然而，河里奔腾的狼嚎，能叫他睡着吗！

入夜空城黑

菩萨蛮

黄云紫塞三千里，女墙西畔啼乌起。
落日万山寒，萧萧猎马还。

笳声听不得，入夜空城黑。
秋梦不归家，残灯落碎花。

此词仍是随帝巡边时所作，不过这次是在近边，是在秋天。

紫塞指长城。秦筑长城，因土色紫，故称紫塞，汉塞亦然。不论后来土色是不是仍紫，云是不是仍黄，“黄云紫塞”这四个字，这两个事物命名，却能让人顷刻感觉到边塞的苍茫气象。

“三千里”，不是夸饰，而是边境在想象中写实的延伸。辽阔真辽阔，难守亦难守。女墙指城墙上凹凸的短墙，乌鸦“哇”的一声飞起。注意是从西畔飞起，时值秋天，西边可是肃杀的方向。近在眼前的女墙啼乌，给远在天边的黄云紫塞，带来一个虚幻的深度。

“落日万山寒，萧萧猎马还”，此二句雄浑莽苍，直追盛唐。此处让人不能不想起陈子昂的《登幽州台歌》：“前不见古人，后不见来者。念天地之悠悠，独怆然而涕下。”子昂当年所登若非幽州台，纳兰所在若非紫塞，岂能有此天地悠悠独立苍茫的千古之慨?

入夜，宿于边城。城中并非没有居人，但由于太静，太黑，太冷，因而形同一座空城。荒凉黑静之中，飘来缕缕笳声。听不得，还是不要听了，那笳声把夜吹得更黑、把城吹得更空。

纳兰扈从巡边，思家情切，夜则冀于梦归。然而，偏偏总是梦又不成、灯又尽，独醒愁坐，无聊赖地呆看“残灯落碎花”。

黄云，紫塞，千里，啼乌，落日，萧萧，猎马，笳声，空城，残灯……词人对这些事物的看见和命名，精确地呈现出塞外秋天与边城寒夜的质朴面貌，以及自身在客途中与之遭遇的他者心情。

当时只道是寻常

浣溪沙

谁念西风独自凉，萧萧黄叶闭疏窗。
沉思往事立残阳。

被酒莫惊春睡重，赌书消得泼茶香。
当时只道是寻常。

以上三首边塞词，均作于其妻卢氏亡故之后。故可想见，词人归梦难成的心情并非完全起于绝域的外境。据说卢氏多才多艺，与纳兰结婚才三年便撒手人寰。这首《浣溪沙》为悼亡词。

任何一段欢乐时光，失去以前，谁不道是寻常？即便当时并不尽是欢乐，即便卢氏并不多才多艺，当那段时光永远逝去，隔世回望，一个个平凡的细节，无不绽放出惊人的美。

家里添一个人不觉多多少，走一个人却立刻空很多。死者长已矣，生者常戚戚。西风吹起，词人伶俜独立，身心俱凉。然而更凉的是“谁念”，更无人念其凉，才是彻骨的凉。

萧萧黄叶，如风中的言语，如孤寂的记忆，片片飘向紧闭的疏窗。残阳余晖，一贫如洗，时间正在生锈，往事的碎屑闪闪发亮。

那是春天，当他喝醉了酒，她总是轻轻说话，轻轻地走，怕惊醒了他的醉眠。但他当时只是半睡，所以记得她轻轻的样子。还有赌书泼茶，此类日常生活的闲情雅趣，李清照与其夫有之，沈三白与其妻亦有之。概神仙眷侣皆有之，亦皆难得长久。

笑影犹在，茶香犹在。一阵冷风，只是瞬间，黄叶就落满他的身边。只是瞬间，家就成了一座废园。

写在冬天的悼亡词

临江仙·寒柳

飞絮飞花何处是，层冰积雪摧残。
疏疏一树五更寒，
爱他明月好，憔悴也相关。

最是繁丝摇落后，转教人忆春山。
湔裙梦断续应难，
西风多少恨，吹不散眉弯。

清代词家陈廷焯在《白雨斋词话》中，评此词曰："言之有物，几令人感激涕零"，并推为纳兰词集《饮水词》压卷之作。

此词借柳伤怀，所怀者谁，说法不一，分歧在于谁是湔裙人。关于"湔裙"，典故有二：

一为李商隐在《柳枝词序》中所记之事，即洛中里女子柳枝与商隐之弟李让山相遇相约，谓三日后她将"溅裙水上"来与他相会。如此则暗指情人，此词所赋便为艳情。

二为《北齐书·窦泰传》所记，窦泰之母有娠，期而不产，大惧。有巫告之曰：“渡河湔裙，产子必易。”泰母从之，俄而生泰。后成风俗，谓女子有孕，至河边洗裙，分娩必易。如此则喻其妻卢氏难产而死，便为悼亡词。

以纳兰对卢氏的深情，以及词中似淡实浓的思念，在此取悼亡说。

弱柳的飞絮飞花，如浮世一场春梦，空缱绻，徒风流。在冬天，更是消失得无影无踪，更有“曾冰积雪摧残”，仿佛连梦痕都被冰封，被清理得干干净净。

只剩下疏疏一树，孑立于五更的严寒，明月下，清晰如一个故事的骨架，一艘沉船的残骸。然而痴情者“爱他明月好，憔悴也相关”，虽已憔悴，却仍相关，仍是当年明月，当年柳枝，仍是流水今日明月前身。

“最是繁丝摇落后，转教人忆春山”，繁丝指柳叶，柳叶比眉毛。与当时只道是寻常一样，失去后以缺席而从记忆中复得。柳叶落尽，转而更忆春山，亡妻逝去，她的样子也在追忆中愈加清晰。

湔裙梦断，李商隐的典故似更浪漫，不妨拿来用在这个梦里。天上人间心有灵犀，故人入我梦，明我长相忆。盼望在梦里相见，聊慰相思，然而好梦易断，再续应难。

“西风多少恨，吹不散眉弯”，西风萧瑟中，愁眉独坐的那人，似他，似她，似一个早就把有情众生都写了进去的故事。

纳兰性德出身与皇族沾亲，自幼饱读诗书，文武兼修，十七岁入国子监，十八岁中举，次年成为贡士。后殿试考中二甲，二十二岁即获赐进士出身，深受康熙皇帝赏识，并作为贴身侍卫多次扈从出巡。

纳兰虽以词名于今世，然其学识广博著述颇丰。一生笃意经史、书法、诗文，建藏书楼“通志堂”，坐拥古书万卷。曾耗资四十万金，编辑宋以来诸儒学经之书《通志堂经解》共1860卷。

王国维先生在《人间词话》中推崇纳兰词为“北宋以来，一人而已”，称其词之好，在于“以自然之眼观物，以自然之舌言情。此由初入中原，未染汉人风气，故能真切如此”。

《浣溪沙》词曰：“残雪凝辉冷画屏，落梅横笛已三更，更无人处月胧明。　我是人间惆怅客，知君何事泪纵横，断肠声里忆平生。”夜半闻笛，月胧明处，暗自惆怅落泪，此中深情，对谁也说不明。他悲伤的不止这个叫纳兰容若的自己，从横笛的断肠声里，他听到千千万万个人，在把各自的平生追忆。

纳兰一生荣华，却似全不在意，唯情重如此，读《饮水词》可知。年仅三十，终以情死。

在失落中歌唱幸福：晏殊的小令

浣溪沙

一曲新词酒一杯，
去年天气旧亭台
夕阳西下几时回
无可奈何花落去，
似曾相识燕归来
小园香径独徘徊

当一个人失去他的恋人，起初他会说："请你回来吧。"此时他并没有在写诗。

然后，他继续呼唤：" 某某，回到我身边吧。"

她没有回来。

再过些日子，他将喃喃自语："我的爱，我多么想念你的笑声，我多么想看见你的眼睛。"

而后，他开始回想他们在一起的很多细节，并将它们用文字描述，比如："记得那天傍晚，我们坐在海边，游人散后，沙滩上一片寂静。月亮升起，我们不说话，听海浪阵阵轰鸣。"

这时，他已经在写诗。他不仅是在悲叹曾经的恋人，更是在失落中赞美、并重新获得往昔的幸福。

为了爱，我爱你

浣溪沙

一向年光有限身，
等闲离别易销魂。
酒筵歌席莫辞频。

满目山河空念远，
落花风雨更伤春。
不如怜取眼前人。

如果说每一首好诗都应该像最后一首诗，都应该凝聚着诗人最后的意志，那么每一首好诗便都是哀歌。我们不是在快乐中，而是在痛苦中才能更清醒地感受生命，因而也才能唱出动人的歌。

晏殊一生富贵，享有极殊胜的人天福报。他的词中没有个人的羁旅愁叹，更无所谓怀才不遇。富贵如意之人，对生命的体验就全都是快乐吗，对人生就纯粹只是赞美吗？如果是，那只能意味着这个人没有智慧，因为他看不到在有限的福报之外，还普遍存在着更大无常与生死。不论作为宰相还是诗人，晏殊的高贵，都不在他的富贵，而在于他有智慧，所以他的词中有一种大悲。

所谓大悲，与个人的得失荣辱无关，而是，比如这首《浣溪沙》的第一句“一向年光有限身”。一向就是一晌，即一会儿。急景流年，不过片刻之间。有限身，不仅是说生命的长短是有限的，即时间对生命长度的限制，而且还暗含空间对生命的限制。

人不能两次踏入同一条河流，这是时间；人不能一次同时踏入两条河流，这是空间。一个人觉察到时间和空间对生命的限制，本身就是大智慧，由此将在心里自然地生起大悲。

片刻光阴有限之身的人生，却还有如此多的离别，更有很多离别还是“等闲”的。等闲离别，不妨这样理解，即并非有什么重大原因，比如战争、死亡或别的不可抗力，也就是说这样的离别不是必需的。但不知为什么，人却总要面临这样的离别，所以更添伤感。“一向年光有限身，等闲离别易消魂”，这两句诗实在极好，寻常道来却惊心动魄。

下句“酒筵歌席莫辞频”水到渠成，但我们也不要粗暴地以“及时行乐”等闲视之。“莫辞频”是明知留不住仍欲再三挽留，也非挽留，只是勉为流连。只有看清了人生无常的真相，才会懂得每一个正在逝去的当下有多么珍贵。

下片转至别后。那人已经走了，留下“满目山河空念远”。如果说“我将以你我之间的山岳、水流和城市来爱你”，这样的现代诗也很美，但晏殊这句别是一种滋味——“空”的滋味。那人走了，世界空了。满目山河，放眼望去一片荒凉，世界既大且空，且有重重阻隔的感觉。然而仍要情不自禁地念远，结果也只能是“空念远”了。

千山万水的阻隔之外，又有风雨飘摇的时间流逝，即“落花风雨更伤春”。那人走了，看不见了，春天也要走了。落花风雨与词中人的心情互相呼应。

末句飘忽而出，如一个顿悟。“不如怜取眼前人”，此中深意亦非某些人所谓的“享受生活、超脱愁苦”，这种功利而陈腐的解读，实在对不起晏殊的天才。超脱愁苦唯一的方法就是直面愁苦，享受生活的唯一途径也是不逃避愁苦。逃避没有用，现实总会睁大你的眼睛。

这一句为什么是个顿悟？设想前两句的情境，词中人在为失落而哀叹……在哀叹中，他恍然：眼前人很快也将逝去，事实上每一刻都在成为过去。“不如”不是为了快乐而做的现实计算，而是因为爱和无常，不如将对那人的思念放在眼前人身上。正如法国诗人艾吕雅在《我爱你》诗中所写:“为了爱,我爱你/为了对抗虚幻的世界,我爱你。”

几乎是同样的一天

浣溪沙

一曲新词酒一杯，
去年天气旧亭台。
夕阳西下几时回。

无可奈何花落去，
似曾相识燕归来。
小园香径独徘徊。

遗忘是不可能的。你想忘记的事，世界替你保存着。你想忘记的人,总是一再被带回:被一个词、一首歌、一个声音、一种天气……甚至那个人以缺席的方式，从未离开过你。

这首词很像一个纪念日。本来决意要抓住当下的，所以有“一曲新词酒一杯”。新词就是当前的流行歌曲，像王昌龄那句“琵琶起舞换新声”。新词、新声都指美妙的新曲子，本该叫人开怀的。然而，在王昌龄诗里，诗人听了之后，却“总是关山旧别情”。晏殊的一曲新词酒一杯，比对酒当歌更要高昂，但去年的天气猝不及防地把他带回。

“去年天气旧亭台”，几乎是同样的一天，一切都在，除了那人不在。物是人非，人物俱非，哪个更好？离去的人，把这里变成一座废墟，供被留下的人凭吊、缅怀。

“夕阳西下几时回”，有人不理解这一句，纳闷：夕阳西下，不是明天就回来了吗？貌似如此。但我们应该再问：明天的太阳是今天落下的太阳吗？或许还可以这样问：看见落日的人，他自己是否就是落日？

同样，明年春天回到枝头的花，还是去年那些花吗？也许是，纵然是，但花开花落，又是跟着谁的口令？花既盛开，零落便让人无奈。而这正是最吊诡的地方，如果没有无常，如果花长开、人长在，那就不会动人情怀。美之所以为美，正在于美是短暂的，美终将凋零。

“无可奈何花落去”，在一首诗里被唱出时，这种心情便已超越了哀叹，已变成在失落中的赞美。只有在失去之后，人才会更强烈地感觉到之前的存在，而后开始满怀深情地在失落中歌唱那幸福。

花既如此，再看燕子，“似曾相识燕归来”。应该就是去年的燕子，但以无常观之，也只是似曾相识。燕子既是去年的燕子，又不是去年的燕子，因为燕子有一天也会死。对一个人的思念，也往往在似与不似之间。

最后，我们看到的是一个孤独的身影，徘徊在小园香径，正在失去姓名与面容……

写一封无法寄出的信

清平乐

红笺小字，说尽平生意。

鸿雁在云鱼在水，惆怅此情难寄。

斜阳独倚西楼，遥山恰对帘钩。

人面不知何处，绿波依旧东流。

这首《清平乐》唱出来一定很好听，和晏殊的很多小令一样。《珠玉词》中，没有长调慢词，没有游山玩水，没有交酬唱和。一百三十首小令，珠圆玉润，婉丽可人。

好的歌词都隐约在讲一个故事。像梦一样的故事，只是些模糊的情节，或某个惊鸿一瞥，任读者听者梦游其中，想象或回忆，编织出属于他们自己的故事。

此词从写信开始。当然，任何开始都是前面的结束，故事其实没有开始，也不会结束。既然如此，故事也可以从任何地方开始，或很多场景同时开始。

网络时代，很少有人写信了，不是不想写，是写信已变成一件很不自然的事。更无奈的可能还在于，即使写了也无人可寄。“红笺小字”，读到这几个字就觉得很美。如果能写一封那样的信，如果能收到那样一封信，该有多好。

在红色信笺上，以蝇头小楷，绵绵倾诉平生心意。这样写成的一封信，应当寄给一双美丽的眼睛。然而，它却在写信者的手中，冷却成梦呓般的独白。莫非所有的信都是独白？那些轰轰烈烈，后来冷静想想其实也就两个人，或许自始至终只有一个人。

虽说“鸿雁在云鱼在水”，但无法寄出的原因不是没有可以传书的鱼雁，而是根本不知道那人在哪里。没有地址，无人接收。这种情境在今天已不存在，但写信者在今天的情境里可能更绝望，因为连“没有地址”这类可供自我安慰的借口也失去了，因为他明明就在那儿，可你还是不可能寄给他。

“斜阳独倚西楼”，又是落日，又当西楼。寄信人倚楼怅望远方，诗人和我们怅望她（他）的怅望。“遥山恰对帘钩”，不知倚楼人是否觉察，我们却敏感到这个构图的张力，也可以说这是诗人本能的镜头语言。遥山是被思念者消失的地方，帘钩是等待其回来的地方。恰对，多么偶然又必然的恰对啊。

人面从回忆中浮现，如同一朵水花，消隐于世界的漩涡。春天的绿波，在眼前依旧东流。绿波依旧东流，似有情，似无情，似希望，也似绝望。

把痛苦吟成诗，你就会被治愈

晏殊在另一首《蝶恋花》词中，写了一个同构的故事：“槛菊愁烟兰泣露，罗幕轻寒，燕子双飞去。明月不谙离恨苦，斜光到晓穿朱户。 昨夜西风凋碧树，独上高楼，望尽天涯路。欲寄彩笺兼尺素，山长水阔知何处？”

词中已至秋天，处处弥漫着哀愁。罗幕也挡不住轻寒，那似曾相识的燕子，也双双飞走了。唯有明月，谁说明月不谙离恨苦，“斜光到晓穿朱户”，就是明月对失眠人的陪伴，与人共同跋涉过一个漫长的夜晚。

翌晨，回放昨夜西风，见碧树成空，此时独上高楼，自有一种孤绝。望尽天涯路，一夜之间，沧桑巨变，仿佛已过了百年。

“昨夜西风凋碧树，独上高楼，望尽天涯路”，王国维先生在《人间词话》中论“三境界”时，将这几句作为古今之成大事业、大学问者必经的第一个境界，并说：“此等语皆非大词人不能道。然遽以此意解释诸词，恐为晏、欧诸公所不许也。”先生的意思是，这几句实在好，非大手笔不能道，但在本词中，这几句的意味却未必是他想用以表述的境界。

我们读一首诗，特别是古典诗词，我们读出了什么，其中可能有令诗人惊喜的发现，也可能有为诗人所不许的。然而，这正是阅读本身，这正是文字本身。作者已死，作品活在读者身上。我们可以用文字做梦，进而不妨说，文字自己就会在我们身上做梦。

文字不是为了表达思想，文字比我们想得要神秘得多。山鲁佐德靠讲故事活了下去，也救了很多人的命。一个人只要能讲故事，就不会死。一个人只要还有词语，还能读诗甚至写诗，此人也将被治愈。

在守岁灯下，给故乡写一首诗

元日

爆竹声中一岁除，
春风送暖入屠苏。
千门万户曈曈日，
总把新桃换旧符

旧历的年底毕竟最像年底，村镇上不必说，就在天空中也显出将到新年的气象来。灰白色的沉重的晚云中间时时发出闪光，接着一声钝响，是送灶的爆竹；近处燃放的可就更强烈了，震耳的大音还没有息，空气里已经散满了幽微的火药香。我是正在这一夜回到我的故乡鲁镇的。

——鲁迅《祝福》

故乡除夜思千里

除　夜

（唐）高适

旅馆寒灯独不眠，客心何事转凄然。
故乡今夜思千里，霜鬓明朝又一年。

写除夜的诗很多，写除夜思家的诗尤多。除夕应该是阖家欢聚一起守岁，然而即使在古代，也有很多游子仍然漂泊在外。长夜漫漫，孤单的诗人抱影无眠，只能枕藉乡愁以诗取暖。

阳历的新年，只是日历上的一个起始。正如鲁迅先生所写，旧历的年底毕竟最像年底。毕竟旧历年才是我们血液深处的民族记忆。

日子本身并无新旧，每一个昨天都是旧的，每一个明天都是新的。但从除夕到初一，中间似乎有一道看得见的门槛，在零点骤响的爆竹声中，明显叫人感到天地开辟，此身已在新年。

唐代诗人高适的这首诗，写出了所有未归游子的心情。也许你并没有在旅馆，也尚未霜鬓，但在一年最后的夜晚，只要没有回家过年，谁不是逆旅之客，谁不会在这新旧交替之际，感到孤单而衰老？

省却相关客观信息的诗，往往更具普世价值，因不相关而更多地相关。“旅馆寒灯独不眠”，这个画面本身就很饱满，毋庸打听是哪家旅馆在什么地方，乃至连“高适”这个署名都可以抹去。画面上的情景，可以是任何一个时代，任何一个地方，任何一个旅馆，任何一个游子。周秦汉唐宋元明清，上世纪本世纪，客栈驿馆宾馆酒店，各有各的画风，然而除夕夜躺在旅馆床上无法入眠，人的心情是差不多的。不管他是对着一盏寒灯，还是在某个酒店对着手机刷屏，总之都是在咀嚼着自己的乡愁。

“客心何事转凄然”，此乃诗人的自问。也许他长年在外，已经习惯了漂泊的生涯。但在除夕之夜，他怎么也睡不着，不由自主地感到凄凉。不妨自问，春节对我们意味着什么？从密密缠绕的日子的丛林，从连成一片的日子的荒漠，这个日子被单独举起，它使得别的日子都有了朝向，好像也都有了希望。而此时在外为客的人，因为迟到因为不在场，自然就会失落失望。

除夕是比圣诞更魔幻的不眠夜。尤其在古代，一家人寒灯围坐，以亲情的温暖抵御岁月的黑暗，以不眠对抗那叫作“年”的怪兽。

再贫穷的人家，在守岁的灯下，也都是可爱而有福的。

“故乡今夜思千里”，一念所思，心已在故乡。也可以说，除夕之夜，没有人不在故乡，没有人是异乡人。所有人的心都在故乡，所有人都是一个人。

过了今夜，按传统的说法，每个人又添了一岁。所以这个时候，人总会想起自己的年龄，总会感觉忽然老去。

寒灯独对，若高山流水

除夜宿石头驿

（唐）戴叔伦

旅馆谁相问，寒灯独可亲。
一年将尽夜，万里未归人。
寥落悲前事，支离笑此身。
愁颜与衰鬓，明日又逢春。

石头驿的除夜更遥远，也更荒寒。

一个人投宿于此，大概如同被全世界抛弃。没有谁认识你，没有人陪伴你，所有别人此时都在自己的家里。

只有这盏寒灯，若高山流水，默默地温暖你，给你抚慰。如若灯也熄灭，诗人将沉埋于怎样的暗夜……

在不知是哪里的这里，深夜的灯就是唯一的亲人，唯一的知己，若高山流水，与你莫逆相认。寒灯，更与天涯游子惺惺相惜。正如诗人，在这无边的夜里，寒灯也是一个在风中颤抖着，随时可能熄灭的人。

寒灯映照出诗人的样子："一年将尽夜，万里未归人。"为什么除夕之前赶回家那么重要？原因就在除夕本身。过了这一夜，时间变了，世界已翻过一页，来到一个新的地方。没有及时赶回去，就是隔年之人，那些飘荡的荒凉的日子，也很难再获得慰藉和意义。

"寥落悲前世，支离笑此身。"灯，让人想起过去，看见身外之海，悲前世寥落，笑此身支离。诗人仿佛流落在荒芜的孤岛，远离家人，也远离了那个熟悉的"我"，对着寒灯，重新发现并抹去自己。

这盏灯是知己，是亲人，也是一面镜子。诗人从中照见自己的"愁颜与衰鬓"，而明日又逢春，在又一个春天，他不再是去年那个人了。春天每年回来都很新鲜，这具人身却在衰败中一去不返。

以上两首除夜诗，实则是对"除夜思家"同一主题的变奏。此类诗还有很多，写的都是类似处境、类似心情，均可视为同构之作。

偶尔也有不一样的声音，比如下面这首冒着烟火气的诗。

除夕吃烧芋头的苏轼

除夕，访子野食烧芋，戏作

（北宋）苏轼

松风溜溜作春寒，伴我饥肠响夜阑。
牛粪火中烧芋子，山人更吃懒残残。

子野，就是写出“云破月来花弄影”的北宋大诗人张先，比苏轼大四十多岁，二人是一见如故的忘年交。

诗题中说明是“戏作”，即此诗带有戏谑、打趣的意味。我们不妨先姑妄听之。

这个除夕夜，苏轼去拜访子野，他们的年夜饭吃的是什么呢？

苏轼在子野家中守夜，守到夜阑，又冷又饿。“松风溜溜作春寒”，夜风的寒冷被写得很有体感。溜溜，风像水一样，冰凉地流过松树。松风溜溜伴着饥肠辘辘，苏轼问，有没有什么好吃的？

“牛粪火中烧芋子”，即用牛粪煨火烘烤芋头。作为读者的我们，应该也感觉到火的温热，闻到烧芋头的香气了吧。可别忘了，张先与苏轼两位大诗人，当时都是地方官员，年夜饭吃得这么接地气，实在有野趣。

当然，烧芋头可能不是全部的年夜饭，苏轼单独为此作诗，因为这样的野趣使他喜欢。作为美食家的诗人苏轼，他的诗经常能让人尝到各种食物的香味。此句中“牛粪”“芋子”这些字眼，都是调侃子野的意思：大过年的，就拿这个招待我？

但是请看苏轼吃了多少，“山人更吃懒残残”，吃得慵懒发困都不想动了！可见二人性情率真，不拘小节，牛粪火烧芋头，简直浪漫又美味啊。

其实还不止这些，这几句很俗语的诗背后，更藏着他们二人心领神会的典故。“懒残”不仅用来形容慵懒之态，还是一位禅师的法号。典出唐传奇小说《甘泽谣》，天宝年间衡岳寺有一位执役僧，为人懒散喜吃剩饭，因此法号“懒残”。唐中期宰相李泌曾在寺院里读书，他看出懒残非等闲之辈，一天夜里便前去拜谒，懒残正在用牛粪烤芋头，便将吃剩的半块给了他。李泌吃完后道谢，懒残送给他一句话：“慎勿多言，领取十年宰相。”后来李泌果然当了十年宰相，并被封为邺侯。

苏轼将此典故信手拈来，化入诗中，既有对子野的打趣，又暗示了对子野的赞赏和感谢。这就是大文豪的聚会，一切皆可入诗，事事皆有学问。吃烧芋头很接地气，但也可以超出地气，也可以是很文雅的事。

总把新桃换旧符

元　日

（北宋）王安石

爆竹声中一岁除，春风送暖入屠苏。

千门万户曈曈日，总把新桃换旧符。

大年初一，万象皆新。新门神，新对联，新衣裳，新窗花，似乎连照耀人间的太阳，似乎连这人间，也都是新的了。

回忆里的过年，总是四处腾起爆竹的繁响，空气中弥漫着火药香。过去因为贫穷，过年尤为神圣。扫灰，祭灶，请门神，贴春联，守岁，穿新衣，拜年……样样郑重其事，不知什么叫仪式感地很有仪式感。

古时候，每到除夕，家家还用屠苏草泡酒，吊在水井里。正月初一，将酒取出，全家老少面向东方喝屠苏酒。春自东来，是迎春敬春的意思。春已心领，已悄悄随风潜入酒中。

那时的门神也质朴。用两块桃木板子做成桃符，符上画两个神像，挂在门上，驱邪避凶。即使穷人家的门，贴上新门神，也熠熠发光，日子也有了新气象。

过去的农人，一年三百六十五天，只有这一天才得片刻清闲。男女老少，仿佛从劳役中被暂时豁免，孩子玩耍而不担心被责骂，大人们也个个游逛，打牌、下棋、荡秋千、跳大绳，也像重新做回了孩子。

大年初一，穿着新衣裳，口袋里装满瓜子、花生和糖，在街上恣意玩耍，小时候觉得那就是天堂。接着每天降一点，等过完年，一切又降回人间。但是不怕，春天已经来了啊，杨柳又要绿了，燕子又要到处飞了，接着又要到夏天，麦地金黄，葡萄吐着芬芳……

在萧飒秋声中，听见生命浩盛的凋零

南涧中题

秋气集南涧，独游亭午时。回风一萧瑟，林影久参差。

欧阳子方夜读书，闻有声自西南来者，悚然而听之，曰："异哉！"初淅沥以萧飒，忽奔腾而砰湃；如波涛夜惊，风雨骤至。其触于物也，鏦鏦铮铮，金铁皆鸣；又如赴敌之兵，衔枚疾走，不闻号令，但闻人马之行声。余谓童子："此何声也？汝出视之。"童子曰："星月皎洁，明河在天，四无人声，声在树间。"

——欧阳修《秋声赋》

欧阳修并非不知道这是风声，虽然知道但仍被震惊。所以问童子此何声者，其意不在于询问，而在于表达乍闻时的震惊。在萧飒的秋声中，他听见了生命浩盛的凋零。

秋风中有人

秋　思

（唐）张籍

洛阳城里见秋风，欲作家书意万重。

复恐匆匆说不尽，行人临发又开封。

唐代诗人张籍这首《秋思》，我们从小就会背，诗中所写也是人之常情，即秋天到了，羁旅他乡的游子想写封家信叫行人捎回去，可是千言万语一时不知如何说起。这样的概括只是诗的基本意思，而不是诗味与诗境。

若要品出诗味，进入诗境，首先要细致地感受第一句。“洛阳城里见秋风”，这是诗所以发生的契机。既作家书，便知洛阳城是诗人客居之地，而且可以猜测出与他家乡的气候时令有所不同。实际上张籍是吴郡人，比起江南，北方的秋天来得更早，更加萧条。洛阳在当时是东都，诗人离开家乡，远至这里游历，寻求进身之阶，漂泊心情可想而知。

在洛阳城里“见秋风”，为什么不说“闻秋风”？秋风既可见，亦可闻。欧阳修是夜间在房里读书时听到了秋风，内心被深深震动，所以叫童子出去看，当然是什么也看不见的，只能听见声在树间。夜里群籁俱息，风声更为灵异。张籍所见的秋风，可能是白天，也可能是夜晚，也可能不止在一个时间。“见秋风”，此“见”，既有眼见，也有耳闻。耳闻也是见，所以叫“听见”。其实看见和听见，可以通感，都是用心在见。

“见秋风”，还传达出一种局外的感觉。秋风来到洛阳城，从空间和时间上，都给诗人以陌生感。秋风和洛阳城宛若相知，而诗人却不属于这里。如果秋风是一个人，他正指着诗人说：看，秋风中有人。

张籍在此也可能是化用了晋代张翰的典故。翰亦吴地人，在赴洛阳途中见秋风起，乃思吴中菰菜、莼羹、鲈鱼脍，遂命驾而归。张籍见秋风而思乡，和张翰是同样的心情，可惜他不能一样地洒脱。

当秋风刮起，日子会忽然转向，世界会忽然显出荒凉。人在这时候也会更想家，更怀念家的温暖。但诗人不能回家，只能写封信回家。然而一提起笔，顿觉“意万重”，该从何说起？此时的心情怎能给家人说清，纵然能说清，说了岂不平添家人的担忧吗？带信回家的行人又在等，所以只好匆匆写几句家常话，问个好报个平安罢了。行人临走，又觉得忘了什么重要的话，又拆开来看……

这首绝句用四句诗，写出了一种微妙复杂的生命情境，并得到了我们的同感与同情。貌似简单的日常叙事，实现了高强度地抒情。

所有诗歌都是抒情的，即使表面上在叙事的诗，实质则在叙事的结构下抒情。所谓“抒情”，不是抒发简单的感情，而是表达出一种复杂的、难言的体验，诗的使命就在于把直觉的独特的生命意识显现出来。这是诗的难度，也是诗的荣耀。对不可言说的言说，便是诗对生命的悲悯与赞美。

游子见秋风而思家，乃汉语诗歌的一个原型主题。两汉时就有无名氏《古歌》：

秋风萧萧愁杀人，出亦愁，入亦愁。
座中何人，谁不怀忧。令我白头。
胡地多飚风，树木何修修。
离家日趋远，衣带日趋缓。
心思不能言，肠中车轮转。

胡地，即更北的北方，更荒凉的远方。胡地的风，更加凄厉悲伤。

寒冷像一位威严的神，统治着死寂的时间。汉地游子离家万里，还归无期，日夜入耳但闻秋风萧萧。“出亦愁，入亦愁”，天地虽广大无极，游子却一无去处。

南涧的秋天

南涧中题

（唐）柳宗元

秋气集南涧，独游亭午时。
回风一萧瑟，林影久参差。

此诗系唐代诗人柳宗元被贬永州时所作，原诗总共十六句，在此仅截取前四句，删去后面“去国失路”等感喟。

永州在湖南，南涧在永州之南，柳宗元《永州八记》中所记之“石涧”也。据《石涧记》，此涧亘石为底，达于两涯，若床若堂，水平布其上，流若织文，响若操琴。如此山水佳处，在秋天的正午，一个人偶影独游，又该作何消受？

“秋气集南涧”，一个“集”字，分量很重。秋气怎样集于南涧，没法说也毋庸说，我们都见过秋天，都感觉过秋气。作为读者，此处的留白对于我们，不是缺失，而是需要自己补上的完满。

读诗的享受，也正在于我们自身的经验被呼吁、被调动、被唤醒，因此我们便不只是被动地阅读，而是主动参与了这首诗的创作与完成，变幻无穷、没有终结的未完成之完成。

“独游亭午时”，这个句子且喜且悲。南涧是诗人散心忘忧的地方之一，正午独游，既自在惬意，又孤独空虚。两种矛盾的心情交织在一起。

涧在山间，风为回风。翠羽之木，荫于两涯，南国天暖，草木不凋，然亦有四时之别。“回风一萧瑟，林影久参差”，“萧瑟”一词，有南涧的寂静，有秋阳下草木的秋意。“一萧瑟”，则有若天机之发动，而“林影久参差”，似乎是风在此写了一句诗。

如果说所见即心，那么这一刹那的生命体悟，即是诗人的感觉之心。回风萧瑟，林影参差，并不在心外。

这四句诗可单独作为一首绝句，一首镜花水月的禅诗。如果非要问作者是谁？柳宗元，秋天，风，树，林影……都是作者。或许也包括感觉到那一瞬的所有读者，以及把这一切都包含在内的伟大的无名作者——诗人中的诗人。

雨声飕飕催早寒

秋雨叹

（唐）杜甫

长安布衣谁比数，反锁衡门守环堵。
老夫不出长蓬蒿，稚子无忧走风雨。
雨声飕飕催早寒，胡雁翅湿高飞难。
秋来未曾见白日，泥污后土何时干。

此诗是杜甫早年居长安时，被秋雨困在家中的心情。霖雨不止，空守环堵之内，唯有叹息。

当时尚未入仕的杜甫，在长安过着普通布衣的贫穷日子，时不时地，还需要排队领救济粮度日。衡门与环堵，并非有意标榜清贫，而是生活状况的真实写照。穷苦人家最怕下雨，一下雨，到处都在漏，又冷又湿，夜里最难熬。诗中说“反锁衡门”，门本来白天都要开的，开向外面，既然连日无法外出，被雨阻隔，因此门也不必开了，倒把人反锁在家里。

霖雨之久，从院子里长出蓬蒿可见。杜甫的眼光常注意到孩子，孩子就像一面镜子，可以照见人生的无奈与艰辛。老夫困在家里发愁，稚子尚未到知愁的年纪，天地万象对于他都是游戏，所谓“稚子无忧走风雨”。

北方农历七八月，多下霖雨，少则四五日，多则十天半月，日夜不止。《庄子·秋水》开篇曰：“秋水时至，百川灌河，泾流之大，两涘渚崖之间不辨牛马”，即是黄河流域秋天因霖雨而发大水的自然现象。

一场秋雨一场凉。“雨声飕飕催早寒，胡雁翅湿高飞难”，雨声飕飕，加剧了早寒；听胡雁嘶鸣，感其高飞之难。下个不停的雨，似乎熄灭了日光，熄灭所有能发光的事物，人生困顿郁闷无比暗淡。

时间也成了沉重的负担。不日不夜的雨，满世界的泥泞，都让时间变得很慢，沼泽般死气沉沉。我们总说时代在进步，即使在今天，如果大雨不止，人类依然毫无办法，依然只能对上天俯首听命。

以命名开启事物的歌唱

声声慢·秋声

（南宋）蒋捷

黄花深巷，红叶低窗，凄凉一片秋声。
豆雨声来，中间夹带风声。
疏疏二十五点，丽谯门、不锁更声。
故人远，问谁摇玉佩，檐底铃声。

彩角声吹月堕，渐连营马动，四起笳声。
闪烁邻灯，灯前尚有砧声。
知他诉愁到晓，碎哝哝、多少蛩声。
诉未了，把一半、分与雁声。

黄花深巷与红叶低窗，构成互文，错画出秋天的冷艳寂寥。秋夜渐长，渐深，渐凄凉。此词调寄《声声慢》，系调长拍缓的慢词，宜于表达深秋雨夜的绵长压抑。题为“秋声”，押的也是“声”字韵，提示我们要用耳朵来读这首词。

让我们先数数在这个漫长的夜晚，词人听见了多少种秋声：豆雨声、风声、更声、铃声、角声、马鸣、笳声、砧声、蛩声、雁声。十种声音，参差交织成“凄凉一片秋声”。

作者为十种声音一一命名，将它们渐次列举出来，这些命名几乎没有用形容词，因此使得内容非常坚实。词人蒋捷在此使用的列举法，与俄裔美国诗人布罗茨基推崇的“名词诗学”暗合，即剔除掉所有浮泛的修饰，最大限度地还原诗的真实。此真实即世界的图景，即我们每天置身其间的诸物，比如列举出室内的家具，或午餐食物的名单，就能看见物与人的某种关系。

更重要的一点是，对事物的准确命名能够将事物里沉睡的歌唤醒，从而唱出人类的生存愿望。比如“豆雨”这个命名，在视觉和听觉上都很形象，只要看见这个词，我们就听到了雨点砸下来，跳豆子似的雨点，就像纷纷奏响的音符。还有“夹带的”风声，丽谯门的更声“疏疏二十五点”，“玉佩”般的铃声，以及黎明时分的画角声吹“月堕”，“连营”马动，“四起”笳声，引号中的词都是诗人准确的命名方式，都是使事物为我们唱起歌来的按钮。

“闪烁”邻灯，彰显了疲惫感。灯前“尚有”砧声，暗示砧声敲了一夜，到黎明尚未止歇。砧声就是捣衣声，是古人对秋天的集体记忆，李白《子夜歌》四首，每个季节各取一事咏之，秋歌取的即是砧声：“长安一片月，万户捣衣声。秋风吹不尽，总是玉关情。何日平胡虏，良人罢远征。”

砧声传递出秋天的紧迫感，因为一场雨就会使天气急剧转凉，所以必须未雨绸缪提前做好冬衣。《诗经·七月》首章曰：“七月流火，九月授衣。一之日觱发，二之日栗烈。无衣无褐，何以卒岁？”农事诗从立秋开始写，农历七月暑犹未退，但已经要准备授衣了。而入秋之后，砧声就更急了，如杜甫在《秋兴八首》所言的“寒衣处处催刀尺，白帝城高急暮砧”。

最后是“碎哝哝”多少蛩声，蛩即蟋蟀。蟋蟀鸣声在宁静的秋夜格外凄清，整夜唧唧不停，诉愁似的没完没了。东方将白，横空雁过，蛩吟渐薄，被雁声捎去了一半。雁鸣渐远，声亦渐淡。

在这个孤寂的夜晚，词人听到的种种秋声，引发他心中种种愁情。它们并未随黑夜而消失，有些只是在白天消隐。风雨声与蛩雁鸣或将歇息，但有生之年，军营的笳声与世界的苦难不会停止。

作为父亲的诗人：陶渊明与杜甫

责子

白发被两鬓，肌肤不复实。
虽有五男儿，总不好纸笔。
阿舒已二八，懒惰故无匹。
阿宣行志学，而不爱文术。
雍端年十三，不识六与七。
通子垂九龄，但觅梨与栗。
天运苟如此，且进杯中物。

中国古典诗歌中几乎没有真正的儿童诗。1923年，周作人在《歌咏儿童的文学》一文中，将其归因于“对儿童及文学的观念的陈旧”，然也。尽管没有儿童诗，但作为父亲的诗人们，还是时不时地将儿童写进诗中。

虽有五男儿，总不好纸笔

先来读一首《责子》，看看诗人陶渊明的五个儿子：

白发被两鬓，肌肤不复实。
虽有五男儿，总不好纸笔。
阿舒已二八，懒惰故无匹。
阿宣行志学，而不爱文术。
雍端年十三，不识六与七。
通子垂九龄，但觅梨与栗。
天运苟如此，且进杯中物。

诗题叫“责子”，但并非耳提面命的训斥，倒是日常随意的感慨。此“责”，不是责备，也不是责骂，而是嗔责。

诗人端着酒杯，自叹年事已高，儿子们也不小了，可没有一个“好纸笔”的。有五个儿子，在古代首先就算“有福”，但如果儿子不爱读书，为父自然要为其前途担忧。“虽有五男儿，总不好纸笔”，诗人从心底感到失落。

陶渊明的五个儿子，小名分别叫舒、宣、雍、端、通。下面诗人一一“责之”。大儿子阿舒已经“二八”一十六岁，可生性懒惰无匹。二儿子快十五了，至圣先师孔子可是“十有五而志于学”，但阿宣对文术毫无兴趣。雍、端是双胞胎，十三岁的人了，连简单的加减算术都不会。小儿通子眼看就满九岁，成天只知道寻好吃的。

好读书常著文章自娱的诗人，生了五个儿子，却没有一个像自己，没有一个承“父业”的。这是怎么回事？又有什么办法呢？

陶渊明虽不免失落，但对于这些问题，他并不追究，而是淡然地作为“天运”来接受。孩子有孩子的命，有他们自己的人生，既然父亲的喜好没能“影响”他们，那就是“天运苟如此”。每个人的人生都得自己去过，强求不得代替不得，且孰得孰失又如何得知，还是“且进杯中物”吧。

这首诗的写作时间是409年，陶渊明四十四岁，已彻底辞官三年。作为父亲的陶渊明，先后几次入仕皆为了养家糊口。但他不能适应也不想强迫自己适应官场，最终毅然决然地选择过他想过的生活。

辞官后家人生活依然很困难，儿子们也没能很“优秀”，按照现在一些人的标准，他的做法可能被贴上“不负责任”的标签。然而，超出世俗之见，真率地对待自己和家人，这正是陶渊明人格中很先锋的所在。

丹麦哲学家、诗人克尔凯郭尔说过，热爱工作的人将生下他的父亲。陶渊明不想生下他的父亲，作为一个诗人，他想生下的是他的先知。或许陶渊明是古典诗人中唯一具有先知色彩的诗人。

在《责子》诗中，可以感知陶渊明的态度是放松的，口头上在“责”，但心情却是“嘉孺子”。诗人语气亲切，儿子们的形象也天真可爱。宋代诗人黄庭坚读了此诗之后，随笔写道：“观渊明此诗，想见其人恺悌慈祥，戏谑可观也。俗人便谓渊明诸子皆不消而渊明愁叹见于诗耳，可谓痴人前不得说梦也。”

此诗语调戏谑，笔触类似漫画，因此不可执着认定渊明的儿子们皆不肖。或许他们的确不爱文术，但重点是渊明的态度，他并没有真的为此愁叹不已。不过喝酒时偶发几句感慨，顺其自然而已。

杜甫在《遣兴五首》其三末曰“有子贤与愚，何其挂怀抱”。遣兴者，亦即兴之感，杜甫的意思是，儿子有没出息大可不必挂怀，他是在开渊明的玩笑，或许也是自喻。

周作人在《儿童杂事诗》一书中，有几首专评陶渊明，题为《陶渊明》的一首曰：“但觅栗梨殊可念，不好纸笔亦寻常。陶公出语慈祥甚，责子诗成进一觞。”可谓渊明知己！

败絮自拥，何惭儿子

为了过自己想过的生活，屡次辞官，没有为孩子“创造更好的条件”，这算不算一种自私？对此，陶渊明回答：败絮自拥，何惭儿子？！

五十岁那年，渊明患痁疾病重，自以为将不久于人世，便与五个儿子立下遗言，即《与子俨等疏》。虽然他后来病愈，但这封准遗书却是他真实的辞世心声。

在遗书中，他对五个儿子表白心迹，承认自己“性刚才拙，与物多忤。自量为己，必贻俗患。僶俛辞世，使汝等幼而饥寒”，对儿子们抱有歉意。但他希望他们能理解此乃天性使然，接着他告诉他们自己理想的生活是这样的：

“少学琴书，偶爱闲静，开卷有得，便欣然忘食。见树木交荫，时鸟变声，亦复欢然有喜。常言五六月中，北窗下卧，遇凉风暂至，自谓是羲皇上人。”

他对儿子们唯一的期盼就是，他们兄弟五人能够和睦相处。这是最低要求，也是最高要求。他的人生理想同样，是最简单的，也是最难以实现的。如果一个人能把简单的事做好，就已经很不简单了。追求自己人生自由的父母，也一定会给子女以人生的自由。这也是个简单的道理。

“娇儿”与“痴女”

杜甫在诗中经常写到他的儿女。例如《月夜》中的“遥怜小儿女，未解忆长安”，《羌村三首》中的“娇儿不离膝，畏我复却去”。尤其《北征》诗中，写他自凤翔放还回到鄜州家中时，看到儿女们：

平生所娇儿，颜色白胜雪。
见耶背面啼，垢腻脚不袜。
床前两小女，补缀才过膝。

儿子饿得面色苍白，偷偷背过身掉泪，垢腻的脚上没穿袜子。再看两个女儿立在床前，身上穿着补丁衣服，短才过膝（唐时的女装长过脚面）。这时的杜甫不是诗人，只是一位父亲，心疼地看着自己的儿女。

等他打开包袱，拿出为家人带回的粉黛衾绸等礼物，又看到：

瘦妻面复光，痴女头自栉。
学母无不为，晓妆随手抹。
移时施朱铅，狼藉画眉阔。
生还对童稚，似欲忘饥渴。
问事竞挽须，谁能即嗔喝。

写女儿懵懂化妆，年纪小还不会画，却已知道爱美，“移时施朱铅，狼藉画眉阔”，让人又好笑又心酸。他自己生还回到家里，孩子们的天真让他几乎忘了饥渴。孩子们问外面发生的事情，争着扯他的胡须，他说：我怎么能忍心嗔喝他们呢！

杜甫在苦难中总是看到孩子，他看孩子的眼光既疼爱又无奈。孩子来到世上，跟着大人受难，他们是可怜而无辜的。孩子像一面锋利的明镜，让我们看见我们身上的“原人”，即潜藏于内心深处作为孩子的那个人，因此急剧加深我们对人生苦难的感知。

在《茅屋为秋风所破歌》中，即使南村那群顽童，在杜甫笔下也有几分可爱："南村群童欺我老无力，忍能对面为盗贼。公然抱茅入竹去，唇焦口燥呼不得，归来倚杖自叹息。俄顷风定云墨色，秋天漠漠向昏黑。布衾多年冷似铁，娇儿恶卧踏里裂。"

想必群童欺负他，不是因为他老无力，概亦因他平日对小儿一贯慈祥，所以他们才敢"公然抱茅入竹去"。

有趣的是，虽然是穿着褴褛手脚垢腻的儿子，但杜甫在诗中对他的命名永远是"娇儿"。被子又硬又冷，孩子不好好睡觉乱蹬，他将此日常情景说成"娇儿恶卧踏里裂"。

诗人张枣曾回忆自己童年时，一天早晨当他醒来，外婆表情遥远地对他轻声念了这句诗。他听了立即被那个语气迷住，当外婆解释说这是杜甫的诗，那个"娇儿"就是你，"恶卧"就是不会睡觉，把被子都踹破了。他觉得这句诗说得又准又美，说的既是他，又像说别人，突然觉得周围叠合进了另一个周围，但看上去样子并没变。

这也许就是诗歌如何通过言说安慰诗人的苦难，并照亮他人的生命体验。通过陌生化的命名，通过魔力的语气，通过文字与声音的编织，现实被提纯被重构，从而获得了更强大的生命。

伟大的"儿烦恼"

《诗经·桧风·隰有苌楚》曰："隰有苌楚，猗傩其枝，夭之沃沃，乐子之无知。隰有苌楚，猗傩其华，夭之沃沃，乐子之无家。隰有苌楚，猗傩其实，夭之沃沃，乐子之无室。”这首诗一唱三叹的是，桧人不堪乱世之苦，而羡慕起草木的无知无家无室。

人在痛苦于颠沛流离、困顿于生存奴役之际，往往会羡慕鱼鸟的自在，乃至羡慕起草木的无知。颠沛困顿，于自身或堪忍受，而不忍见家人为之受累；于成人或能安之若命，而不堪孩子无辜受苦。当此之时，有家室反不如无家室，有儿女反不如无儿女。“隰有苌楚”三叹“乐子”，苦不堪言，故羡慕羊桃枝叶的婀娜沃若，乐彼实为哀己，实为惨极无告的呼号。

安史之乱爆发后第二年（756年），杜甫举家徒步自白水逃难赴鄜州，途中历尽艰险，孩子们因过于饥饿，怕虎狼听见而不敢啼哭，只好咬自己的父亲以缓解痛苦。这些骇人的细节都被杜甫写进纪行诗《彭衙行》中：

痴女饥咬我，啼畏虎狼闻。
怀中掩其口，反侧声愈嗔。
小儿强解事，故索苦李餐。
一旬半雷雨，泥泞相牵攀。

小儿有点懂事了，故意要苦李吃。天雨泥泞，而无雨具，山路湿滑，天寒衣单，有时一整天，也不过走在数里之间。没有食物，摘野果充糇粮以活命，雨大时就在卑枝下以求庇护。

杜甫和家人一生大部分时间都活在饥饿中。在徙往鄜州之前，安史之乱尚未爆发，他自京城回奉先探亲，“入门闻号啕，幼子饿已卒”。寄居鄜州不久，又举家前往秦州，而后同谷，而后过剑门，而后赴成都。在饥走荒山道的逃难生涯中，自己一身尚且不置，见儿女们受此非人之苦，每每令他身心惊惶，比如“山深苦多风，落日童稚饥”“此时与子空归来，男呻女吟四壁静”。

在成都暂时安定下来之后，尽管他自己时常北望伤神坐北窗，但看到妻儿们的生活情景，也让他感到一丝安慰：“老妻画纸为棋局，稚子敲针作钓钩”“昼引老妻乘小艇，晴看稚子浴清江”。在平静的生活中，儿童才能释放出天然的童趣，也才能真正作为儿童而存在。

周作人在《杜少陵与儿女》一文中说：“大抵疼爱小儿本是人情之常，如佛教所说正是痴之一种，称之曰烦恼甚有意思。但如扩充开去，幼吾幼以及人之幼，更客观的加以图写歌咏，则此痴亦不负人，殆可称为伟大的烦恼矣。”并为杜甫题儿童杂事诗一首：

儿烦恼

周作人

诗人省识儿烦恼，痴女痴儿不去怀。
稚子恒饥谁忍得，凄凉颜色逼人来。